雨，落在香榭丽舍大街

郭保林 著

Rain, Falling on Avenue des Champs-Elysees

作家出版社

目 录

巴黎的韵致

古老的城市自有它的韵致。

每条街巷都盛满岁月的感叹。

走进巴黎像有一种倒卷时间洪流的感觉，看看巴黎额头的皱纹，很深，像塞纳河，像卢瓦尔河，随手触摸一砖一石，就有千年历史的沧桑感和疲惫感。巴黎是一个经典，古老的传奇故事在这里演绎着，像许多故事的开头，很早很早的时候……

一

很早，很早，是什么时候？大概是中国魏晋南北朝时期，巴黎已出现欧罗巴这片土地上。

现在我正沿着塞纳河，阅读巴黎。

五月的阳光格外明媚而温暖，风吹皱一河流水，浪花轻叩着石砌的岸，节奏舒缓的轻音乐，塞纳河平阔，流水雍容大度，恣意拐弯，从东南方向进入城市，又向西南流去，在市内画了一道优美的弧线。流水酣畅淋漓，"春来江水绿如蓝"。暮春的塞纳河绿中泛蓝，动与静的完美结合，那一河淡青靛蓝，令任何美学相形见绌。

巴黎被塞纳河划为左岸和右岸，就像山的阴阳之分。

先说右岸，右岸是塞纳河的壮举。塞纳河的右岸是理性、中庸、坚硬、冷酷，但又是豪华、富丽、高贵的，这里高楼林立，大厦簇拥，遍地金融集团、保险公司、股票交易所和企业老板的办公大楼，还有气派宏大的购物中心。墙壁悬挂的电子屏幕滚动显示着密密麻麻的阿拉伯数字，简直像走进数字世界。在这里出出进进的人，一脸的淡漠、肃穆、派头十足。但他们说话带有磁性、稳健而简洁；他们衣着考究，领结雅致，裤线清晰，皮鞋锃亮。这些人大都喜欢早晨洗澡，用刮胡刀剃须，下巴铁青，衣服喷上男式香水。

他们言谈举止彬彬有礼，潇洒而不张狂，称对方总是用"您"，很少高声说话，即使争论，也是低声低语，意见相左，也只是说："你的意见使我感到遗憾"，"对不起，先生（女士），我们改日再谈"。一种外交辞令般的严谨，却不失风度。

他们是商业巨子，金融大亨，企业老板，银行巨头，股票交易经理……他们大脑里的亮点是钞票，是变幻的数字。在这里找不到闲适、轻松，更难找到浪漫和诗意。右岸是精细的，就像电子计算机上的数字，不宜涂改。

在这里，一切都是竞争。

二

奥斯曼一次性改造巴黎，几乎再没有大拆大建，大换血，一片高度整齐的灰色楼房，苍老而凝重。

塞纳河左岸则是另一番天地，这里风情迷人，称为艺术之都。一提到左岸，你会想到诗、绘画、雕塑、音乐、歌剧院、电影院和舞厅。塞纳河左岸尽是知识精英人家，几十米宽的大河划出两个世界，左岸是叛逆的，语言是感性的，眼神充满激情，神色是热烈的，性情是放荡不羁的，真实自由的灵魂。这个世界诞生举世闻名的思想家、艺术家、诗人、文学家、雕塑大师、作曲家，他们的名字像星辰般璀璨，闪烁在人类历史的苍穹。

他们大脑里的亮点，是美。

歌德热情赞扬巴黎：

> 巴黎这样的一座城市，一个大国最杰出的人才都聚集在同一个地方……一百多年来，经过莫里哀、伏尔泰、狄德罗等人的努力，已经有了那么多聪明智慧传播在巴黎，简直在世界上找不到可以和它匹敌的地方。

19世纪下半叶，巴黎又出现了著名作家，维克多·雨果、乔治·桑、巴尔扎克、大仲马、缪塞、诗人鲍狄埃、丹麦童话作家安徒生、德国诗人海涅，文坛星光灿烂；乐坛也是百花盛开，柏辽兹、匈牙利的作曲家李斯特、钢琴诗人肖邦、乐圣贝多芬也活跃在巴黎音乐厅和歌剧院。

海涅感慨道："谁要是在法国不能得到公众的普遍承认，就不能自诩拥有欧洲的声誉。"

如果没有但丁、薄伽丘，没有藐视教会的马丁·路德，没有多疑的笛卡儿，没有处心积虑引导人们做一个有唯一合法主人的卢梭，就没有法国大革命。巴黎，没有奥斯曼就没有巴黎。乔治·欧仁·奥斯曼任塞纳大省省长时，在拿破仑二世支持下，对旧巴黎进行大规模的改造，大拆大迁大建，才有了现在的巴黎。

塞纳河中心浮出一个船形小岛——西岱岛，别看它只是弹丸小岛，长不过千米，宽有五百米，它却是巴黎的摇篮。公元前3世纪，一个以渔猎为生的部落——高卢人，登上这荒无人烟的河心岛，建立村落，安家生息。

罗马帝国势力扩张到西欧，西岱岛上筑起碉堡，形成街市，变成"城岛"。塞纳河像城壕而未曾受到罗马人的侵占。以后巴黎不断发展，小岛城为中心，越过塞纳河，同心圆似的一圈一圈向外扩展，那是巴黎的韵致，波纹荡漾，优雅而潇洒。历经九次兴衰，巴黎终于成为大都市。

塞纳河穿过城市，那婀娜的身姿给这座城市带来灵性，也带来温柔，河两岸是高大的法桐和长丝茸茸的垂柳，云遮雾笼。树下是绿茸茸的草地。夏日里游艇很多，欧洲的夏天并不炎热，阳光明丽、慈祥，空气里氤氲着植物的气息。两岸的树木、房屋、教堂的尖塔，倒映水中，摇曳着、晃动着，像梦一样扑朔迷离，构成印象派画家的素材。即使到了雨季，塞纳河也不浮不躁，节奏舒缓，水韵宁静缥缈地流淌，这很投巴黎这座城市的脾气。

三

阅读巴黎其重要章节，必不可少是凡尔赛宫、卢浮宫、凯旋门、埃菲尔铁塔、蒙马特艺术家中心。

我在欧洲漫游，印象最深刻的一点是处处富饶，这个"富饶"不是钱财，而是大地、草木，土地肥沃，且大片土地休闲着，草木葱茏，任性生长，花开花落两由之。高大的乔木，富有争夺天空的欲望，草叶也肥厚，色相饱满，大片的牧场，大片的树林，看到这美丽富饶的土地，我感到中国西部的苍凉和悲哀。上帝太不公平，中国虽辽阔广大，却有三分之一的土地属于沙漠戈壁，这是被榨干的土地。城市拥挤，人口爆炸，而欧洲地广人稀，城市闲雅、恬静，给人一种安逸、舒适、慵倦的感觉。

卢浮宫坐落在巴黎市中心，这是世界艺术宝库，每一件艺术品都价值连城。这座宫殿原是法国国王菲利普二世于1204年修建的城堡，用于存放王室的档案和珍贵宝物的地方，后来成为博物馆，其展品不下四十万件，卢浮宫的门口有座中国建筑师贝聿铭设计的玻璃金字塔，当他的作品初问世时，举城一片哗然，诽谤、攻击、嘲讽之声不绝于耳。喧嚣和浮躁沉静下来，人们理性地看待这件艺术巨创，又赞不绝口。

这里有被誉为世界"三宝"的艺术作品：一是断臂维纳斯雕像，

二是一尊胜利女神，三是达·芬奇的名画《蒙娜丽莎》，三个女人独领风骚。

蒙娜丽莎的微笑，是永恒的微笑，迷人的微笑，是神秘的微笑。没有苦乐的表情，是一种超凡脱俗的微笑，同时又像人间的尤物，这微笑像鹅毛一样轻，而它包含的比整个世界还重，世界在她的微笑中变得优美了，和谐了，轻松了。这使我想起中国佛寺里那些菩萨的微笑，菩萨是神，蒙娜丽莎是人。蒙娜丽莎的微笑，像阳光一样给世界带来明媚，带来纯净和安谧。

至于断臂维纳斯，更富有传奇色彩。1820年希腊的一个农民刨地时，发掘出维纳斯神像，被文物商人收购。商人将神像从地中海运到黑海，竟然遭到英国派来的船只争夺，双方混战中，维纳斯双臂被砍断。我后来看到这神像的档案，维纳斯右臂下垂，手抚衣襟，左臂上伸过头，握着一只苹果，双耳还有耳环，至今还无人将雕像复原。一种残缺的美。残缺的美带有遗憾，带有伤感，一种隐隐的痛，它比完整的美更打动人心。

在巴黎，有一尊雕像令我永远难以忘记，那是罗丹博物馆花园里一尊《巴尔扎克》雕像。巴尔扎克那雄狮般的头颅，"高昂着，披着睡袍，似乎在展望朝曦……也许他刚刚完成一部杰作，与这个物欲横流、肮脏丑恶的社会拼杀一场，脸无倦色，眼神兴奋，仿佛他是胜利者：来吧，还要拼一场吗？"粗壮的脖颈支撑着一颗硕大的头颅，鬣毛般的长发，辐射出无限的精力和雄伟的气势……

拿破仑曾征服了整个欧洲，巴尔扎克则说："拿破仑以其剑未竟之业，我将用笔完成之。"看看这尊雕像，你方知巴尔扎克并非狂言，那雄狮的力量，那征服一切，战胜一切的英雄气概，着实令人钦佩！

有趣的是：这尊雕像以拿破仑陵寝为背景，拿破仑的陵寝和巴尔扎克、罗丹两故居在方圆不到一平方公里的空间，这是巴黎的一大奇景。巴黎文人的趣闻格外多。封·斯太尔夫人是位天才的作家，曾发表过天才无性别的观点。拿破仑执政期间，她要见拿破仑，门卫阻挡，主人指示，谁也不见。她对门卫说："我是诗人斯太尔夫人。"门卫说：

"真遗憾，他正在沐浴。"夫人说："你告诉拿破仑，这不碍事，天才本无性别。"没办法，拿破仑在浴室会见了封·斯太尔夫人。

四

巴黎咖啡馆是一道壮观美丽的风景线。咖啡源于公元6世纪一位欧洲牧羊人的发现，他的羊只要食用一种野生灌木的果实即会兴奋，但经过好几个世纪后，人们才开始有意识地采摘并烘焙咖啡。

自17世纪始，巴黎的咖啡馆就漫布开来，犹如重庆的火锅店，成都的茶馆，大大小小的咖啡馆，密密麻麻漫布在巴黎大街小巷。这个以浪漫为名的国家独特的韵致，即在咖啡馆里，聊天，怀旧，传播消息，讨论问题，研究问题；浪漫和高雅，淡定与闲逸，带有贵族气、书香气、艺术气，咖啡使巴黎精神升华，气血丰盈，使巴黎充满一种朝气和生机。

巴黎咖啡馆多有百年老店，这里留下许多历史文人名人的轶闻趣事。伏尔泰、卢梭、丹东、马拉、魏尔伦、莫奈、凡·高、大仲马、巴尔扎克、海明威……

随便走进哪家咖啡馆，最引人注目的地方总是钉上一块铭牌，大张旗鼓宣扬某某名人是此馆的常客。巴黎咖啡馆至今还氤氲着一种浓郁的文化气息。有的馆内张贴着这些名人的照片、手迹，甚至还保留他们的咖啡桌、咖啡杯具，成为一种文物，这是他们的骄傲和光荣。

塞纳河的左岸成了诗和浪漫的代名词，这里处处充满传奇。雨果等大文豪在这里撰写了他们的名著，法国红白蓝三色旗也第一次出现在咖啡馆——它是设计者在咖啡馆里设计的。最引人注目的有一家咖啡馆还珍藏着一顶拿破仑的黑色军帽。这位皇帝未发迹前，常流连这家咖啡馆。有一次他喝完咖啡，发现所带钞票不够，就摘下头上的黑色军帽抵债。

左岸的故事大多发生在咖啡馆，18世纪的卢梭、伏尔泰、狄德罗，19世纪的雨果、左拉、巴尔扎克，都在咖啡馆度过了美妙的岁月；20世纪加缪、毕加索曾在咖啡馆里创作。咖啡滋养了许多艺术大师。

其实这种现象不光咖啡馆存在，巴黎的小酒吧也常常出现因付不起酒钱，以物抵债的事，这使我想起唐代大诗人贺知章"金龟换酒"的故事。巴黎有一家酒吧，老板很聪慧，那些未成大名的画家、音乐家、诗人来饮酒，没酒钱就留下一张画即可。毕加索常到蒙马特一家酒吧饮酒，这座小小酒吧名叫"狡兔酒吧"，老板热爱艺术，毕加索付不起酒钱，留给老板一张画，谁知毕加索成名后，这幅画在纽约拍卖行以四千万美金成交，这简直是一个经典传奇。

巴黎至少有两千多家咖啡馆，其中最著名的三家：利普、花神、双偶。每家咖啡馆都记录着传奇，这里不仅有饮誉世界的诗人、文学家、画家、音乐家，还有国家元首、内阁部长。巴黎人见怪不怪，没有追星族，无论艺术明星、政府高官，他们出出进进，犹如普通民众一样，没有谁追着观看，拍照合影或签字留念。20世纪法国最著名的存在主义哲学家、作家萨特与女友波伏娃的爱情就产生在花神咖啡馆。他们一生就缠绵在这里。女友波伏娃是有名的女权主义者。他们的爱情之花在这里绽放，一种开放性的爱情伴侣，他们各有情人，但又终生不离不弃。萨特的名著《自由之路》即在咖啡馆完成。波伏娃的《第二性》成为女人的"圣经"。

1921年12月，海明威携精通法语的新婚妻子来到巴黎，下榻拉丁区勒姆瓦纳主教街74号雅各旅馆，在四层楼一个简陋套间里过着清贫的日子。他经常去一个叫"丁香园"的咖啡馆，他回忆说："冬天里边很暖和，春秋雨季，花园里绿木荫披的露天座位令人十分惬意，沿林荫道搭的帐篷下也有雅座。"他用六周的时间，完成名著《太阳照常升起》。

丁香园至今仍在巴黎精英荟萃的文苑，一些雅座上镶有往日来此消遣的名士纪念牌，自然，海明威常用的座位也镶有他的铜牌，上书"海明威之椅"。这是丁香园的荣光和自豪。当年海明威痛饮香槟酒，一醉方休，连连盛赞"巴黎是一个节日！"这句话成了巴黎的广告语，闻达天下，招徕多少游客参观、旅游，参与这盛大的节日。波拿巴街30号的"文士牧场"也是海明威经常光顾之地，里边有块木板，刻着他的名言："'巴黎是一个节日'，谨向美好岁月中的海明威表示敬意。"

海明威对巴黎深怀感情，他说："在巴黎，我们像空气一样自由。"显然，巴黎是他喜爱的城市。海明威晚年——1949年又重返巴黎，在一家小酒吧哈里酒吧订了一个座位创作，完成小说《在河那边树下》的初稿。当他名噪天下时，曾发誓不离不弃的妻子被他抛弃了，爱情走到尽头。晚年当他再回巴黎，懊悔不已，往事如烟，"有谁可以回到从前。浮世沧桑与劳顿，都只化在一杯咖啡的苦涩中"。这是他最后一次到巴黎。海明威对巴黎一往情深，他说："一个人只要年轻时在巴黎生活过，尔后无论身处何地，巴黎总历历在目。"

在咖啡馆饮食等物质享受的同时，还可以得到高级的精神享受，在这里你会听到贝多芬大师的乐章，施特劳斯、舒伯特、莫扎特的乐曲。欧洲是音乐的海洋，巴黎是音乐之都，是艺术的天堂，也是咖啡之都。咖啡馆为这座城市抹上一道金黄色彩，许多独领风骚的艺术家、文学泰斗、画坛巨匠，都是咖啡馆的常客。他们喝咖啡是满足精神的愉悦，这是一种精神的会餐。这是一种城市文化，这个城市有血肉联系，是巴黎灵魂的一部分。

五

提起巴黎人们总会念念不忘巴黎圣母院、埃菲尔铁塔、卢浮宫、凯旋门、蓬皮艺术中心，这些固然是巴黎的经典，游览圣地，古老的建筑群会深镌在记忆里。但是人们往往忘记巴黎北部蒙马特艺术家心中的圣地，凡具有一定人文素养的游客都会想到此风雅一番。蒙马特在巴黎地势最高处，中央突起一座小山，站在山顶俯视巴黎全景，那简直像海明威所言：巴黎真是一个盛大节日！屋瓦鳞鳞，烟波荡漾，街衢如织，古拙而浑厚，大气而细腻，一河逶迤，给古城带来动感和灵气。

但蒙马特是19世纪艺术家的荟萃之地，19世纪是巴黎的世纪，文艺复兴光照着文化古城，古城到处散发浓郁的艺术气息。名画家马奈、土鲁斯·劳特累克、郁特里罗、凡·高、毕加索和音乐家柏辽兹，都羁留在蒙马特，他们犹如闲云野鹤，自由自在地创作，使我想起生活在镇江的宋代大画家米芾。

红磨坊便是蒙马特高地最著名的歌剧院。红磨坊有种舞蹈名叫康康舞，女演员衣着长裙，但轻盈飘逸，跳起舞来，常露下体春光，巴黎人趋之若鹜。

蒙马特有一座诗墙，上镌刻着中国诗人徐志摩的《起造一座墙》。这道爱墙用世界三百多种语言文字书写"我爱你"三个字，象征着、呼唤着人类追求爱、和平、友谊。用纯洁美好的爱，弥补人与人心灵之间的罅隙。

> 你我千万不可亵渎那一个字，
> 别忘了在上帝跟前起的誓。
> 我不仅要你最柔软的柔情，
> 蕉衣似的永远裹着我的心；
> 我要你的爱有纯钢似的强，
> 在这流动的生里起造一座墙；
> 任凭秋风吹尽满园的黄叶，
> 任凭白蚁蛀烂千年的画壁；
> 就使有一天霹雳震翻了宇宙，——
> 也震不翻你我"爱墙"内的自由！

蒙马特这片高地也是巴黎精神的高地，无论是享誉世界的，还是默默无闻的艺术家，都在这里吮吸着乳汁成长，并留下他们艺术的印记。

巴黎就是这样有极度包容的博大的襟怀，在这里文化艺术成就了这座古城，古城也成就了文化艺术，两者相辅相成，密不可分。世界上有哪位大师、巨匠、泰斗、巨擘，成就煌煌，声明赫赫者没有在巴黎留下足迹？文化不朽，文艺复兴的阳光永远照耀着巴黎。

2017年12月26—27日

塞纳河的微笑

一

我此时此刻正畅游在塞纳河。

请你打开地图,让我们共同认识一下法国这条著名的河流。

塞纳河流经巴黎,少女似的袅娜的身姿呈"S"形,给这座城市带来灵性和动感,也带来女性的温柔和浪漫。河水不张扬、不恣肆,没有激流狂澜,安详地流淌,细细的浪漪,粼粼的波光,大度自然,雍容而矜持。初夏的阳光照耀着宽阔的水面,有水鸟掠过,撒下一串欢乐的鸣叫声。两岸是高大苍老的梧桐,树林后面是庄严的建筑,河北岸是大大小小的宫殿,河南岸是大学区、图书馆、歌剧院、埃菲尔铁塔、大小展览馆……树木和楼房的倒影投进河水,但水流影不动,浮浮荡荡,一幅动态的水彩画,空气里弥漫着水草和植物的气息,很沁人心脾。

我们的游船是从阿尔玛桥附近的码头启航。游船很多,有大有小,有单层、双层、普通的、豪华的,我们包了一艘古典式的木船,是人工划桨,没有发动机的轰鸣,没有油烟的弥漫。船不大,有座椅,可乘十余人。船工是位老汉,身板硬朗,精神矍铄,苍白的头发蓬松着,胡髭修剪得很整齐,双眼炯炯有神,在浓长的眉毛下闪烁着,脸膛黑红、粗糙,那是塞纳河的阳光和风的涂鸦,使人想起海明威《老人与海》主人公的形象。通过导游问起老船工的情况,原来他是希腊的渔民,年轻时出海打鱼,现在老了,远海出不得了,再说希腊这些年经济不景气，老人来到法国给一家旅游公司打工，收入不菲，每月能领到三四千欧元的酬金。老人性格开朗，谈话也很阳光。

老船工划船技术精熟，木桨在他手中像书法家手中的毛笔，一撇一捺，有板有眼，在水面书写瞬间消失的文字。

塞纳河的眼睛眯缝起来，潋滟的阳光陶醉它的涟漪，这是塞纳河在微笑，这超凡脱俗的微笑，这沉静细腻的微笑，标志着塞纳河的大度、宽容和淡定。

塞纳河是风流蕴藉的河流，是文化的河流，承载着巴黎厚重的历史，也承载着一代代艺术家、诗人和文学家的清苦和欢乐，滋润着他们的心灵，也涵养着他们浪漫主义的情怀。

塞纳河发源于勃艮第多科尔大区的朗格勒高原。一个狭窄的山谷里有一条小溪，沿溪而上有个山洞。法国人很浪漫，在洞口雕塑一尊女神像，半躺半卧，手捧着水瓶，嘴角含笑，溪水就是从女神背后悄然流出。一路汩汩潺潺，途中招揽了许多小河小溪，携手共融，接近巴黎时，又与马恩河汇合，水势雄阔了，流经巴黎后，又遇到纳瓦兹河，它们十分友好地联合起来，打造成为法兰西气势磅礴的大河。河水流速依然缓慢，不急不躁，经过诺曼底注入英吉利海峡，完成她七百七十六公里的艰难跋涉。

塞纳河在巴黎孕育了两个著名岛屿——西岱岛和圣路易岛。

巴黎历史的序言就起草于西岱岛，这里是法兰西民族的发祥地，公元前300年时——正是我国大秦王朝开始称霸欲夺取天下之时——岛上居住着一个民族，名叫巴黎西族。以后，巴黎就以此为圆心，像摊煎饼似的，向四周纵横驰骋地铺排开来，从一区到二十区，逐渐形成举世闻名的大都市，成为欧洲的中心。

我们的桨声和水流声，空中的鸟鸣声汇合一起，已经成为大自然的一部分，如果岸上没有楼房、宫殿，简直不相信这里是市廛芜杂、繁华、喧嚣的京都。船行驶在水面上，就像在玻璃上滑行，只有船头激起一朵朵浪花，方知下面是一条醒着的河流。

这天天气很好。太阳从浮云后面挣扎出来，明媚的光辉洒在河面，满河爆起奇谲瑰丽、气象万千的晶莹碎片，形象与梦幻，真实与虚幻纵横交错，浑然一体。有一束阳光射进水中，光柱惊悸般摇曳，水中的荇藻和水草清晰而又模糊，像印象派画家的画。

二

我想起法国印象派画家的开山鼻祖莫奈，他一生和塞纳河结下不解之缘，他酷爱塞纳河的阳光，喜欢塞纳河的流水，他对阳光已达到"愚忠"的程度，他似乎仅为阳光活着，像夸父一样，一生都在追逐阳光，把阳光视为"拜物教"。

1883年，莫奈为了更方便描绘塞纳河的景色，效仿前辈大师，造了一条带有画室的小船，日夜不停地在塞纳河上游弋，寻找画旨，他说："我的一生都在塞纳河，可以说，我每天所有的时间都是这样，甚至每个季节……我从没有产生过厌倦，对我来说，它永远在变化着。"那波光粼粼的流水，那变幻多姿的风貌，始终萦绕在画家心头，他的许多画面都表现了水在不同时刻的阳光下所呈现的不同风貌，水最生动、最灿烂、最忠实地反映出阳光色彩的变幻。水是大自然的镜子，也是光和色的镜子。一个画家最大的才能表现在对光和色的敏感和灵性的捕捉，只有及时抓住光与色的变幻的瞬间形象，才能出神入化地表现大自然的风采。因为万物丰富的色彩，也在水的晃动中融解、汇合、交织，形成绚丽多彩、莫可名状的美妙景象——这是印象派追求的至美至真的艺术境界。

莫奈最杰出的作品《日出·印象》就是写生于塞纳河，它描绘了塞纳河旭日初升，雾气迷蒙时分的风情。富丽堂皇而又轻柔美丽的色彩，竟像一曲颂歌，随着朝阳的升起，雾气的弥散，似乎天上人间融在一起。莫奈独具慧眼而又有着一双熟谙色彩的神奇之手，可谓巧夺天工。

《日出·印象》在巴黎展出获得巨大成功，轰动了艺术界，一个艺术史上的印象派像日出一样出现在欧洲绘画界的地平线上。

后来，莫奈又描绘了夕阳西下、霞光如火、黄昏时的塞纳河——《塞纳河·冬季的效果》，他尽力地描绘夕阳下水的一切魔力，水在莫奈的笔下，完全成为世界上最奇妙、最富丽堂皇、最璀璨无比的圣物。所以有人称赞他是"水的拉斐尔"。莫奈还画了《阿尔让特依的桥》，同样以灿烂织锦般的阳光铺满水面，色彩缤纷，艳丽无比。他还有一幅油画《芙台伊的帆船》，画面表现太阳从乌云中突然下沉，极富浪漫气息，用笔极为简洁潇洒。

这是最宏伟的色彩交响乐章，他竭尽全力描绘了水的一切魅力。水在莫奈笔下变幻多姿、明暗晴晦、动与静，油彩绘出奇妙而富丽堂皇的乐章。他画浪花飞溅，你能从画面上听到喧哗声；他画睡莲、荇藻，你能闻到一种浓烈的水腥气。

阳光和水构成莫奈塞纳河系列画卷。塞纳河的阳光和流水成就了莫奈"印象派之父"的地位。莫奈在他自己造的画船上，带着家眷，沿着塞纳河日夜漂流。他的情感和才华像滔滔的塞纳河流水，倾泻给这条巴黎的母亲河，阳光下流泻着他色彩的灵感，迸射着无与伦比、灿烂夺目的视觉感受的刺激。他的作品达到了印象派艺术创作的顶峰。

晚年的莫奈带着新组织的家庭（妻子过世，和另外一个女子结婚），来到离巴黎四十公里的山村住下，这里正是爱蒂河和塞纳河汇合处，因此可以说莫奈一生没有离开塞纳河。这里风景更加优美，果园、池塘、小桥、树林、花卉等等，都成了创作的素材。他另一幅经典之作《睡莲》就源于他修建的一座水塘，水里种植了睡莲。他在吉维尼所创作的一系列作品，"构成一篇篇以阳光和色彩谱写的辉煌交响乐章，他的契机就是阳光照耀下的一切"，目睹色彩丰富的景象：稻草垛、白杨树、教堂、花园、池塘里的睡莲……他的画笔在画布上纵横驰骋，灵感飞扬，激情燃烧，一幅幅杰作流水般倾泻而出。

莫奈常常同时画好几幅画，每一天的同一地点，选择同一景物，按照时间顺序排列画布，每一块画布都只在每一天的同一钟点来画。如此数日，这些作品几乎同时完成。

这种创作方式，也被后来者大画家高更采取了。高更为了画同一时刻阳光照耀下的同一景物，专门在自家院子里挖一壕沟，天天按时蹲在壕沟里，期待阳光降临。这真是太阳的忠诚信徒。

莫奈后来双目失明。他依然凭着心灵的感应，和对大自然的一往情深，艰难地跋涉在艺术创作崎岖的山路上，最终登上巅峰，阅尽无限风光。一个瞎子莫奈，一个聋子贝多芬，他们都是人类文化巨人，是上帝的杰出之子，他们难以置信地创造了人生最辉煌的"第九乐章"。

莫奈一度经济窘困，连买米的钱都没有，但一拿起画笔就像歌唱家拿起了吉他，他忠贞不渝地引吭高歌，参与对大自然的赞美。从莫奈的画作中，你能分辨出早晨、中午、黄昏的时间，和太阳的方位是直射、斜射、偏射。而凡·高视太阳为上帝，疯狂地席卷和吞噬着大地上的一切暗影，他笔下是一团火的世界。

这是一位艺术大师和塞纳河的一生之缘。其实莫奈身后还有一大批印象派画家，他们沿着莫奈开辟的道路跋涉，像毕沙罗、雷诺阿、马奈、塞尚……都是欧洲艺术历史上杰出的印象派画家。毕沙罗对印象派的重要意义并不低于莫奈，他们都在阳光和色彩的炼狱里煎熬、挣扎奋斗一生，最终向着炼狱的顶点盘旋而上，走进了印象派的天堂。

大多数印象派画家生活都很穷困，他们常常三餐不继，饿着肚子，或者贫病交加中坚持创作，但他们在作品上从未流露颓丧萎靡的气息，而是明快的色调，带给人们的是健康的、粗犷有力的笔触和激动强烈的色彩，朝气蓬勃、一片向上的信念。

好啦，你看一谈起塞纳河，竟拉拉扯扯讲了这么多印象派画家的故事。现在让我们回到船上，回到塞纳河上吧，我们的游船到哪儿了？

三

啊，我们的游船已离开西岱岛向圣路易岛驶去，这两个岛面积大小差不多，是塞纳河下的两枚卵，西岱岛上有大名鼎鼎的巴黎圣母院，圣路易岛上也有居民，楼房林立、树木参天，是塞纳河的一片风景胜地。你看，我倒忘了一个小得不能再小，在巴黎市地图上都没有标记的小岛——白鸟岛。岛上只有几棵树，树旁站立着一尊女神像。她并不高大，青铜铸就，头戴荆冠，手里高举火炬，像个小太阳似的金光闪闪，这是美国政府为感谢法国赠给纽约的自由女神像而回赠的缩小版自由女神像。在美国纽约哈得孙河口的自由岛上，矗立着一尊自由女神铜像，那是法国人民1886年美国独立一百一十一周年时送给美国人民的礼物。她的创作者是法国雕塑家巴托尔迪。

自由女神坐落在小白鸟岛上再合适不过，这小岛就是个典型的自由岛，自由得无人干预，甚至于被世人忘记，只有塞纳河的阳光和风陪伴着她，年年岁岁。

巴黎是个岛城，西岱岛上筑有城堡，形成街市，塞纳河就像城壕。其后经过几次兴衰，公元10世纪末，卡佩王朝建立，围绕着这座岛一圈圈疯狂地扩延，于是出现了举世闻名的都城。

塞纳河是一条艺术的河流，这里孕育了一大批绘画家、音乐家，还产生了一大批人文主义学者和诗人、文学家。18世纪的卢梭、伏尔泰、狄德罗，都居住在巴黎，塞纳河上倒映过他们雄辩时激情燃烧的形象，20世纪的加缪、萨特、波伏娃，也曾泛舟河上，在游艇上开怀畅饮、指点江山、针砭时弊、纵论春秋、臧否人物，争论得口角生风，那是"水上沙龙"，一个自由任性的时代。

不仅法国的作家、艺术家，连欧洲的诗人、画家、音乐家、作家都光顾巴黎，贝多芬、托尔斯泰、海涅、歌德、屠格涅夫……这里风光如画，怎能不引起以审美为职业的艺术家们趋之若鹜呢？仁者乐山，智者乐水。水给人智慧，水给人灵性，水滋润人的感情，激发创造的激情。中国古代的诗文大家哪个不是山水的信徒，李白的"黄河之水天上来"，杜甫的"不尽长江滚滚来"，王之涣的"黄河远上白云间"，苏东坡的"大江东去"，亡国君主李煜的"一江春水向东流"，一声无可奈何的哀叹！对水发出感慨最早的莫过于孔夫子，面对滔滔东去的黄河，他连连感叹："逝者如斯夫。"爱国诗人屈夫子，最终投身汨罗江，以了终生，水成了他的坟墓。

法国大作曲家柏辽兹就诞生在塞纳河畔，他是法国国歌《马赛曲》（原名《莱茵团战歌》）的作者。柏辽兹是位感情极为丰沛的人，在他眼里情感是宗教，情感就是上帝。他的情感如同塞纳河五光十色的河水，他用自己情感的巨大苦难，为人类赎回了某些血液里最珍贵的东西，他的经典作品《幻想交响曲》是一部标题音乐的典范之作。柏辽兹的《幻想交响曲》就是他情感神话的原型，足够解释他的一生。柏辽兹的父亲是个医生，父亲想让儿子子承父业，但柏辽兹像德国诗人海涅一样，是忤逆之子，偏偏爱上音乐，对医学毫无兴趣。后来他进了世界最著名的巴黎音乐学院，一生致力于标题音乐创作。《幻想交响曲》，那梦想与激情、田野迷人风光，舞台上的乐章抒情、优美的旋律，像塞纳河流水一样悠然、恬静。这首交响曲是一个艺术家生涯的插曲。故事是写一个精神失常的青年音乐家（实际上是作曲家本人），因不堪单恋之苦而服毒，用药量不足，未致死，在昏睡状态中，一种奇思幻觉纷纷集于心，转成乐思，幻化成一曲奇妙动人的旋律……这位"伟大"的作曲家，实际上是"漫漫长夜的孤儿"。他一生追求天上的盛宴，并不向往人间的茅屋瓦舍，塞纳河粼粼波光像虚无缥缈的春梦，更令人感受到诱惑。

对塞纳河深怀感情的不仅仅是莫奈，还有他的后继者和学生，他们像莫奈一样在塞纳河上写生、绘画，追逐阳光、气象和流水的变幻，《塞纳河和巴黎圣母院》《布日瓦尔的塞纳河》《阿尔让特的塞纳河》

《夏日傍晚在大桥上遇到暴雨》等等，都是名噪一时印象派画家的优秀之作。

我对塞纳河也产生了浓厚的兴趣，总想多介绍一些艺术家与塞纳河的情感纠葛。还有一个法国浪漫主义艺术大师德拉克洛瓦。他是画家，却和作曲家柏辽兹关系很好，也热爱肖邦、莫扎特，与诗人波德莱尔有着密切的友谊。波德莱尔你熟悉吗？就是那个写《恶之花》《巴黎的忧郁》的诗人，我国现代诗人徐志摩、苏曼殊、戴望舒无不受波德莱尔象征派诗歌的影响。他还给歌德的诗集作过插图，他也喜欢但丁、莎士比亚、拜伦等人的作品，又常常面对米开朗基罗的雕塑沉思。他像莫奈一样热爱自然，爱树林、爱蓝天、爱白云，也爱朝霞落日，他常常跑到塞纳河畔，观赏落日夕晖的一河流水。他不属于印象派，他1798年出生于巴黎，长莫奈四十二岁，莫奈1840年也出生在巴黎，他们都是塞纳河的儿子。浪漫主义画家，更是情感浓烈，画中人物不仅情绪激昂，而且背景的自然现象也风起云涌，天地惊骇失色。他只要拿起画笔，情感就像火山喷发，发出巨大的呼啸声……所以作家左拉说："如果一任他，就会用颜料涂遍了全巴黎的墙壁，他的调色板是沸腾着的……"

塞纳河的流水和阳光培育了一批批艺术大师，他们的天才像流水一样，滔滔不绝地倾泻在法兰西这片土地上，他们的声誉却震撼了全球，他们的整个生命是一部壮丽的史诗。

一条河流会形成一个地域的生态体系及人文体系，这体系包括人文精神、风土人情、方言、礼节、性格、习性以及饮食。塞纳河就以其丰沛的乳汁喂养了一批旷古奇才，虽然她不激流飞湍，不惊涛裂岸，却用耐心和细腻的感情孜孜不倦地滋育着她儿女的心灵。

写到这里，我们的游船已经行程一个半小时，按照规定，我们在塞纳河的旅游该画上句号了，此时我忽然想起中国现代诗人冯至的《塞纳河畔的无名少女》，这是诗人写的一篇散文，讲述了一个荒诞的故事，说一个雕塑家想雕塑一个天使，放进礼拜堂，他忙活一冬春，雕塑许多少女像都不满意，后来发现修道院紧闭的窗户打开了，露出一位微笑的少女，雕塑家灵感突然唤醒，产生了创作的冲动，便邀请修道院少女做他的模特，结果仍然是失败。少女离开修道院还能活吗？因此带着永恒的微笑投身塞纳河，自溺而亡。是梦？是真？是人？是神？是生活？是艺术？这里蕴含着深沉的哲理。我把其中一段按诗句排列如下：

　　她没有苦乐的表情。
　　只洋溢着一种超凡的微笑，
　　像是人间的一切的升华。
　　这微笑是鹅毛一样。
　　而它包含的又比整个世界还重，
　　——世界在她的微笑中变得轻了又轻了
　　……

　　夕阳下的塞纳河在微笑，粼粼的笑纹，恬谧而温馨，晚霞给她涂上一抹红晕。

2015年9月29日

夕阳金辉里钟声悠扬

一

夕阳西下，我们来到塞纳河畔的巴黎圣母院。这座哥特式的教堂以八百年的老资历见证了法兰西的历史兴衰和风云变幻。如果埃菲尔铁塔是法国现代巴黎的标志，那么巴黎圣母院无疑是古老巴黎的象征。它是建筑史上早期哥特式的典范。

巴黎圣母院处于巴黎的核心位置，坐落在塞纳河的西岱岛上。据说巴黎的先民高卢人，最早就在这里建立城市的雏形，至今计算巴黎到法国各地的里程，都以巴黎圣母院为起点。

我现在就站在这起点上，背景便是庞大壮观的圣母院，身旁是一棵巨树，一尊骑马挥戈的武士的雕塑。琥珀色夕阳的光芒辉耀在塔尖上、钟楼上、树枝上，塞纳河水泛着粼粼光斑流去。圣母院苍老了，在夕阳里像沉默的老人，任时光在他肩头慢慢流过。

来到巴黎圣母院首先想到的是雨果，犹如说起中国的三大名楼，人们首先想起王勃的《滕王阁序》，崔颢的《黄鹤楼》诗，范仲淹的《岳阳楼记》。雨果因巴黎圣母院而成名，巴黎圣母院因雨果而扬名，雨果为这座建筑增光敷彩，投光注煌。

在我们未登上巴黎圣母院前，先来温习一遍雨果对它的描述：

> 建筑史肯定没有更辉煌的篇章。……三座尖顶拱门；门顶上二十八座列王神龛一字排开，组成精工细雕的束带层；

再往上，巨大的中央玫瑰花窗左右各有一扇侧窗；更上一层，是高耸的单薄的三叶草图的拱廊，细巧的柱子支撑着笨重的平台；最后是两座黑沉沉的石板有前檐的伟岸塔；上下叠成壮观的五层，每层各为一个宏伟的整体依附其上的众多雕像、雕刻和镂刻。不妨说这是石头的交响乐，是一个人和一个民族的宏伟巨构……每一块石头都花样百出，体现出艺术家的天才和工匠的奇想。既千姿百态，又亘古如一。

我们沿着螺旋式楼梯拾级而上。教堂那么古老，那么神秘，似乎能听到古老的楼宇间隐隐传来敲钟人的嗫嗫嚅嚅的说话声和爱丝梅拉达的细语。房间幽暗，拱顶的油画是大片浓艳的色彩，闪着釉质的光泽，很难辨清那油画表达什么意义，或是什么故事中的情节。走进巴黎圣母院，只觉得眼花缭乱，目不暇接，一种震撼人心的磅礴之气势，浩瀚之壮阔，萦绕着你，压抑着你，你会自感渺小、卑微。那壁画一笔一画的精致描绘，一丝不苟的奢华，材质及尊贵独有的傲慢，处处闪烁着经典的色彩。每块石头、每件雕刻、每尊雕像，都气度非凡，融汇蕴藉着历史的宏大叙事和传奇。

雨果细细触摸着教堂的每一块石头，忽然间在两座塔楼的暗角上，他发现一个用手刻在墙上的字："ANARKH"——希腊的单词，意为"命运"。刹那间，他的大脑里迸溅出灵感的火花，眼睛像电光倏然明亮了，他的视野骤然变得辽远宏阔，一部法兰西起伏跌宕的历史，一幅幅人类自相残杀血腥的画面，一个个鲜活善良和丑恶的人物在眼前的舞台上活跃起来。巴黎圣母院就是法兰西历史的舞台。

我在上高中时就读过小说《巴黎圣母院》，它载着建筑巴黎圣母院，走遍欧洲，走遍世界，走进千百万人的视野和记忆。我走近建筑巴黎圣母院，首先想到的是小说《巴黎圣母院》。

我走进一层层殿堂，阴森、晦暗，有一种恐惧感弥漫心头。我担心会遇到卡西莫多、副主教克洛德、吉卜赛少女爱丝梅拉达、国王队长法比的幽灵，或在楼梯一角，或在一尊雕像后面。更可怕的是阴鸷的副主教克洛德把少女爱丝梅拉达驱逐出圣母院，再度威逼她顺从自己，少女宁死不从。他便把少女交给官兵，自己登上圣母院的钟楼上狞笑着看着她被绞死。善良而面貌丑陋的敲钟人卡西莫多看清了克洛德的虚伪和残忍，把他从钟楼上推下摔死，自己则紧抱着少女的遗体死去。

爱丝梅拉达是封建制度下受尽压迫和凌辱的流浪卖艺少女的典型形象。她性格热情，善良、勇敢，爱憎分明、坚贞不屈、见义勇为。面对克洛德的淫威，她始终坚贞不屈，表现了宁死不侮的英雄气概。雨果把真善美的元素都倾注在爱丝梅拉达身上，塑造了一个完美统一的艺术形象。她是纯洁的象征，是仁爱的象征。卡西莫多是社会鄙弃的残疾孤儿，冷酷的现实并未扭曲他的秉性。他虽然相貌丑陋，但忠诚、勇敢和乐于自我牺牲。他认清了养父克洛德的丑恶面目后，毅然处死了克洛德。

一个惊心动魄的故事。巧妙的构思，离奇的情节，非凡的人物，揭露了两个世界，两个阶级截然不同的本质，真与伪，善与恶，美与丑，泾渭分明。真善美与假恶丑同时登场，使小说具有震撼人心的力量。

在小说里，雨果思考善恶、美丑，关怀苦难的人类，探索命运、自由，巴黎圣母院也远远超越它作为"建筑"和"教堂"的意义。全新的社会价值和思想内涵赋予了这座古老建筑生命和灵魂。雨果说："巴黎圣母院上面一层是地牢，下面一层是坟墓。"这两层结构恰与当时社会体制相似。

沿着雨果曾经走过的那道楼梯拾级而上，这位历史巨人踏着法兰西那段历史的浪潮踽踽而来。

那是一个腥风血雨的时代，是欧洲大陆板荡、剑戈铿锵、烽火烛天、烟尘蔽日的时代。短短的八十多年，波拿巴临时执政政府，法兰西第一帝国，波旁王朝百日复辟，波旁王朝再度复辟，"七月王朝"，法兰西第二共和国，法兰西第二帝国，法兰西第三帝国，法兰西第三共和国，刀光剑影，腥风血雨。雨果就在这样的风浪中穿行，写出了大气磅礴的浪漫诗篇，抒发了浪漫主义悲悯情怀。

雨果是那个动荡年代不沉的浮标。

一个时代的灵魂。

二

雨果的故事很动人，雨果的一生是传奇的一生。

维克多·雨果1802年2月26日出生在法国小城贝桑松，他的祖父是木匠，父亲是共和国军队军官，国王的亲信、重臣。1831年，他二十九岁那年发表了不朽的经典巨著《巴黎圣母院》。1851年12月，路易·波拿巴发动政变，雨果参与了政变组织。路易·波拿巴上台后建立了法兰西第二帝国，他实行恐怖政策。雨果被迫流亡国外，流亡期间写了大量作品，如《悲惨世界》《笑面人》等。

雨果的母亲苏菲是船主的女儿，是个虔诚的天主教徒。雨果的童年是在意大利和西班牙度过的，他从小就发现了一代大师伏尔泰、卢梭、狄德罗。

雨果第一次来到巴黎圣母院，一下子就被震撼了。这座典型的哥特式建筑，除了在形式上采用尖券之处，在结构上还有创造尖拱的肋料拱顶和飞升的扶壁。建筑空间寥廓旷大。一进教堂有一种上升的感觉，灵魂得到净化，境界感到提升。以后他常常徘徊在这座庄严、雄伟的建筑里，伏尔泰、卢梭、狄德罗们对人权、社会的思考，像霏霏春雨般打湿了雨果的灵魂。雨果心灵深处滋长着这种宗教式的悲悯情怀。

1827年10月，雨果发表了历史剧《克伦威尔》。诗剧有一长序，他写道："人类的活动随着社会的发展而渐渐丰富，人类间经常爆发冲突和战争，这时的诗是表现社会动荡，因而由抒情诗转化为史诗……到了近代，基督教出现，人们认识到了灵与肉的双重性，人性中的不同方面对立着、冲突着，表现人性双重性的便是戏剧。它将善与恶、美与丑、真与假、光明与黑暗、欢乐与痛苦在作品中结合起来。"

对于浪漫主义者来说，《克伦威尔·序言》以战斗的、革新的精神贯穿全文，洋洋洒洒，气势磅礴，强烈地反映了法国1830年革命前夕资产阶级反复辟王朝的民主要求。《克伦威尔·序言》是浪漫主义文学的宣言。无疑是一面旗帜，雨果自然是当之无愧的旗手。

雨果的诗想象力极为丰富，伊甸园的瑰丽，东方之夜的辉煌，气度恢弘，风格豪放、阔大，洋洋洒洒，恣意纵横。他的诗开拓了诗歌创作畛域，抒情讽刺，写景咏史，还有哲理沉思，全部得心应手，驾轻就熟，炉火纯青。

他有一首诗《半睡》：

暗影沉冷的气息充盈住房，
夜已深，万籁俱静，黑暗的形，
在入睡者身旁来回游荡。

当我化为物，我感到，
身边之物变成人，
我们的墙是一副面孔，在探望灰暗的天空，
两扇苍白的窗窥视我的梦境。

雨果十七岁那年与门当户对、年轻漂亮、自幼青梅竹马的阿黛尔订婚，二十岁时结婚，两个人恩爱无比，生有三男二女。谁料到结婚第十年，阿黛尔红杏出墙，爱上了另一位评论家，常常偷偷约会。

那时雨果的诗集《颂歌与摇曲》出版，在社会上产生了巨大的反响，评论文章铺天盖地。在所有评论文章中，最让雨果满意的是圣勃夫那篇。圣勃夫去拜访雨果，二人侃侃而谈，口角生风，圣勃夫妙语连珠，言语犀利，知识渊博，当时雨果怎么也没想到就是这个"头颅大且圆，背脊明显地佝偻，说起话来结结巴巴的人"会在未来的日子里搅乱他的生活。

1829年，是雨果与阿黛尔发生精神危机的一年。这一整年，雨果都陷入他宏篇巨著《巴黎圣母院》的写作。在创作这部巨著前，雨果经常造访巴黎圣母院，其实教堂是极为朴素的，里面几乎什么装饰都没有，但每次面对着圣母像，雨果只感到自己的灵魂得到净化，他的思想在广阔的天宇自由飞翔，灵感的火花也四溅迸射，创作的欲望像火一样燃烧，关于人类，关于命运，关于苦难的探索，盘绕脑海，使他白天黑夜不得安宁。他全身心地投入创作。

谁知，雨果夜以继日地笔耕时，他的后院却着了火。阿黛尔和圣勃夫约会更加频繁，尽管阿黛尔又为雨果生了一个女孩，她与圣勃夫的地下爱河仍然汹涌澎湃，阿黛尔对雨果越来越冷淡，而对圣勃夫越来越热情，雨果隐隐感到家庭要发生什么。

《巴黎圣母院》出版，又是一番社会的轰动，雨果根本无暇过问，他又忍着内心的煎熬，把精力投入到写作中。继《巴黎圣母院》后，又开始了《秋叶集》《逍遥王》《吕克莱斯·波吉亚》的创作，他发疯般地写作，只有创作才能解除他精神中的烦恼和痛苦。

阿黛尔对他已失去了妻子的温存，没有了家庭的欢爱。1832年，他们终于分道扬镳，阿黛尔随圣勃夫而去。

三

我坐在巴黎圣母院大门外的台阶上，夕阳向晚了，城市沐浴在落日的夕晖中，楼房、教堂、钟楼、尖塔上跳跃着金色的光斑，似乎炫耀着昔日的辉煌，大街上，车流人浪，缓缓涌动。巴黎的生活是缓慢的，犹如眼前的塞纳河的流水，不嚣张、不叱咤，平静地默默地流淌。

我想当年的雨果是否像我一样，落日中，夕晖里，坐在这台阶上，痛苦地沉思？是思考家庭的破裂，还是酝酿新的佳作？巴黎的秋天是萧瑟的，一片片落叶从空中漂泊而下，有的落在他的肩头，有片叶子落在怀里。雨果眉宇间忧郁的云消失了，"所谓活着的人"，就是不断挑战的人，不断攀登命运高峰的人。他扔掉叶片站起来，像对天空、大地发誓，大声地说："靠自己的力量，打开命运的前途！"

一想到中世纪，我总感到那个时期天地浑浑蒙蒙，世界充满黑暗。人处在半睡半醒的蒙眬中，睡着的人都是黑暗的信徒，那时基督教和天主教都在闭着眼睛唱催眠曲，其实他们不唱，信徒们照样酣然入梦。

但有人在黑暗中睁着大眼，没有睡意，他们手举火把，赶着狮子，在黑暗中寻找光明，他们的火光烧穿了黑暗的夜晚，他们的脚步，惊醒了梦中人……

伏尔泰、卢梭、狄德罗就是高举火把在黑暗中奔波的人。

而维克多·雨果是后继者，他高举着浪漫主义大旗，渴望人间的平等、和谐、友谊和爱。但是法兰西的现实却打破了他幼稚的幻想。

1789年7月14日，法国资产阶级大革命爆发，革命者向凡尔赛宫进攻，两个小时里攻破了巴士底监狱，典狱长被斩首。

1793年1月21日，路易十六被押上断头台，他血淋淋的头颅被刽子手拎在空中，围观的群众一阵狂呼："共和国万岁！"

法国的君主制结束了！

凡尔赛宫的辉煌时代结束了，法国的古典主义结束了。

雨果的浪漫主义再也不须贴着地面飞翔，而是腾空翱翔了。那时雨果的诗歌创作都有奔放的想象和神幻的色彩了。

雨果是个热情而多产的作家，他说："在诗歌的田园里没有禁地。"

宗教生于人类对自己命运的悲悯，也归于这种悲悯。

雨果说："我追求的是一个高尚的社会，高尚的人类和高尚的宗教——没有君主的社会，没有国界的人类，没有经书的宗教。"

那时候雨果经常参加夏尔举办的浪漫主义文艺沙龙，在那里，各界人士济济一堂，谈笑风生，妙语连珠，充满激情，也充满睿智。雨果是活跃分子之一。

1824年4月19日，英国浪漫主义诗人拜伦为了支援希腊人民反抗土耳其的统治而牺牲在希腊的战场上，这一事件在法国浪漫派作家中产生巨大反响，雨果深受影响，更坚定了他的浪漫主义立场，在浪漫主义文学的道路上，真正迈开了步伐。1830年，雨果写了剧本《欧那尼》，它的上演是对舞台上的古典主义的重磅轰击。《欧那尼》首演取得了巨大成功，此后连续上演四十五场，观众场场爆满，整个巴黎都处在《欧那尼》的狂热之中。在图卢兹，一个青年为了维护《欧那尼》在同人决斗时死去；在瓦纳，一个骑兵排长临终留下遗言，要在他的墓碑上镌刻下"这里长眠着雨果的信徒"。

由《欧那尼》的成功，催生了《巴黎圣母院》的创作。《巴黎圣母院》的出版轰动了法兰西，也轰动了整个世界。

《巴黎圣母院》的巨大成功，使这座古老教堂进入了世人的视野，人们对巴黎圣母院的社会内涵，建筑学价值、社会学价值、宗教价值有了崭新的认识，由此法国政府对教堂进行了大规模的修缮。

四

失了阿黛尔，获得了朱丽叶，这是雨果生命最重大的事件，是他人生命运中最多姿多彩的一笔。

朱丽叶是个演员，她早就仰慕雨果，她曾扮演雨果剧本《吕克莱斯·波吉亚》中一个小角色，但剧中有两句台词，对她留下刻骨铭心的记忆：

玛菲奥："友情并不能填满一颗空虚的心，夫人。"
内格罗尼："我的上帝！那么要什么才能填满一颗心呢？"
玛菲奥："爱情！"

雨果结识了朱丽叶，发现朱丽叶惊人的美貌，她除了有阿黛尔那样的温柔和对家庭的关爱，更重要的是，这位风尘女子的聪慧，对文学和诗歌的爱好，细腻的理解，真知灼见的观点，这是阿黛尔所不及的。对于雨果的手稿，阿黛尔无动于衷，而朱丽叶却视如珍宝，哪怕只言片语她都钟爱有加。

自1832年开始，三十岁的雨果和二十六岁的女演员就经常相伴旅游：莱茵河畔、比利牛斯山麓、瑞士琉森湖、意大利威尼斯……都留下他们的欢歌笑语和浪漫的身影……

朱丽叶自从坠入爱河，只要雨果不在身边，每天必写一封情书。自从认识雨果以后，朱丽叶便放弃浮华生活，结束了她的演艺生涯，她索性独居，靠给人家缝缝补补维持生存。她心中只有雨果，雨果是她的唯一。雨果写作，她是第一个读者和抄写员，生活上她是雨果的保姆，旅行中她是体贴、关怀备至的旅伴，即使逃亡时，她依然伴随雨果，担当起保护神的角色。

朱丽叶为爱情付出的代价和牺牲是感动他的。多年来她始终和雨果的家庭保持距离，当雨果与阿黛尔相聚时，她则远远地看着。她明白这是雨果的需要，她心甘情愿放弃自我。

雨果是个很传统的男人，阿黛尔也是一个传统的女人，从小都受到良好的家庭教育，他从不想扼杀一个女人对爱情的追求，雨果在创作《巴黎圣母院》时几乎忘掉了这位妻子，他整日沉浸在创作的激情里。阿黛尔精神的寂寞和孤凄是难以言状的，也是无法忍受的，最后竟然选择了分离。

阿黛尔离开雨果后并不幸福，经济上拮据，几乎到了举步维艰的境地。她不得不到街头摆小摊，制作镶有雨果、拉马丁、小仲马、乔治·桑四位作家头像的木盒出售。雨果得悉，托人悄悄买下。这些木盒至今还陈列在巴黎的雨果故居。

1843年9月4日是个黑色的日子，这一天雨果和朱丽叶在比利牛斯山长途旅行中惊闻长女意外死亡的信息，他感到"一半的生命在逝去"。回到巴黎，他和阿黛尔同样痛苦，夫妻关系有了缓和。雨果一直处于这两个女人的感情纠葛中，有幸福，更多的却是痛苦。

朱丽叶和阿黛尔始终保持着距离，既渴望互相倾诉，又不愿或怯于相见。

就这样，两个完全不同的女人伴随着雨果走过上下半生。

1851年12月2日，拿破仑三世发动军事政变，雨果参与了反政变组织，路易·波拿巴政变成功，上台后自称皇帝，建立了法兰西第二帝国，他实行恐怖政策……拿破仑三世恨透了雨果，下令悬赏通缉雨果。从此雨果开始了漫长的十九年的流亡生活，先后住在比利时的布鲁塞尔、英属泽西岛和格恩济岛。朱丽叶伴随着他四处漂泊，度过了许多艰难坎坷的岁月。流亡期间雨果深有感悟地说："我们不能活着没有面包。我们同样不能活着没有祖国。"正是在这种强烈的爱国主义精神支配下，雨果一次又一次拒绝了拿破仑三世的收买，对反革命的独裁政权进行了毫不妥协的斗争。1859年8月16日，拿破仑三世下了大赦令，允许雨果自由地返回祖国。雨果毅然拒绝，他说："面对我的良心，忠实于它所做的决定。如果得不到真正的自由，就决不回国。"

流亡国外期间，雨果生活极其艰苦，在同拿破仑三世的斗争中，他始终没放弃创作，而且迎接他的是第三个创作丰收季节，他的长篇小说《悲惨世界》《笑面人》《海上劳工》等，以及诗集《默想集》，文艺批判专著《莎士比亚论》，都是流亡期间的代表作。

《悲惨世界》篇幅浩大，气势恢弘，表现的生活繁富复杂，是一幅幅法兰西色彩斑斓的画面，展示了雨果卓越的艺术才能。

尽管流亡在外，雨果却时常怀念祖国，有时呆呆地坐在窗前，仿佛眼前出现幻影：塞纳河流水不浮不躁，平静地流淌；香榭丽舍大街上的车流人浪的喧嚣；巴黎的咖啡馆和朋友的高谈阔论。他更难忘记巴黎圣母院的一梁一柱。巴黎圣母院那南北两座钟楼，后面是座高达九十米的尖塔，巍峨入云，塔顶上细长的十字架，远望似与天穹相连……祖国啊，漂泊天涯的孩子想念你，应该怎样结束这悲惨世界呢？雨果向读者开出实行资产阶级"仁爱"的处方，就是仁慈和博爱，这是受到空想社会主义学说的影响。他把此"处方"当作社会生活最高准则的理想。

这是一部以现实主义为基调，又具有浓厚浪漫主义色彩的作品。

1870年，拿破仑三世垮台。雨果结束了长达十九年的流亡生活，回到巴黎。他兴奋地写道："共和国归来的日子就是我返回祖国之时。"

他回到魂牵梦萦的塞纳河畔，看到河水起起落落，聆听巴黎圣母院圣诗班唱歌似的诵读声。

巴黎人民像迎接英雄凯旋一样热情欢迎雨果。不久普法战争爆发了，为了捍卫祖国的尊严和主权，他捐出稿费，铸造了两门大炮，其中一门就命名"雨果"。

1871年2月，雨果当选国会议员。巴黎公社期间，他在布鲁塞尔，并不了解这一无产阶级革命的伟大意义，但他同情巴黎公社。

在他结束流亡国外的前一年，即1869年，雨果在洛桑世界和平大会上被选为会议主席，他作了开幕词和闭幕词，他说："我希望人与人之间，民族与民族之间，人种与人种之间，兄弟与兄弟之间，亚伯与该隐之间恢复和平。我们希望仇恨得到广泛的平息。"在雨果祈求世界和平时，家庭却厄运连连，1863年，他的小女儿小阿黛尔失恋远走美洲；1867年5月，他的长孙又夭折；1868年，他的妻子阿黛尔中风去世。一连串的灾难对雨果带来沉重的打击。雨果老了！狐死首丘，他眺望着巴黎，无数次午夜梦回，依稀徘徊在圣母院那迂回曲折的螺旋形楼梯上。

雨果穿过这个惊涛骇浪的时代，他期望这个世界没有战争、饥饿、苦难，他用浪漫主义的理想，浪漫的诗篇期望一个浪漫的社会。

巴黎圣母院依然静静地坐落在塞纳河畔，那悠扬的钟声，那唱诗班迷人的歌声，伴着汩汩潺潺的流水声，送走一个个春夏秋冬。那宏伟的建筑，不浮夸不张扬，始终保持着经典的品质和悠久的历史。那精致的雕塑，一丝不苟的奢华材质及尊贵独有的傲慢，处处闪射着经典的光彩。

黄昏了，夕阳沉到塞纳河里了。满天的余霞璀璨烂漫，给巴黎古城最后的辉煌，我坐在岸边，想起中国古代诗人谢朓的诗句："余霞散成绮，澄江静如练。"晚霞如绮，流水成练，古老的巴黎圣母院在薄薄的夕晖中显得格外高贵、宁静。1883年秋天是雨果不幸的季节，朝夕相伴他大半生、患难与共的朱丽叶离开了人世。死前她含着泪写道："亲爱的，最亲爱的，我不知道明年此刻我将身在何处，但我感到幸福和骄傲的是，我可以用一句话来向你表达，我的一生证明了我爱你。"

朱丽叶的去世对雨果是最沉重的打击，回首往事更是痛苦至极，这些年风雨漂泊，流落异国他乡，是朱丽叶相依相伴，帮他抄写手稿，照顾他的生活起居。夜晚他写作，朱丽叶红袖添香，烧好咖啡放在桌子上。她是他的拐杖，私密，是他的保护神。旅游，她背着背包走在前面，跋山涉水她总是搀着扶着牵着他，一步步，走过风，走过雨，走过坎坷和泥泞……而今斯人远离，一种巨大的孤独、压迫逼近而来，他感到窒息，痛不欲生。

朱丽叶用全部的生命证明，当一个女人全身心去爱时，通常是不计成本的。雨果在朱丽叶离世后写道："唉，没有了她，如何度过这年年月月？把我带上，上帝啊！不要再等待一天，不要再等一刻！"

天遂人愿，一年之后，雨果去世了。法兰西19世纪一颗巨星陨落，守候在雨果身边的人把墙壁上的挂钟拨停在1时30分（1885年5月22日下午）。

巴黎圣母院的钟楼里钟声又悠扬地响起，已是夕阳西下，整个巴黎都沐浴在夕晖和悠远的钟声里。

巴黎圣母院那洪亮的钟声，是被雨果赋予生命的，它是卡西莫多最好的朋友，倾听着他的孤独和迷茫，在卡西莫多面对善恶难以抉择时，大钟提醒了他，教会了他辨别善恶的心灵，给了他能消灭邪恶的武器。

2015年8月26日

雨，落在香榭丽舍大街

下雨了，巴黎笼罩在一片雾纱般的雨霭中，宫殿、楼房、街道、铁塔变得朦胧迷离，一幅动人的印象派画卷。

我打着一把伞，散步在香榭丽舍大街上，我喜欢独自游览，没有游伴思绪反而更自由，更放纵。雨不大，沙沙沙，打在树叶、花草、雨伞上，有一种轻柔的节奏感，好像天地间演奏着的一曲轻音乐。暮春夏初，香榭丽舍大街两旁高大的梧桐树、栗树被雨水一滤，显得格外新绿翠碧，古老的大街也年轻了许多。花圃里鲜花添了新韵，绿草惊醒了新叶，初夏早开的玫瑰也斟满了新鲜的露酿，香气弥漫开来，一条大街都醉了。

雨天街道上行人和车辆也稀少，喧嚣的巴黎冷静下来，调子幽微，低低的，带有颤动性。

如果到巴黎不去游览香榭丽舍大街，就像没有参观卢浮宫一样，算你没有真正到过巴黎。我很早——大概上中学时期就知道香榭丽舍大街，我是从巴尔扎克的《高老头》，雨果的《巴黎圣母院》《悲惨世界》，福楼拜的《包法利夫人》中，更多的是小仲马风靡全球的小说《茶花女》中认识香榭丽舍的。

小仲马在《茶花女》中描写道：

> 我记得经常在香榭丽舍碰见玛格丽特，她不厌其烦每天乘坐一辆蓝色小马车去那里，套车的两匹枣红马漂亮极了。

我注意到她身上有一种和她相同身份的女人不同的气息，她确实美貌无比，而与众不同的气息使她更加漂亮妖媚。

小仲马对玛格丽特的描写，饱蘸激情，动人心弦，写到极处催人泪下，并说玛格丽特"尽管在她经常兜风的路上碰到不少熟人，她只是偶尔露出一丝不易察觉的微笑，一个公爵夫人才可能有的这种微笑"。

这是茶花女玛格丽特最得意、最风流、最浪漫的岁月。诗一般的年华，花一样的容貌，青春四射的魅力，浪漫多彩的才情，哪个男子见到能不神醉痴迷？特别是她那具有贵族王公夫人的高雅、尊贵的气质，更添一抹动人的风韵。香榭丽舍因她的出现而骚动，连树荫下的玫瑰花也因她的风貌而羞愧地垂下眼睛。

安宁街9号，这是玛格丽特的宅居。我想寻访这位"名人故居"，导游小张问了行人，谁也不知道。我想，《茶花女》是小说，这个宅居也许是虚构的。

小仲马因《茶花女》一举成名，跻身法兰西文学史上的著名作家行列。

《茶花女》是根据真人真事写成的，书中融入了作者痛苦的经历和感受，小说主人公玛格丽特是巴黎红极一时的名妓，她原来是一个乡下姑娘，从农村来到城市，沦为娼妓。由于她长得酷似某公爵已故的爱女，因而受到某公爵的青睐。小仲马和这姑娘同龄，爱上了她。她患有肺病，二十三岁正是豆蔻年华，春光明媚时节，一朵艳丽的花朵凄然凋零，爱情的悲剧使小仲马《茶花女》有了蓝本。

这个故事最动人处，是茶花女凭着自己的美貌被公子哥们追逐包围，为他们卖笑、卖唱、卖身，整日花天酒地，醉生梦死。玛格丽特终于醒悟过来，厌倦这种庸俗、无聊、冷酷无情的人世生活，她想挣扎出这肮脏污浊的泥沼。她在病中结识了阿尔芒，俩人倾心相爱，真诚、纯洁的爱情激发了玛格丽特对人生的依恋和幸福的憧憬。她决心从良，抛弃巴黎那种都市喧嚣的生活，变卖财产，清偿债务，和阿尔芒回到乡下，过简朴宁静的生活。

这故事有点儿像中国古典戏剧《杜十娘怒沉百宝箱》，注定是悲剧的结局。好景不长，由于玛格丽特和阿尔芒产生了误会，她病情加重，在痛苦的煎熬中不幸去世。

香榭丽舍大街随着《茶花女》而名扬天下。

香榭丽舍是巴黎最美的街道。它东起协和广场，西至戴高乐广场，全长一千八百米，尽头便是大名鼎鼎的凯旋门。

香榭丽舍这个名字不知道谁最早翻译成中文的，真好！很有中国古典诗歌的雅韵。"香"，在法语是"田园"的意思，"丽舍"是希腊神话中众神居住的地方，"榭"，就完全中国化了，亭台楼榭，水榭廊阁，更富有古典的美、诗意的浪漫，多少爱的缠绵、情的缱绻都出现在这亭台楼榭间，是爱的舞台，又是爱的道具。

香榭丽舍大街两旁原是皇帝贵族的豪宅，后逐渐发展为富商巨贾云集之地。这屋瓦的豪奢、华贵、优雅也渐渐染上世俗气、铜臭气。男人们西装革履、衣冠楚楚、大腹便便，礼帽和手杖都带有绅士的风采。而女士则奇装异服，高跟鞋的咚咚声，嗲声嗲气的话语声，那裸肩露背，宽边薄纱帽下一张秀丽的脸庞，涂着银蓝色眼影的摩登女郎。走在这街上，我总觉得周围弥漫着一种放浪之气，像走进红灯区。

否！这样描写著名的香榭丽舍为大不敬。香榭丽舍是巴黎最繁华、最富贵的大街，它像法国的一枚徽章，熠熠闪烁着傲慢和高贵之光，这里是世界名牌商品集散地，豪华的轿车，世上名贵的珠宝，琳琅满目的高档商店，驰名世界的奢华商品，法国最新款式的服装，瑞士的名牌手表，德国的驰名厨具，雪铁龙、奔驰、宝马、富格、保时捷豪华轿车的专卖店、展销中心，更多的是世界各地的名酒、形状各异的包装，令人目瞪口呆，还有品种万千的香水、香精、香粉，各种品牌的化妆品，见所未见、闻所未闻，商家的创意精神和才华，令人叹为观止！

香榭丽舍大街上，更多的是彻夜灯火通明的咖啡厅、酒吧、保险公司、证券交易所、航空公司、电影公司、发行公司、金融公司、歌剧院，大腹便便的老板、富翁、款爷，涂脂抹粉、皮肤鲜嫩的情人，雍容华贵的夫人、太太，衣袂飘飘，鞋钉当当，出出进进那豪华的凯旋门，这是天上人间！大街上弥漫着富贵气、奢靡气、香水气，还有荷尔蒙气息！

巴黎的香榭丽舍尊荣富贵，但安详、淡定，古老而不龙钟，内涵仍然富有生机，它们的科学、文学、艺术仍然领先世界。且不说下雨天街道的静谧，就是阳光明媚的日子里，街上也不是人头攒聚，熙熙攘攘、拥挤不堪，生活的河流，很有节奏地流淌着，哥特式的古老建筑慢条斯理地叙述着身边的故事，演绎着新的情节。

海明威当年游历巴黎，心情激动，不住地称赞："巴黎是一个节日！"它的繁荣，它的豪奢、浮华、喧嚣，川流不息的四轮马车、时髦的轿车，行人熙熙攘攘，鲜丽的服装，造型浮夸的帽子，五彩斑斓，更令人惊奇的是牧人吹着芦笛，赶着羊群穿行大街上。这是巴黎一大景观。

香榭丽舍大街始建于1616年，原初是一条从卢浮宫到杜伊勒利花园的一条通道，也称皇后大道。后来凡尔赛宫的设计者把它延伸到戴高乐圆形广场，直到19世纪初，凯旋门的兴建，香榭丽舍大道才正式走上巴黎历史的舞台。巴黎第一道地铁从街道下面通过，两旁楼房陆续兴建起来，转眼间这里形成一条繁荣浮华的商业大街。两旁的梧桐树、栗树高大巍峨，树冠庞大，树荫下是芳草和鲜花的花坛、花圃、绿茵。建筑基本上是象牙白色，六七层的样子。亮丽的橱窗、露天的酒吧、咖啡茶座、香气扑鼻的摩登女郎、忘情拥抱的情侣、领着爱犬漫步的贵妇人、坐在遮阳避雨长椅上的老人，到处洋溢着法兰西的浪漫情趣。

不过现代旅游业的发展，更增添了巴黎的浪漫情调。我坐在长椅上静观细雨中的行人，优雅恬静的法国女郎，典雅大方的英国女子，挺拔贤淑的德国女孩，性感至极、活泼灵动的俄罗斯姑娘，还有腼腆温柔的东方女性。她们偎依着男友，一伞之下，绽开动人的浪漫情节。

那些女子盛装打扮，或一身缟素，或一袭青黛，衣裾飘飘，两条修长的腿伴着衣裾摆动，旋律般令人心旌摇荡。

细雨穿过梧桐叶的鳞隙，滴下来，落在伞状的帐幔上，并不影响伞下的人闲饮咖啡，更不影响情人的喃喃细语，这蒙蒙的雨雾，细长绵软的雨丝为他们增添了诗意的缠绵，雨丝落在草丛花朵上，那亮晶晶的雨珠静静地停留在草叶上、花瓣上，像谁遗留的音符，只要轻轻弹奏，一曲巴黎风情的民歌便传播开来，这是最写真的流行曲。

有人说，你漫步塞纳河右岸边，碰到十个人有九个人是大学生、教授、作家、艺术家、科学家；你如果散步香榭丽舍大道，不小心踩着人家的鞋跟，十有八九是衣着名牌的银行家、企业家。这里充满了中庸、务实、精确和严谨，是数学的逻辑，是统计表格的齐整，没有废话，只有指令；这里有点钞机的嗡嗡声，有来往精细的账单；这里的忙乱使人空虚，这里的富裕使人忧郁，这里的笑声也含有叹息的悲伤，这里的浪漫也含有曲终人散的苍凉。

在这里，欲望之火烧得身体剧痛的人们，在彬彬有礼的话语中，撕扯、搏击、吞噬、欺诈，谎言简直像一窝蛇纠缠在一起，难分难解，每个人都是胜利者，又都是失败者。昨天是亿万富翁，今日就成为衣不遮体的穷光蛋。这些话虽有夸张，但竞争的残酷，血淋淋的厮杀，淋漓尽致地演绎着人性的原罪和弱点。面孔的畸形，体形的扭曲，嗓音的变声，一幅人间百象的悲壮和凄凉……

不过，在香榭丽舍大街有一条七百米长的"生命的伊甸园"，那是夏娃和亚当被驱出之前的"乐园"，和西段的闹市截然不同，这里大道两侧有着田园般的幽静，碧草茵茵，绿荫翳然，鸟语花香，在这里你才认识人生，体察人生，才会从梦中醒来，你的思维像这里的空气一样清新。我坐在草地的木椅上寻思，香榭丽舍大街的设计师们如何在两端设计出"人生两极迥然不同的境界"。一端是激烈，一端是沉静；一端是心机心术，一端是闲逸淡定。是否是让那肠满脑肥的、伤痕累累的商场"角斗士"们在这里小憩一下，风吹断梦魇时的激烈，花香驱除铜臭的醒龊之气，这树林里得到过滤、净化，消除各种惨叫、呼号……这里使你的灵魂得以解脱，心灵获得宁静，这里的草光树色，使你精神惝恍，这里竟是极乐世界的谶语，诗魂就在花丛树荫飘荡……

雨点儿变大了，无声的细雨变成淅淅沥沥之声了。树叶被雨打得颤栗，雨滴下来，渗进泥土，那是漂泊者的归宿。在大自然中，我才感到生命的舞、动、静、幽，比生命更深奥、更博大、更美丽的境界。在这片天地里，你才认识崇高、纯洁、壮丽、高傲这些字眼的深刻含意。

我想人生是一部宏大的乐章，香榭丽舍演奏了这部起伏跌宕的曲子。如果凯旋门是人生辉煌的峰巅，那么这七百米的林荫道，就是这曲乐章的尾声。

但是一代"伟人"拿破仑既没有享受峰巅的无限风光，又没有尾声的优雅和恬静的欢悦。凯旋门这种建筑形式最初是古罗马统治者为了炫耀战绩而发明的。现在留存下来最高的古罗马凯旋门是提图斯凯旋门，最雄伟的凯旋门是君士坦丁凯旋门。香榭丽舍尽头这座凯旋门是小个子拿破仑下诏始建的。1806年，拿破仑在巴黎圣母院前加冕为法兰西第一帝国皇帝，为了庆祝他在1805年奥斯特利茨战役中击溃奥俄联军，也为了迎娶美丽的奥地利公主，他决定修建世界上最大的凯旋门。

拿破仑修建凯旋门，不仅向世界宣告胜利者的骄傲和自豪，还宣示着一个伟大、严酷的自我，以庞大的建筑证明了一个巨大的意志。海涅曾赞美这"巨大意志"，便是人的意志。这里充满"人的高傲"，"人的尊严"，强调人的精神和思想的独立性。

人生得意须尽欢。这是拿破仑人生最风光、最得意的时刻。战争的胜利和新婚的幸福使这位新皇帝登上了人生的巅峰，祥云环绕，天光照耀，寥廓的长空、温馨的天风……但是当凯旋门于1836年落成时，拿破仑早已病死在圣赫勒拿岛上了。

凯旋门也是香榭丽舍大街最大的亮点。凯旋门内壁上刻有跟随拿破仑南征北战的三百八十六名将军的名字，和宣扬拿破仑赫赫战功九十六次战役的浮雕。浮雕气势磅礴，精美绝伦，和门楣上的花饰浮雕构成一个有机整体，俨然一件精美的艺术品，在法国人眼中，凯旋门是爱国主义和民族荣誉的象征。这是举足轻重的大舞台，犹如中国的天安门。每年法国国庆时，法国总统都要从凯旋门通过。每位总统卸职的最后一天，也要来这里向无名烈士献上一束鲜花。

最让人感到惊奇的是，据说每当拿破仑忌日时的黄昏，一轮浑圆的巨大落日恰恰从香榭丽舍大道上映在凯旋门的拱形门里，也就是落日从凯旋门中缓缓西沉。香榭丽舍大道受到人们普遍赞誉，还有它深厚的历史文化积淀，香榭丽舍两端，协和广场上的方形尖碑，星形广场的凯旋门，曾出现过一场场腥风血雨的战乱和革命斗争，工人罢工，市民起义，资产阶级革命的爆发，推翻路易王朝的狂风暴雨般的浪潮，曾在这里翻卷不已，烈士的鲜血染红了大道的铺路石。

与香榭丽舍一街之隔的爱丽舍宫，记载着法兰西王朝血腥的历史，也记载着权力交替的枯荣兴衰。

这条大街上演绎着多幕历史的闹剧和悲剧。

剑戈森森、马鸣萧萧，拿破仑大军从这里驰过，那无坚不摧的雄伟，那不可一世的气焰，那所向披靡的雄师，曾是拿破仑王朝最辉煌的篇章，更让人难忘的是，凯旋门尚未竣工，小个子拿破仑骑在棕红色的高头大马上，气宇轩昂，他挥帽致意，大街两旁人山人海的群众，妒火中烧的伯爵小姐们则把香蕉皮投向拿破仑身边那位美丽的奥地利公主。

如今拿破仑的遗骸安置在荣军医院那座高大的闪耀着金光的圆顶屋下。那具油亮的紫红色的六层棺椁，放在墓室的正中央。墓室的四周有十二尊胜利女神雕像，每座雕像代表一场战役，墓室上建成环形楼台。无论谁到那儿，都得低头瞻仰他。拿破仑像蒙古族英雄成吉思汗征战一生，血与火，生与死，杀伐与侵略，构成他生命的主旋律，也像成吉思汗一样虽败犹荣，是不可一世的英雄。

第二次世界大战，反法西斯斗争胜利纪念日，戴高乐将军身着戎装，雄赳赳气昂昂穿过整条大道，巴黎沸腾了！从凯旋门开始，沿香榭丽舍大道，高大的梧桐树上挂满了彩灯，霓虹灯广告不停地闪烁着，彩旗舞动，从法国各地赶来的百姓们，蜂拥着挤满了大道和星形广场！

第二次世界大战的尾声到来，希特勒命令法西斯占领军，要彻底毁灭巴黎，这座举世闻名的文化名城将化为废墟，艾森豪威尔急令第二装甲师进攻巴黎，戴高乐率军与之会师，巴黎解放。受命毁灭巴黎的德军将领肖尔蒂茨，良知未泯，不愿做千古罪人，没有执行希特勒的命令，投降法军，并随法军拆除绑在桥梁、宫殿、教堂、博物馆、剧院等豪华建筑上的上万吨炸药，巴黎被完整地保留下来。

1944年8月25日，在巴黎解放的庆祝会上，几十万上百万群众游行聚会，在香榭丽舍大街欢歌狂舞，庆祝巴黎解放。戴高乐将军意气高昂地发表演说：

> 巴黎愤怒了！巴黎被摧毁了！巴黎殉难了！但是巴黎被解放了！巴黎是被它自己解放的，它的人民在法国军队的帮助下，解放了它！……所有的法兰西的儿女们要手拉手地、如同兄弟姐妹一样向着法兰西目标前进。法国万岁！

希特勒仍做垂死挣扎，第二天出动飞机轰炸巴黎，但法国第二装甲师仍照计划进行阅兵。部队经过凯旋门，一路沿着香榭丽舍大街前进，进入协和广场。香榭丽舍大街上打出"戴高乐万岁！"的横幅。而此时，埋伏在附近的德军狙击手向游行队伍开枪，他们的目标就是戴高乐将军，但德军大败了，没有击中，随即被法军歼灭。

人山人海，欢声雷动。宪兵们拼命维护秩序，为第二装甲师和戴高乐将军开出一条道路。

戴高乐将军重新点燃了凯旋门上的圣火。

在这条大道上流过血，弥漫过战火和硝烟，但也播下了文化的基因，海明威雄健的身影出现在大街上，林荫道下；巴尔扎克也曾坐在树边连椅小憩，悠悠的烟圈遮住他那张雄狮般的脸；还有德国犹太诗人海涅流亡巴黎，他羸弱的身躯，蹒跚的脚步，轻叩着凹凸不平的路石，一副病态，使人悲怜；而大仲马甚至想象基督山伯爵在这里的68号院，完成了他的复仇计划。

那个刚刚和你擦肩而过的，也许是闻名于世的音乐大师或获得诺贝尔奖的科学家，他埋头走路，那沉思的样子，像是在攻克世界上最尖端的科学难题。

雨还在下。雨点儿密密地落在街面上，林荫道也湿了，花圃里的花朵和草叶沾满了亮晶晶的水珠。雨中的巴黎更显得沉着、淡定，仿佛历经了人间繁华、绚丽之极进入一种禅意的境界。静静地沐浴着细雨，楼房、树木、花草，静静地、一动不动地任细柔的雨丝轻轻地摩挲……

巴黎在梦中。

2015年10月8日

沿着卢瓦尔河，穿越法兰西的历史

一

现在我们驱车从法国的西部城市南特去往巴黎，这是沿着卢瓦尔河逆流而上的行程，路经法国著名城市昂热、图尔和大名鼎鼎的奥尔良而至巴黎。其实法国国土面积并不算大，而五十五万平方公里，在欧洲却是最大的国家，德国才三十五万平方公里。欧洲就像一个被摔碎的茶盘，大大小小的国家显得碎片化，还有个最小的国家梵蒂冈，只有四个足球场大小，零点四四平方公里。被中国二十世纪六七十年代誉为欧洲的一盏"社会主义明灯"的阿尔巴尼亚也是二点八万平方公里的弹丸之国。

我们的大巴车上路了。

出了南特城，便进入卢瓦尔河谷。南特市，我要多介绍几句，这是大西洋岸卢瓦尔省省会城市，法国最重要的港口和工商业城市。它历史悠久，老城区仍弥漫着中世纪气氛，哥特式教堂，文艺复兴式的宫殿，傲然屹立的布列塔尼公爵城堡，宽阔的护城河和石砌的城墙，坚固的敌楼，这些都是战争的遗址，这里曾是古战场，剑戈如林，刀枪铿锵，血肉飞溅，英法百年大战曾在卢瓦尔河谷进行一场场血腥的演绎，却未影响这个海滨城市文化的繁荣和发展。《格兰特船长的儿女》《海底两万里》和《神秘岛》，这些科幻小说在世界上影响很大，它们的作者凡尔纳就是生活在这个城市，南特市有他的纪念馆呢！

好啦，南特市已经被甩到我们的身后，前面是宽阔而肥沃的卢瓦尔河河谷、平原和丘陵，有菜圃、果园、葡萄园，当然还有大片的草场，有点像德国黑森林山麓的景观，翠绿的山谷，黛色的森林，碧蓝的湖水、白云、蓝天，简直是一幅宏伟的风景画。有一只鹞鹰飞过头顶翱翔在天空，张扬出一种大气和豪壮。正是六月初，平原上的冬小麦开始成熟，一片金黄，有乌鸦掠过麦田的上空，嘎嘎的长鸣声留在身后。这景象使人想起凡·高的名画《麦田上的乌鸦》，但画面却没有阴郁感。凡·高的画面上，乌云翻卷，沉沉地压在麦田上，让人透不过气来，一群凌乱恐慌的乌鸦低飞在麦田上空。湍急粗犷的笔触，起伏跌宕的线条，忧郁的色彩，使整个画面涨溢着紧张、骚动不安的氛围。而眼前景象恰恰相反，白云悠悠，麦浪舒缓有致地起伏着，风很柔很软，气氛祥和、宁馨。

卢瓦尔河发源于塞文山脉，经中央高原，西流至南特，注入大西洋比斯开湾。它流域包括大西洋岸卢瓦尔省，曼恩-卢瓦尔省，卢瓦尔-谢尔省，安德尔-卢瓦尔省，索恩-卢瓦尔省，上卢瓦尔省等诸多省份，几乎穿越了大半个法国，卢瓦尔河虽不像多瑙河、莱茵河那样驰名中外，但它是法国最大的河流，是法兰西的摇篮，是卢瓦尔河的乳汁哺育了一个民族，很像中国的黄河——母亲河。

卢瓦尔河是法国的一个大区，这里有皇家的城堡群。

卢瓦尔河宽阔舒缓，水势平稳，即使到了雨季也没有浊浪排空、惊涛裂岸的景象，它不狂不躁，从容大度，脾气温和像个贤妻良母。看到它会想起中国富有哲理的词汇："静水流深"。静寂的山河，沉默的流水，没有货船，没有游轮，没有奇迹的出现，连红色或蓝色的三角帆也没有，浑浊的流水平庸地流过。两岸的山峦起伏。山麓、河滩边上是大片大片的葡萄园、树林、牧场，一切像静物画似的。它淡然、闲适。这时你会想起老子的名言："天得一必清，地得一必宁，神得一必灵，谷得一必盈，万物得一必生。"这是大自然的"哲理"。

卢瓦尔河是这个世界上最美丽的河流之一。整条河的两岸，有一百个城镇和五百个城堡，带着各自的特色、气质，像花儿一样绽放在河畔。

文化巨人拉伯雷、巴尔扎克、大仲马、莫里斯·日内瓦、夏尔·佩罗，都曾在这条河谷居住过。达·芬奇则在昂布瓦斯度过了他一生最后的岁月。

巴尔扎克写道：

> 那里展现出一座山谷，起自蒙巴宗镇，延伸至卢瓦尔河。两岸山峦起伏，山上古堡群错落，整个山谷宛如一个翡翠杯……请你春天来吧，观赏如未婚妻一般美丽而贞洁的自然风光，或者晚秋的时候，在静谧沧桑的风景里，平复你孤独的忧伤。我们总是生活在别处，古朴的城堡，清澈的流水，旖旎的河谷风景，时间仿佛在这里停下了脚步，流动的只有卢瓦尔河……

这片被诗人们誉为法兰西的"后花园"的土地，至今血管里流淌的还是19世纪的基因，一种混合古典精神和启蒙意识的浪漫、理想和激情。在这片幽静的山谷，人类不仅关注柴米油盐，而与文艺复兴息息相关，生活的艺术化，像中国的五柳先生陶渊明一样，过着一种审美性的生活、诗意的生活、艺术的生活。他们的日子细腻而精致，浪漫而潇洒。

巴尔扎克并不满足对卢瓦尔河的赞美，他在《河谷中的百合花》里写道：

> 在这片梦幻般的大地上，每移动一步，都会发现一幅崭新的图画展现在眼前。而画框就是一条河流和一个平静的池塘，倒映着城堡、塔楼、公园和喷泉。

戴高乐将军却说，卢瓦尔河谷是孕育法兰西精神的地方，这里不仅建筑无数的城堡，还兴建了大量的酒庄。纯净甜美的卢瓦尔河水和成片的葡萄园共同酿造了法兰西人的岁月。整条河的水面上有一百个城镇和五百个城堡的倒影。

这些城堡大都建成于文艺复兴时期和中世纪，幽深的城堡宅院，青苔斑驳，古木参天，连石头都苍老得皱纹满面。卢瓦尔河是法兰西文化的摇篮，这些古老的城堡在法兰西辉煌的历史上独领风骚，是法兰西文明的见证，英法百年战争——我下面还要讲这百年大战的故事——英军长驱直入，法国王室和达官贵族人家纷纷逃难卢瓦尔河幽深的山谷，修建城堡，以御外敌。这片风景秀丽，气候宜人的风光宝地甚得君王和达官贵族的青睐。他们大兴土木，坚固的城堡，花岗岩墙壁，希腊式的回廊立柱，哥特式的尖尖的楼顶，巴洛克风格浮华的纹饰，美丽的宫殿，优美的自然环境，使他们得以享乐。

不像我们现代人浮躁，焦虑忧郁，他们优雅地生活，诗意地栖居，他们对美有鉴赏能力；也不像我们这些人忙忙碌碌，什么都想得到，结果丢了灵魂，丢了伦理，最终也丢掉了自己。这缓慢、古老、幽静的乡土，那时代工业化的雾霾还未笼罩卢瓦尔河的上空，阿尔卑斯山的峰雪还未落满烟筒排放出的灰烬。纯洁的"少女峰"！

布卢瓦城堡群最大的一座是尚博尔宫，遗憾的是我们旅游团并未浏览宫殿丰采。听导游小张介绍说，这座城堡宽一百五十六米，进深一百一十七米，中间是正方形的主堡，两侧共有四个圆柱大角楼，成几何图案对称地排列着，这种布局是中世纪城堡最典型的设计，乳白色石砌宫墙与瓦蓝色尖坡屋顶相衬，色彩优雅、和谐。宫殿顶上建有造型优美的塔尖和竹筒状烟筒，周围是望不尽的森林。

小张说，这座豪华的尚博尔宫共有四百九十个房间，从正门步入主堡，人们置身于一个明亮、宽敞的大理石宫殿之中。

尚博尔宫的兴建归功于弗朗索瓦一世。这个年轻的国王二十一岁登基，在法国历史上赫赫有名，是他颁布了用法语代替拉丁语的敕令，他积极倡导文化艺术的发展，史书中称他为"文化复兴国王"。他招聘了意大利的建筑家、园景设计家、雕塑家、绘画家，共同完成法国建筑史上这部辉煌的杰作。这座宫殿从造型、布局、风格、装饰上既反映了法国传统建筑艺术，又受到意大利文艺复兴艺术的影响。

正如戴高乐将军所言：卢瓦尔河谷是孕育着法兰西精神的地方。这里不仅修筑了众多城堡，还建有大量酒庄。纯净甜美的卢瓦尔河水和葡萄共同酿造了法兰西人的生活。

二

历史常常会开玩笑。反讽是它一贯的伎俩。谁能想到这恬静、闲适、幽雅的风景胜地却经历了百年血腥战争，鲜血染红了每寸土地、每条溪流，尸横蓬蒿，白骨蔽野，只有卢瓦尔河向后人诉说。

卢瓦尔河是法兰西历史最精练的提纲。

英法百年战争始于1337年，祸根早在1066年就种下。那个威廉一世原是法国贵族，他征服了英格兰后，便成为英王，但他在法国却拥有大片领地。他想称霸欧洲，这对法国无疑是一种挑战，围绕这片领土而展开了争夺战。法国国王菲利普二世同英王开始了长达百年的战争。

法兰西，这个国家在十七八世纪还是个农业国家，至今它的谷物产量占欧洲第一，它每年出口粮食占世界第二位。这是一个多灾多难的国家，在血泊中挣扎，在死亡中涅槃，在苦难中求生，这片看似闲适、淡泊、安谧的土地，其实每一寸泥土，每一块石头都浸濡着血。如今剖开大地表层似乎还能闻到血污味、尸骨腐烂的气息，蝴蝶翅膀扇起的微风里似乎传来远古战场的厮杀声、呐喊声、呻吟声。

大巴车沿着卢瓦尔河旁的高速公路行驶，我望着窗外山野，眼前总幻想在卢浮宫那一幅幅描绘战争的油画，德拉克洛瓦的《希阿岛的屠杀》的情景，战争的宏大主题，天崩地坼的场面，厮杀搏击的惨烈，在这里连续剧般上演了一百余年。这是人类史的"伟大壮举"吗？试问，人类居住的这个小小寰球，何处出现过如此长久之战？杀戮、血泪、死尸、白骨、饥饿、灾荒、逃亡，烽火硝烟，灾难连连，笼罩着这片山野，悲苦的命运和动乱的环境，使卢瓦尔河充满悲壮的气氛。

我觉得那静谧有一种伤感的气息。

有一辆小轿车超越了我们的大巴车，那蓝黑底色、赤红色跑车从车旁闪过，变形的英文（法文）字母彰显着型号，像一片小风景，雅致而美丽。那轿车和我们的大巴车拉开了距离，很快融进高速公路遥远的视野中。

山野上，河谷中，我更欣赏伸手可及的大气蒸腾的景象，群山一眼望不到边，世界没有尽头，思绪可以在更远的天地中起落。峡谷因为畸形发育而残损深切。一只鹰在峡谷上空盘旋，它俯视着整个河谷和山野，充满神祇的品质和气魄，生命的传奇和壮丽，顿时展现出来。

这里的土地肥沃，且大片大片地休闲，草场辽阔，草叶肥厚，色相饱满，森林茂密，乔木高大，富有争夺天空的欲望。空气中弥漫着浓郁的山林气息，这里应该是进入彼岸世界，"对于现实的福祉失之漠然"，人们向往神圣的生活，脱离尘俗人间天堂，在山林幽深处隐约着村舍人家，教堂高高的塔尖摇曳在树丛中，远远传来悠悠的钟声。看到这美丽富饶的土地，我想到中国西部的尴尬和羞涩，即使东部平原，田野已由绿色变成白色，雪堆云涌的塑料大棚，使我们的土地负重累累，一年四季，不得休闲，它夜以继日地加班加点地奉献。它们太累了。

大巴车停在休息场，这是山谷中的一小块平原，高速公路在这里工工整整地画了一个逗号，有小超市、厕所、餐厅、旅馆、咖啡馆、加油站。在一个酒吧间，我要了一杯黑葡萄酒，据说这酒是20世纪80年代生产的，还散发着那时候阳光的芬芳，我仔细品赏着那个时代的骚动和生命的图腾。卢瓦尔河谷遍布牛羊侧影的山坡和葡萄架的阴郁，这片燥热而潮湿的土地仍然蒸腾着少女的激情和浪漫……

离开酒吧我漫步一个土岗，听到鸟儿啁啾，看到奇花异草，想象到了晨光明媚或夜色深沉时分的大山幽谷，看到泉水从山上奔腾直下的壮观，当你接受这样隆重、盛大的馈赠，这不是生命意外感受的惊喜吗？这不是精神盛宴吗？

我游览于异国他乡的山川风景里，尽可以将天地揽入怀中，直感到人生的价值，视野的寥廓，心境的豁达，生活在这个地球上太美了，太伟大了，离开城市，实际上是对平庸和肮脏的反叛。旅游是思想净化剂，精神的充电器。卢瓦尔河是庞大的生命磁场，面对着这美丽的河谷，我无以言表，只是静默地微笑。这微笑不是用眼、用嘴、用脸庞，而是用心灵，用精神无形的微笑，我感到神秘，浑身涌动着一种细腻、沉静、敏锐、老练的感激之情，谢谢你，大自然！

三

车行在峡谷公路，路旁的树那么多，枞树、桦树、松树、杉树，草场和山野都浮动着一种伤感和平静的情调。"山路元无雨，空翠湿人衣。"

河水浑浊，河床宽阔，两岸长满杨树，挡住了卢瓦尔河的视野，无边无际。卢瓦尔河显得冷漠、忧郁，心事重重的样子。

英法百年大战，这卢瓦尔河的山谷是目睹了的。这片土地保存着记忆，每座城镇都有纪念碑，那是追悼数以万计战死者的亡灵。无论正义的，非正义的，无论胜利者，失败者，都无法改变这段历史的血腥和残酷。

欧洲死了。瘗埋在血泊里。

比利牛斯山。

查理五世手下有一杰出将领特朗·迪·盖斯克兰，此人曾是一位绿林英雄，多次袭击英国在法国占领的城镇，在战斗中大显身手，并屡屡获胜。不久查理五世再度和英军开战。英人在黑王子率领下，号称"骑士"的精锐部族纵横驰骋，继续在法国南部骚扰，并向贝济埃方向推进。迪·盖斯克兰，将计就计，佯装后撤，设下埋伏，引诱敌军来到他们设定的地点作战。1370年，经过多次苦战后，英军死伤很多，且筋疲力尽，终于被迪·盖斯克兰打败。接着迪·盖斯克兰清除了英军在法国占领的许多据点，到了1380年英国在法国领土上只剩下五个设防的城市：加莱、波尔多、瑟堡、布勒斯特和巴荣纳。

迪·盖斯克兰既是英雄，也是杀人不眨眼的刽子手，他率军所到之处，实行焦土政策，敌人被驱逐、杀掉，但暴乱和饥饿、疾病却蔓延开来，使大片农村彻底破产，卢瓦尔河谷许多山村成了无人区。同时，连年战争，法国的财力也枯竭，至1380年，英法百年大战第一阶段结束。其主要人物——爱德华三世，黑王子，查理五世，迪·盖斯克兰先后死亡。

法国在查理的统治期，出现过短暂的经济繁荣，自然使英国垂涎三尺。英国国王已换为亨利五世，主战派又占了上风。亨利五世提出要娶查理六世的女儿卡特琳为妻，还要求得到诺曼底等地域在法国的世袭领地，法国国王查理六世当然不答应，大战的序幕又拉开了。

1417年，亨利率兵再次渡过英吉利海峡，进军目标就是夺取诺曼底的城池，英国大军长期围困，迫使居民们开城投降。这时，他知道已经可以控制法国局势，法国摄政王查理六世的太子是个光杆司令，连王后也逃跑了，英王亨利五世派人废掉太子，娶了查理六世的女儿卡特琳。1420年5月24日签订《特鲁瓦条约》。

四

战争给人民带来巨大灾难，且不说农村凋敝破产，城市财源枯竭，税收缩减，粮食极少，物价飞涨，货币贬值，巴黎市民天天有骚乱，其他城乡暴动，农民起义，此起彼伏，法国王室已焦头烂额，无计可施。法国这副烂摊子谁也难以收拾，社会动乱、饥饿、疾病、内讧，官吏无能，社会动荡，愈演愈烈。英法战争如果继续拖延下去，那么法国就陷入四分五裂、国将不国了。

1429年7月17日，查理七世登上王位。

查理七世是在一个名叫贞德的乡下姑娘辅佐下登位的。这姑娘矮小瘦弱，土里土气，并不引人注目。她说，她是神祇，她听见了上帝的声音，上帝给她一个使命，叫她去见太子，并在兰斯拥太子为主。

公元1429年，正当英法百年战争的关键时刻，英军把奥尔良围得铁桶一般。奥尔良告急！法兰西在危亡中！十七岁的贞德巾帼从军，来到军营，说上帝派她来拯救法国。她竟然率领主给她的一队扈从，最终见到小太子，说也怪，当这支小小军队出现在奥尔良城下，被围者士气大振，围堵者英军则茫然不知所措，很快弃城而去，奥尔良解围，她立即协同太子赶往兰斯，查理七世登基。

贞德是"圣女"，很快传播开来，法国人视她为救星，是上帝派贞德去完成"将英国人赶出法国"的使命。贞德的出现鼓舞了法国贵族上层人士，也振奋了整个民族，光复国土，收回被英人占领的城邑，统一法兰西，形成了整个国家的义务。上帝派来这个使者使这个国家在一种神秘的感情中团结起来。

一种为法兰西而战，统一祖国的运动在各地涌动起来，当时人们笃信宗教，在苦难中渴望救世主的出现。但英国人进行反宣传说，贞德不是圣女，是女巫。

奥尔良战役后，贞德率军东进，直取兰斯城，查理在兰斯大教堂举行加冕礼，称查理七世。可惜，这位女英雄被封建主出卖，落到英国人手中，这封建主显然是背叛祖国的"法奸"。就在鲁昂城英军对她施行了火刑，当她脱去战袍，英军大吃一惊，原来是个柔弱的小姑娘。贞德为祖国献出了自己年轻的生命。

奥尔良也称贞德之城，就是纪念民族女英雄贞德姑娘的；她成为法国爱国主义的象征。法国人有着浓厚的英雄崇拜情结，他们纪念这位女英雄，在市内你会看到多处圣女贞德的雕像，——她骑马挥剑，驰骋疆场，英勇不让须眉。城里还有一座贞德纪念馆。据说，贞德当年入城时在此住过。屋里壁画满是描绘她英勇作战的情景，还有一幅贞德画像，她坚毅的眼神中仍然带着一分少女的羞涩。

我们在奥尔良时间很短，只在华人开办的饭店吃了一顿午餐，六菜一汤，塞饱了肚子又上路了。我们很快又见到了卢瓦尔河。

流水在阳光下闪烁，河面上卷起粼粼波浪，一艘载着货物和农妇的大木船从此岸驶向彼岸。

雨果曾漫游过卢瓦尔河，他笔下的河流："卢瓦尔河最具有魅力的地方，还是河右岸雄伟壮观的石灰岩峭壁。它由砂岩、磨石粗砂岩及陶瓷土组成，从布卢瓦直至图尔，崖岸千姿百态，令人耳目一新。时而奇岩异石，削壁昂立；时而树木葱葱，百花争艳。葡萄熟了，琥珀般透亮；缕缕炊烟，冉冉升起，一片英格兰田园风光。崖岸好似海绵，遍体深沟浅窝，窑洞星罗棋布，伴着农户人家。"自然史比人文史发展得慢，河谷里还残留着雨果时期的风貌和风情。

卢瓦尔河，水正清，天正蓝，间或有几只水鸟飞过，双翼带起一股小风。如果说法兰西是一部古老的羊皮书，卢瓦尔河便是它的装订线，上帝要抽掉卢瓦尔河，法兰西就飘零散落了。河畔，一幢幢古城堡，静静地坐落在山头上，不浮躁、不张扬，始终保持着经典的品质。

1789年7月14日，资产阶级革命胜利，愤怒的人民群众攻陷巴士底狱，在巴黎宣布新政府成立，路易十六被送上断头台。1793年1月21日星期一，路易十六在现今的协和广场被处决，执刑的刽子手都感到震惊："他以冷静和坚毅的态度忍受了这一切，使我们感到惊奇。"

资产阶级革命胜利以后在全国实行经济恐怖和宗教恐怖，对那些公爵、伯爵、王公贵族实行大屠杀。山岳派专政领导着战火弥漫的法国。山岳党人在卢瓦尔河上制造恐怖事件，他们设计了一种舱底活动的船只，将战俘装上船，开到河中央，然后偷偷启动船舱的活动装置，船舱洞开，扑扑通通，战俘们纷纷落水，淹死在卢瓦尔河中。卢瓦尔河到处弥漫着血雨腥风。

藿蒿丛生，野草弥漫。历史已远去了，看不清了，我只好打开想象，让心灵穿过千年的厚度。

河不留水，水不留影。卢瓦尔河却向我们留下一部波澜壮阔、血雨腥风的法兰西浩瀚的历史，尽管它现在表现得那样平静，甚至甜美、温和的样子，纯然的风景，平阔的牧场和田野，哥特式的教堂，蓝砖红瓦，或木质结构的屋舍，有着像中国的桃花源般的淡泊。它的历史的主题是战争，从菲利普六世建立布卢瓦到亨利三世结束，与英国的百年战争，对勃艮第的内战，侵略意大利和宗教战争，战火弥漫整个王朝的历史，冤魂和尸骨装点这个王朝的噩梦。

我们的旅游车在法国中央高原东部驰行，因索河和卢瓦尔河两条河流蜿蜒、奔腾在这片广袤的土地上，森林覆盖的群山，福雷山、里昂山、马德莱娜山、皮拉山，海拔不过千把米，但山山都弥漫着大气磅礴的森林。谷地气候温和，草木葳蕤，植被丰满，那山坡是牧场，看不见人影，却有散散点点的牛群、羊群，还有马和奶牛，牛羊们安静地吃草。山太静，静得连虫鸣都听得见，蝴蝶飞舞，翅膀扇得空气微微颤动，大黄蜂和牛蝇的嗡嗡声隐隐传来。这个地区是法国的工业钢铁、煤炭、兵器制造重地；这里还是法国丝缎带、围巾、人造丝的产地。但沿着卢瓦尔河走去，一路上看不见烟囱，天空蓝得透明，阳光纯净得令人震惊，太阳似乎离你很近，空气鲜冽得让人心疼，它的省会城市，圣艾蒂安被誉为"绿茵之城"。

这里是产业革命的摇篮。

修道院和教堂几乎村村都有一座高耸的哥特式建筑，尖尖的塔直指蓝天。我们住在山谷里一家农家宾馆，大巴车停下来休息，旅客纷纷下来，解手、吸烟，到小店购买零食。我走到卢瓦尔河边，我要目睹流水，虽然说我们老祖宗高度概括凝练出一条真理——"逝者如斯夫"，但这美丽的河流承载的苦难和流血、死亡像流水一样远逝了，今日之水已非昨日之水，一切仿佛梦寐。

一尊雕像出现在眼前，一位武士骑在奔驰的战马上，战马前腿腾空，骑士高举长剑，像是高呼呐喊、冲杀。英雄气概着实感人。在欧洲漫游，随处会遇到这样的雕像，再就是耶稣被钉在十字架上的雕塑，他们借助大理石和青铜的凝重和顽固，提升"生命的境界"，延续生命的长度。

我审视这尊雕像。我不懂法文，大理石上的文字已经漫漶模糊，导游虽懂法语，也是半拉子，日常生活用语还能凑合，正儿八经的东西就尴尬难堪了。他看了半天，嘛嘛嚅嚅地解释，这是19世纪70年代普法战争的一位英雄，可能是一位伯爵，黑白时代的默片。

　　我的视线从雕像头顶掠去，远处卢瓦尔河在阳光下泛着光波，河岸森林，森林后面便是阿尔卑斯山，六月的阳光温暖而明媚。积雪还覆盖山顶上，像基督教牧师头顶洁白的小帽。

　　尽管普法战争的结局是法国失败，德意志军队包围了巴黎，法军在色当投降，最终割让阿尔萨斯和洛林，法国负担50亿战争赔款——败军中也有英雄。

　　我走近河水，望着河水沉默不语，流水汩汩滔滔，那是河水在说话，用各种各样的声音对我说话，高兴的、悲伤的，还夹杂着哭声、啜泣、呻吟、叹息，我知道那是河魂的声音。我觉得许多灵魂就在河流中挣扎、呼喊、叹息……

　　我有点恐惧。

　　太阳非常大。

2015年7月16日

天空有朵雨做的云

一

　　从法兰克福到黑森州符腾堡几百公里的路程，我们的大巴车出发了。公路并不宽阔也不平坦，蜿蜒在阿尔卑斯山山麓，车速很慢，带着抒情般慢板，我们隔着玻璃窗，尽情地游览着沿途秀丽的风光。阿尔卑斯山脚下是一个接一个大大小小的湖泊，静幽幽的，闪着蓝光，公路两旁是高高瘦瘦的山毛榉，拔天扯日，高得令人震惊。树木掩映着原野，洁净碧绿的草地，星星点点的野花，红、黄、蓝、白，斑斓多彩，德国被称为欧洲的花园国家，最美丽的国土，阳光明媚，空气纯净，连空气里都弥漫着愉悦感、舒服感、幸福感。还有山坡上的村落，五颜六色的房子，像积木似的，你分不清是哥特式、巴洛克式、文艺复兴式或古典主义风格，这些村落大都是艺术性结构，但却讲求秩序，严肃、沉稳，不浮躁，不张扬，体现了大森林般的高贵和静穆。高高的教堂，尖尖的钟塔，清脆的钟声传来带着宗教的神秘、深沉和内敛气质。

　　你看见了吗？那空旷的原野上，洒满阳光的草场上，耸立着几棵枝蔓相连的橡树，古老、粗壮、巍峨，它们不是那种浅薄得阳光可以穿透、如轻纱般飘拂的树木，它们浓密、厚实、沉着，有着坚不可摧的稳重模样，显示着生命的旺盛和强大持久的力量，仿佛体现了一种理想化的人格。橡树被德国人誉为"英雄树"，既有德意志人的浪漫、温柔、诗意的一面，又有一种不可摧毁、不可摇撼的刚强、坚毅，象征着日耳曼人沉雄、深广、强悍、敦厚的力量，庄严、博大、浑厚的风度。

这个民族和它的风景一样，富有丰富多彩的魅力。一路上，我饱览着德意志的山野、河流、田园、森林的壮美风光，脑海里迅速地翻阅着德意志民族的历史，两次世界大战的发动者和失败者，又能在废墟上迅速崛起的世界强国，这是具有怎样性格的民族啊！

海涅有一首诗《德国》。他把德国比喻成一个小孩，它是阳光喂大的，阳光给它烈火，"吃烈火的孩子长得快，浑身上下还热血沸腾"。

二

德国的历史可以上溯到公元前罗马帝国时期，以狩猎、畜牧为业的日耳曼人在中欧定居下来，转而从事农耕，成为神圣罗马帝国北方的邻居。莱茵河畔升起袅袅炊烟，阿尔卑斯山林响起狩猎弓箭的呼啸声，一片融融的劳作景象。后来（大概中国的汉朝时代）罗马派大军越过莱茵河，侵犯日耳曼部落，日耳曼人在首领阿尔米细斯率领下英勇抗击，利用山林地形，一举歼灭了来犯之敌。罗马帝国从此放弃了非分之想。此后，德国的历史打开了新的篇章，日耳曼人在莱茵河畔、多瑙河岸、阿尔卑斯山麓建立了自己的国家。

公元8世纪，时值中国的唐代，西欧出现一位具有雄才大略的皇帝——查理大帝，他几乎统一了整个西欧，他的几个孙子于公元843年三分其国，就是今日的德、法、意的雏形。当时，中欧逐渐形成德意志民族。公元911年（正是中国五代的后梁时期，大唐的太阳已经沉落），康拉德一世被推选为国王，成为历史上第一个德意志国王，它一直持续到19世纪初，长达八百多年。

那时的德意志统而不一，小邦林立，始终没有成为真正统一的民族国家，有点像中国的周朝诸侯割据，各自称霸一方。18世纪末，法国拿破仑率大军横征竖伐，大举进攻德意志，风扫残云般地消灭了那些小邦，神圣罗马帝国被废除，德国历史上第一帝国寿终正寝。

拿破仑战败后，这片国土又出现了三十多个小邦国，松散、隔膜、貌合神离，甚至鸡犬相闻，却老死不相往来。普鲁士王国是邦国之一，国力日益强大，出现了个铁血宰相俾斯麦。在"铁相"的率领下，普鲁士国组建了强大的武装力量，一战而胜丹麦，二战而胜奥地利，三战又胜强邻法兰西。俾斯麦凭着钢铁和热血统一了德国，并开疆扩土，成为欧洲一霸，1871年，普鲁士国王威廉一世加冕为德意志帝国皇帝——这就是德国历史上的第二帝国。

18世纪60年代，德国文学兴起"狂飙突进运动"。德意志是个民族分合无定的国家，从古老的法兰克王国分离出来的德意志民族的神圣罗马帝国，是个徒具虚名的统一体，最多时全国有上千个邦国，最少时也有几十个小邦国。

德意志这个国家是血统混乱的多民族国家，千百年来的战乱，烽火不息，干戈不止，今天你依堡为王，明天我筑城为帝，一场场血肉迸溅的厮杀，一幕幕腥风血雨的悲剧。人种也出现芜杂的变异，宗教、婚姻、漂泊、流徙，再加上外来民族的殖民统治，原始的日耳曼再也没有纯净性，哥特人、汪达尔人、弗里芒人、盎格鲁人、撒克逊人、法兰克人，简直是一锅大杂烩，甚至还混有美国、加拿大、澳大利亚、南非等白人的血统，形成斑驳陆离的多人种的协奏乐章。说也怪，一方水土养一方人，美丽的莱茵河，蜿蜒跌宕的阿尔卑斯山，苍茫浩瀚的黑森林却给不同人种赋予同一性格，尚武精神，文化精进，雄沉、内敛、沉静、坚毅、浑厚、强悍、血与火、诗与剑、抒情和狂飙式的情绪。

尼采对德国人有精辟的论述：

"德意志的灵魂，首先是多样性的，多源头的，混合重叠的……因此，德意志人比起其他民族来，更不可捉摸，更复杂，更为矛盾，更为不可知，更难预测，更令人吃惊，甚至更为可怕。"深刻、恰切、精辟。尼采认为德意志人灵魂长廊杂乱无章，又带有神秘之美，随意性、模糊性、朦胧性，像浮云，不稳定、不成熟，且成长着东西都有的深邃性，德国人还被尼采称之为"有角的牲畜"。

这个民族有巨大的胃口，他们把信仰与科学，基督教与博爱，反犹主义，权力意志，社会主义，法西斯主义等五花八门的主义、教条，连骨头带肉，生吞活剥，吞噬而尽……从不感到消化不良，这简直是世界上最优秀、最勇敢、最可怕也是最亲近、最无私的民族！

"铁相"俾斯麦一登上政治舞台，就自我宣告：

"我将成为普鲁士最大的流氓或最杰出的人物"。他的强权政治就是靠钢铁和鲜血来维持，也就是暴力和杀戮。

三

俾斯麦任宰相时，公然批判官僚主义和立法的僵化，他说："（政府）大脑和四肢长了肿瘤，只剩下腹部是健康的，它制定出的法律就是它在这个社会上最直接的排泄物"。在俾斯麦有生之年，德意志变成一个强大的帝国，这并非伏尔泰和康德教导的结果，这是德国历史上最经典的章节。

地理学就是人类学，不同的地区造就不同的种族，造成不同的动机和行为。苍莽的黑森林，美丽的莱茵河，巍峨的阿尔卑斯山赋予了德意志刚毅、雄浑、深沉、静谧、孤独的性格。黑森林是德国最令人注目的名片，森林是巨大的生态平衡，既有虎狼雄狮、鹰雕，也有麋鹿、山羊、野兔、虫豸，在这里共生共荣，万类霜天竞自由，物种的繁荣，恰恰证明生命的强旺。阳光、雨露、惠风，既给雄兽带来温暖，也给弱者以慈悲。黑森林不仅孕育了歌德、席勒、海涅、里尔克、荷尔德林这些伟大的诗人，贝多芬、巴赫、瓦格纳、舒曼、施特劳斯、门德尔松这些天才的音乐家，优美动人的旋律曾诗意地响彻莱茵河畔、阿尔卑斯山麓、多瑙河波光上。德国还是思想的国度，康德、黑格尔、尼采、马克思、海德格尔一代圣哲开拓了人类的思想深度，拓宽了人类的精神空间。

自由，但孤寂。

哲学、音乐、诗歌是德国的"神三角"，这是一个崇高的精神世界。德国没产生莎士比亚、巴尔扎克，它只能孕育出贝多芬、歌德、尼采，他们在牙牙学语时，眼神中就充满了深沉、无限和永恒的东西。

一个叫莱布尼茨的科学家，他被誉为"万能大师"，他研究的领域之广，学识之渊博，超过凡人的想象，他的成果遍及数学、物理学、力学、逻辑学、生物学、化学、地理学、解剖学、动物学、植物学、气体学、航海学、地质学、语言学、法学、哲学、历史学，甚至外交，在哲学史上和亚里士多德齐名。他和牛顿一样，一生未婚。

尼采说："世界是深沉的，比白昼假想的还要深。"他认为普鲁士军队和议会获得成功不是源于思想观点，更多的是"铁和血"的结果。

希特勒这个恶魔的出现，绝非偶然，俾斯麦铁血政治直接影响了他，他组建了纳粹党，他规定：纳粹党是德意志思想的体现者，是国家的领导者和推动力量，和国家有着不可分割的联系。他公开宣布："党是指挥国家的，不是国家指挥我们的，而是我们指挥国家。""纳粹党重点负责塑造民众的心灵，并实行一党专政"，纳粹党通过其诸多分支组织和附属协会，将几乎每一个公民都置于自己绝对控制之下。所以第二次世界大战，希特勒的宣传机器一开动，数百万大军卷起战争的风暴。

法西斯的坦克、装甲车狂风暴雨般地席卷欧洲。波兰首当其冲，剑锋所指，败绩而亡。接着横扫丹麦，入侵挪威，继而占领荷兰、比利时、卢森堡。比利时宣布："我们中立。"希特勒只是睥睨地哼了一声。这个战争狂人以囊括四海、并吞八荒之野心，绕道马其顿防线，兵临巴黎城下，将战火引向法国，很快"高卢雄鸡"与"德国战车"的较量，遭到惨败。法国元帅贝当在巴黎城外签下投降书。贝当曾经是第一次世界大战的英雄。签约时，德国专门将珍藏在博物馆、第一次世界大战战败签订投降书的那节车厢运来，当面羞辱贝当。

尼采还说："在阿尔卑斯山，我是不可战胜的。"

希特勒走向德国政治舞台，开始俾斯麦铁血政治的统治。先是大造舆论，枪杆子和笔杆子，两手都要抓，通过报刊、电台、演讲、集会疯狂鼓吹民粹主义，鼓吹战争，煽动民间狂热的复仇火焰。第一次世界大战，给德国人带来巨大的耻辱，也是永久的痛，希特勒利用这种狭隘的复仇心理，掀起第二次世界大战的风暴，把损失追寻回来。

德国这片土地太富有传奇色彩了，既孕育了马克思、恩格斯这样伟大的思想家、理论家，也涌现了贝多芬、巴赫、歌德、海涅这样杰出的艺术家、诗人；既诞生了俾斯麦这样优秀的政治家，也造就了威廉二世、希特勒这种兽性的战争狂人……这是怎样的矛盾的复合体？那种温顺、随和来自斯拉夫人，庄重严谨的风度、注重外表又有罗马人的特征，精确、严刻、一丝不苟、执着、死板，是日耳曼人生命的基因，如果说这种精神用在正道上，会创作出举世瞩目的奇迹，反之会给人类带来巨大的灾难……

写到这里，我想起在一份科学杂志读过的《高空暴力云》。暴力云，脾气暴躁，是生成一团雷暴的云。雷暴是大气中一种放电现象，它出现时，通常会伴随大风或冰雹等强对流天气，雷暴到来，电闪雷鸣，这种现象常发生在夏季，如果发生在冬季，往往是暴风雪随之而来。莫不是日耳曼民族性格注入暴力云的毒素？

第二次世界大战结束后，德国大地满目废墟，正如德国作家席勒所言："我们时代的标志是废墟。废墟环绕着我们的生活，包围着我们的城市和街道，是我们当前时代的真实，在断垣残壁的废墟上，没有浪漫派的'兰花'盛开，而是毁灭、坍塌，末日的幽灵在日夜游荡。废墟是生活在我们这个时代人们内心感到恐惧不安的外部征兆。我们不仅生活在废墟之中，废墟同时还堆压在我们的心头……"

废墟、绝望、饥饿、创伤。战后，德国人一边控诉纳粹的罪行，一边高奏希望的畅想曲，寄托对未来的憧憬。

四

尼采有句名言："种族越纯洁，越经久不衰。"这成为希特勒排犹主义的理论基础。日耳曼民族精致而深沉，卓越而傲慢，高贵而静穆，居高临下，面对整个欧洲，大有"一览众山小"的豪迈气概。希特勒喜欢高山，是否有高山崇拜意识？他的别墅——"鹰堡"，就耸立在古尔史坦山顶上，沿途风景秀美，但要穿过五道令人窒息的隧道。他们有着奔放的激情，又有开朗明快的情怀，追求古希腊艺术美的最基本特征。诗意的民族，哲学的国度，科学的乐园，诺贝尔奖的摇篮。但他们又具有强烈的人性弱点。

是出于对同行的嫉妒、排挤、打击？

是出于排犹主义，一种狭隘民族仇杀？

且不说纳粹建立了史无前例的集中营，以极其残忍的手段杀害了六百万犹太人，几乎造成了一个种族的灭亡，即使人类的精英，杰出的诗人、优秀的科学家也不放过，这简直是不可思议，也是人类史上的"绝唱"。海涅、弗洛伊德、爱因斯坦和马克思的著作被焚毁，而其人被迫流亡国外。

爱因斯坦荣获诺贝尔奖，他的相对论为人类科学发展指出了道路，开拓人类对宇宙和自然广阔视野，没有相对论，怕我们今天不会有电视、手机以及原子弹、导弹等高端科技的出现。爱因斯坦获奖，举世出现"德国热"。但只有一个国家对爱因斯坦不遗余力地攻击，并把他赶出国外——这就是德国。

德国对犹太人的仇恨、敌视几十年前就现端倪，犹太人聪明、睿智，他们占据着生活有利位置，科学、教育、文学艺术、富贾大商，还有公职人员，而且各个行业都成就卓越，事业辉煌。他们的富有和高贵，引起日耳曼人的嫉恨，这个外来移民抢占了他们的机会。所以爱因斯坦获奖，不仅没有引起德国神经的兴奋，反而激起仇恨的波澜。

德国物理学界对爱因斯坦的迫害开始升温。最恨爱因斯坦的不是德国的老百姓，是德国的物理学家。莱纳德率领一大帮德国科学家组成神圣同盟，公开称相对论为"犹太物理学"，并对爱因斯坦进行人身攻击。莱纳德是个狂热的反犹种族主义分子。

爱因斯坦获得大奖，莱纳德气得发疯，甚至组织一百余名教授、物理学家编写了一本书：《106位教授证明爱因斯坦错了》。

爱因斯坦几乎在德国无法生存，犹太人是"劣等种族"在德国甚器尘上，排犹、杀犹、恨犹，几乎占据了德意志日耳曼人的精神空间。

"人这个物种，天生充满各种缺点。"

正当爱因斯坦坐在卡普特小木屋里聚精会神地探究宇宙的堂奥：宇宙会膨胀吗？会萎缩吗？会消亡吗？这时，纳粹头子希特勒却把柏林折腾得一塌糊涂。《我的奋斗》的出版，纳粹已形成一片黑压压的乌云，德国的天空一片幽暗，战争的风暴在地中海上空咆哮、呼啸而来。

日耳曼民族很有特性，是"诗人和思想家"的民族。他们拥有最浪漫、最柔美、最富有想象力的诗人情怀，世界文学的巨匠歌德，启蒙运动的宗师莱辛，欢乐英雄的席勒，身患疾病而歌咏不止的诗人荷尔德林，激进诗人海涅，还有格林兄弟的童话世界。音乐是人类共同的感情语言，优美的旋律、明快的节奏或铿锵的音韵，不用翻译，都能激起人类灵魂的亢奋。日耳曼人喜欢唱歌，他们播种时唱歌，祷告时唱歌，作战时唱歌；日耳曼人既是战士又是音乐家，音乐之父巴赫，不朽的乐圣贝多芬，天才音乐家门德尔松，歌剧之王瓦格纳，还有音乐大师理查德·施特劳斯。当然还有绘画天才阿道夫·门采尔、威廉·莱博尔、弗朗茨·冯·伦，还有鲁迅先生赞誉的女版画家珂勒惠支。他们天才的光芒，智慧的灵泉，不仅照耀着德国，滋养着日耳曼民族丰富的精神世界，同时也照亮了欧洲，乃至整个人类。

更令人惊羡是从黑森林，从阿尔卑斯山深处，从广袤的莱茵河的原野上走出一大批哲学家、思想家，举世闻名的马克思，攀登古典哲学的顶峰的黑格尔，探索哲学星空的康德，"德国国家主义之父"的费希特，悲观主义的叔本华，"哲学超人"的尼采，还有近代哲学巨擘海德格尔，正是他们的智慧，像灯塔、像航标，导引了人类思想史，照耀着人类历史的进程。

五

美国黑人精神领袖马丁·路德·金说："一个国家的繁荣，不取决于她的国库之殷实，不取决她的城堡之坚固，也不取决她的公共设施之华丽，而取决于她的公民文明素养，即在于人民所受的教育，人民的远见卓识和品格的高下。这才是真正的利害所在，真正的力量所在。"

两次世界大战被打败，输得很惨，惨不忍睹。1945 年满目疮痍，遍地废墟的德国，迎来最严寒的冬天，数十万德国人因饥饿和疾病而死亡，整个国家陷入"毁灭的绝境"。"柏林什么也没有剩下，没有住宅，没有商店，没有运输，没有政府机构"，但德意志人凭着坚毅的意志，顽强的精神，高度的人文素质，"他们低下了头，但并未颓丧"，度过了最艰难的岁月。

有个故事很感人：几个饥饿的女孩子手捧着父辈或祖辈战争中用鲜血和生命获得的勋章和军功章来换取食物，不是乞讨。这时一个外国议员看到她们，从口袋里掏出一块巧克力给大一点的女孩，大一点的女孩接过来，随即塞进小一点的女孩嘴里。那位议员深深感动了，感慨道："这样的民族是不可战胜的！"

日耳曼人不仅有庄重、拘谨的风度，还有烈火般的激情，他们的音乐和诗歌对基督文化有着神性的崇拜和迷恋。这个国家 1946 年在一片废墟上欢度狂欢节，一群青年人自发组织起来，在瓦砾堆上演奏贝多芬的《英雄》和《月光奏鸣曲》，德意志人视音乐为至亲。在优美的旋律中，该遗忘的就要遗忘，该奋争的就要奋争。

德国是诺贝尔奖的摇篮，第二次世界大战前，四十五位获诺贝尔物理学奖的科学家，德国占十位，四十位获得诺贝尔化学奖的科学家，德国占十六位。海德堡大学迄今已有四十余名教授获得诺贝尔奖。从废墟上站起来的德国人经过二十几年的艰苦奋斗，一度成为世界第三大经济体，领导欧洲的第一强国。但这个民族不浮躁、不轻薄，他们依然谦恭、谨慎，讷于言，敏于行，从不要别人监督，他们淳朴、善良，他们的性格深沉、内向、静穆、高贵而又单纯；这个民族非常冷静、理智、沉稳，人生的悲、喜、怒、怨、恨、爱、情、仇、善、恶，理性和狂热，沉静和喧嚣，啜泣和吼啸，嘲讽和赞誉，欢乐和痛苦，伤感和欢忻，都深埋在心底，心劳力绌，一言不发，工作、工作、再工作。

有则笑话说明德国人的刻板认真：你要聘一位德国厨师，他用食材会精确到克，哪怕做出的饭菜是世界上最难吃的。你要求德国人车一个零件，长短不得相差5毫米，他保证会做到不差2毫米，甚至不差1毫米。他们说懒惰是腐化的表现，他为工作而工作，只有工作才证明自己存在的价值。

六

一路上我在翻阅日耳曼族的历史，这是一部波澜壮阔、沸腾热烈的生命史。这里天蓝、水碧、山青、田绿，阳光纯净，空气像是原生态，清新得连肺腑都感到陌生。

我们的大巴车走进德国黑森林附近的一个小镇，停下来，今晚我们就下榻这里。

夕阳西下，牛乳般的光芒倾泻在山坡草地上，浓绿铺展，无边无际。远近的教堂，高高的尖塔沾上几片夕晖，一闪一闪的，深沉肃穆的松柏，遒劲挺拔的橡树，枝丫勾连的栎树，情绪昂扬的灌木，绿茸茸的草坪像一张绿毯，潇洒地铺展开来。

我和旅伴散步在草地上，蓦然眼前出现一簇簇小花，蓝格莹莹，格外引人注目，导游说，这是矢车菊！德国的国花。我惊愕地叫了声，矢车菊！这极朴素的小花在河滩、沟壑、路旁、树下，随地而生，羞怯地贴着地皮生长，高不过几英寸，车轧人踩，依然顽强地生长，"野火烧不尽，春风吹又生"吗？它既不美丽，更不华贵，德国人怎么视它为"国花"？我真不理解德国人为什么不用鲜艳美丽的玫瑰花作国花。大诗人歌德赞美玫瑰是"花中之王"，海涅是歌唱玫瑰和夜莺的歌手，里尔克爱到极致，专门用法文写了二十四首长诗歌颂玫瑰——《玫瑰集》，称玫瑰是天使，神圣之花，并阐释玫瑰的刺象征人类一路走来的艰难，而花的美丽和芬芳则是人类向往的天堂……怪哉，德国人！

导游给我们讲了个故事：拿破仑侵略普鲁士期间，柏林硝烟弥漫，普王后路易斯被迫带两个孩子逃离柏林，途中车子发生故障，三人下车发现路旁有丛矢车菊，格外美丽，王后随手采摘编了个花环给小王子戴上。后来，小王子成为德国统一后的第一个皇帝，想起童年的故事，认为矢车菊是一种吉祥的花，便定为国花。有一首《矢车菊之歌》连小学生也会唱。这是一种生命力极强的小花，种子自我繁殖、发芽、生长，它象征着一种乐观，一种简朴，正如勤奋的日耳曼民族一样。蓝色给人无限深沉、辽远的想象。

2017年2月10日

诗人的河流

——莱茵河散记

一

我曾经给你说过，我喜欢江河，大地的故事实际上是江河的故事，人类的历史是江河的历史，有了江河，山变得清秀，地变得膏腴，林木郁郁葱葱，花草丰茂葳蕤，生命灿烂，青春飞扬。

莱茵河是欧洲最美丽的一条河流，它发源于瑞士阿尔卑斯山北麓，流经六个国家，汇集几十条支流，在荷兰鹿特丹附近注入北海。

莱茵河在德国流程八百二十七公里，是德意志的命运之河，也是日耳曼人的"父亲河"，它代表了德国的历史和德国的精神。莱茵河两岸有数不清的葡萄园和城堡，还有风光旖旎的田园、城镇。沿着莱茵河旅行，不仅能饱尝大自然秀美而绚丽的风光，还可体会德意志民族感情的丰富和浪漫，他们富有睿智的哲思和沉默。

这是一条深沉的河流，一条富有诗性之美和神性之美的河流。

诗人雨果在所有的江河中最喜欢莱茵河，他说莱茵河是一只"狮子"，"高贵而骄傲"的河流，"凶猛而不疯狂，原始中却显出威严"。他热情赞美道：

> 莱茵河集中了河流万般风貌于一身。它像罗纳河一样迅速敏捷，像卢瓦尔河一样雄浑宽阔，像缪斯河一样峭壁夹岸，像塞纳河一样迂回曲折，像索姆河一样绿水潆绕，像台伯河

一样历史悠长，像多瑙河一样庄严高贵，像尼罗河一样神秘莫测，像美洲的河流一样金光闪闪，像亚洲的河流一样蕴含着寓言与幽灵。

雨果是浪漫主义诗人，情感飞扬，妙思泉涌，他绣口一开不是山花烂漫，就是惊涛拍岸。在这篇文章中，满怀敬仰的心情，歌颂了河两岸悠久的历史，璀璨的文明，辉煌的城堡，丰富的文化，连绵宏阔的山林。他说："在历史朦胧的地方，想象力便使幽灵出现，使幻想和表象共存。寓言在消失的历史空白区生存、成长，结合、开花。"

我第一次见到莱茵河。实际是它的支流——美茵河，它穿越法兰克福市区向东流去。它河床宽阔，气势豪迈，水流舒缓，节奏稳健沉雄，阳光下，细波粼粼，漾漾浩浩，大大咧咧，水不留影，风不留云。两岸是高大浓密的白杨树、栎树、杉树和古老的橡树，如油画般浓郁厚重。

这是一条古老的河流，像一首浩浩荡荡的史诗，赞美大地的美景和荣光，是一曲雄浑的交响乐，歌颂城市的繁华，乡村的恬静和优美。

我站在河岸上，目睹雄旷的河流，耳闻河流沉雄的节奏，仿佛听到一个民族灵魂高傲的啸鸣。

我翻阅了莱茵河的档案，最早出现在莱茵河两岸的人类是凯尔特人、恺撒人，亦称高卢人。恺撒征服了莱茵河，沿河建立了五十座城堡。

历史便一章章翻开。

二

从法兰克福至美茵茨只有几十公里，大巴车行驶不到一个小时，一座悠静美丽的文化名城出现在眼前。美茵茨在莱茵河左岸。在德国没有多少个具有两千年历史又完整保存下来的城镇，美茵茨是其中一个。美茵茨14世纪时就已看到大炮轰鸣时喷射出的火光，15世纪的铅字、活字印刷术就诞生在美茵茨。一个名叫古登堡的金银匠，发明了铸字盒、冲压模、铸字用的铅盒金、印刷机以及印刷油墨一整套印刷技术，虽然比我国东汉时期毕昇的胶泥活字印刷要晚得多，但毕竟揭开了机械印刷的新篇章。

诗与剑，鲜花与热血，战争和思想，上帝正是用这两种工具创造人类的文明，促使人类的进步。莱茵河目睹了几千年来发生在这片大地上的战争，也目睹了文明之花绽蕾、开放和结果。人类正是用犁与剑耕耘这片土地。

莱茵河从美茵茨到海涅的故乡杜塞尔多夫，流程二百六十公里。这是最风光、最风流的一段，被称为"罗曼蒂克的莱茵"。在这里，莱茵河两岸山不陡峭，峰不高峻，是蜿蜒的丘陵，山野上弥漫着气势磅礴的葡萄园和郁郁葱葱的树林。莱茵河在弯弯曲曲的峡谷中缓缓流淌，既不激浪飞瀑，又不惊涛拍岸，既没有中国长江三峡涛涌浪急的气势，又没有黄河壶口瀑布骇浪飞扬的神姿。两岸的山脉舒缓、平和，像一条蓝缎带子翡翠般的镶边。

古城美茵茨始建于罗马帝国时代，城郊——莱茵河两岸便是大片的葡萄园，茂茂腾腾，质地肥厚的叶子在阳光下黝黝地闪光，秋天，那成串成簇的葡萄如翡翠、如玛瑙、如珠玉、赭红、绛紫、靛蓝、黛黑，还有金黄色、雪白色葡萄，葡萄架下是一个璀璨的世界，阳光的七彩色素都化为葡萄的染色体。葡萄酒最早出现在《圣经·创世记》第八、九章，挪亚等洪水退去，从方舟上下来开始耕作的第一件事就是种葡萄，后来亲手酿酒。酒反映了人类文明史的许多东西，它向我们展示了宗教、宇宙、自然、肉体和生命。它是涉及生与死、性、美学和政治的百科全书。欧洲的阳光多情而浪漫，照耀的方式也很古典。德国诗人、画家、音乐家歌德、席勒、海涅、荷尔德林、贝多芬、瓦格纳都是莱茵河水奶大的。而这些诗人、画家、音乐家又把成吨成吨的情感倾泻给锦缎般的莱茵河。

我不理解为何德国人称莱茵河是"父亲的莱茵"，大诗人海涅在他的诗中口口声声赞美"父亲的莱茵",他的家乡杜塞尔多夫还有一座雄伟的雕像《莱茵河与他的女儿们》,主人公就是一位老爸,手持一种武器,身边围着几个女子。原来文艺复兴时,就有诗人歌颂"父亲的莱茵",传说,古罗马时期,恺撒大帝曾经两次渡过莱茵河,但看到莱茵河彼岸处于荒蛮状态,不值得征服,就让日耳曼人生活在那片森林沼泽之地吧!是莱茵河捍卫了日耳曼人的家园,所以德国人世世代代称之"父亲的莱茵"。

莱茵河性格温柔而坚韧。没有坚韧的温柔是懦弱的,没有温柔的坚韧是刚烈的。莱茵河正是具有这两种相融相克的性格,才有了矢志不移的品格。站在河岸望着碧蓝的流水平静地、温柔地西流而去,细波粼粼,雍容大度,使我感到,莱茵河不像德国人所称"父亲的莱茵",而是"母亲的莱茵"。莱茵河像母亲的怀抱一样温柔、宽广而又不失坚毅,不浮不躁,很有章法地流淌。

我们的游艇顺流而下,莱茵河畔,那高高的悬岩上,那幽深的谷壑中,似乎活跃着幽灵和幻影,上帝显圣,神灵相会,魔鬼的追踪,地狱似的城堡,林薮中的冤魂,女妖的歌声。莱茵河很静,游船很少,更无货轮,只是一河清碧的流水悠悠地流淌,蓝天白云,树影、山影,载满河流。这静谧的流水使人产生许多想象,也产生许多回忆。雨果说,莱茵河经历了四个历史阶段,四种截然不同的风貌:第一阶段为挪亚时代,第二阶段是日耳曼尼亚与罗马的斗争时代,第三阶段是查理大帝出现的神奇时代,第四阶段即是拿破仑占领统治地位的德法之战时代。

莱茵河有个地方叫郎斯,居于莱茵河中间地带。郎斯是块石头,每隔几年就有来自东西南北的四个人,聚集在石头旁。石头平平的是神仙的酒桌,他们一边饮酒,一边商谈德国旧皇的废黜和新皇的登基,这块石头便是"王位",象征民主、议会、选举,这显然是虚拟的传说,富有神话的色彩。

在欧洲这片古老的土地上,到处都是宗教、战争,宗教本来教人以善,育人以礼;恰恰相反,那些虔诚的信徒却为"思想"而战,为

"圣礼"而战。民族之间，国王之间，人与人之间，处处闪烁着刀光剑影，处处弥漫着腥风血雨。恺撒大帝的气壮山河，奥古斯都的横绝四海，图拉真的东征西讨，拿破仑的叱咤风云，古代罗马的强盛……当1840年法国政府提出索要莱茵河左岸的土地时，德意志人高唱战歌："声声呼唤惊雷般炸响，像利剑铿锵、怒涛拍岸：奔向莱茵，奔向莱茵，奔向德国的莱茵河！谁要来做这大河的守卫？亲爱的祖国，不要惊慌；在莱茵河畔，有忠诚卫士为你站岗。"莱茵河记下了那些时代沉雄而粗犷的旋律，它承载着一部战争史，思想和精神的博弈史。

莱茵河因为历史，因为传说，所以美得无可复制，莱茵河两岸建有豪奢的宫殿，将军、国王、皇帝、教皇、诸侯、贵族、富商的别墅、城堡，他们是最有权势最富贵的人。

三

波恩距科隆并不远，是莱茵河畔一枝"并蒂莲"。波恩曾是联邦德国的首都，德国统一后首都迁往柏林。它和科隆是孪生子，也始建于罗马帝国时期，中世纪这里是科隆大主教兼选帝侯的驻地。马克思和海涅就读于波恩大学，而乐圣贝多芬的故居就在波恩，教堂广场上就竖立着贝多芬纪念碑。

我们在波恩逗留时间并不长，只有一个下午，一个晚上，第二天早饭我们便匆匆而去。但这很短的时间里，我却饱览了文化古城的风貌。小城最令人注目的是雕塑，这里简直是雕塑博物馆，大理石雕塑、青铜雕塑、木雕、合成材料的雕塑，广场上，公园里，街头一角，超市门前遍布着各类神态奇异的雕像，有将军、诗人、艺术家、科学巨人，有老年、儿童、少女，还有大量的动物雕塑。在一片栅栏围绕的草坪上，有一排石柱，石柱上是石雕的孩子，这些石雕的孩子，表情、姿态、身影各不相同，但都是欢乐的、活泼的，有一种动态美、憨态美，好像在妈妈身边玩耍，逗得行人忍俊不禁。雕塑艺术品所用石材都是昂贵的、从意大利运来的，是古希腊罗马时代的雕塑用料。一座雕塑是头戴草帽，身着花边衣饰的少女，神态优雅，表情闲淡，有一种天真的美，纯贞的美，少女的连衣裙、衣褶，裸露的腿踝，光滑而富弹性，头发被风撩起，飘飘的动感。另一座雕像是斜躺横卧的妇人，虽然面庞算不上美丽，也不像断臂维纳斯那般丰腴高雅，但她那么安详、恬静的神态却楚楚动人。

在波恩，沿着河堤向前走去，会遇到各种形态的雕塑，既有表现现代生活的艺术品，也有许多古典题材的雕塑作品。

波恩是贝多芬的故乡。贝多芬的雕塑遍布小城，他是城市之魂，波恩因贝多芬而骄傲。坐落在莱茵河畔的闵斯特广场，也叫贝多芬广场，广场上矗立着贝多芬铜像，铜像坐西面东，直对广场的一个出口，而铜像的背后便是一座三层高大的建筑。当年曾是侯国的宫殿。传说，贝多芬铜像揭幕时，居住的英国女王正在楼的东向阳台上观望，期望这位举世闻名的"乐圣"、伟大的艺术家向他们致敬。帷幕拉开后，铜像的背影恰恰正冲着君侯和女王，他们大扫其兴。

这和贝多芬生前的性格高度一致。他生前走在大街上遇到侯爵、君主，按照当时的规矩，百姓必须躲在路旁，脱帽致礼，但贝多芬则旁若无人，高视阔步，扬长而去。

在波恩的公园里，那简直是雕塑的陈列馆，走进花园像走进一个群星闪耀人类精英的世界，走进浪漫神奇的故事。

这些艺术雕塑是文化名城的重要一章，除了有一种艺术欣赏的价值，更重要的是让人重温了一个国家和民族辉煌的历史，这是国魂，民族之魂，同时也活跃了美的气氛和有生气的静物。

四

汽车沿着公路缓缓行驶。

五月的热情处处表现得淋漓尽致，莱茵河若即若离，河岸、山野山花烂漫，山谷和河面上水汽蒸腾，烟岚缭绕，诗意的氤氲，朦胧的幻景，撩人沁人。远山的雪峰和天边的白雪融在一起，在窗外闪烁，深远、平远、高远，三种境界向我们展示开来。丘陵上、河岸上林木葱茏，一片苍翠，有鸟儿从树林飞出，掠过河面，飞向远方，这是莱茵河生命的律动。

我们驶向另一个文化名城。

海涅的故乡——杜塞尔多夫就是莱茵河畔一座优美、宁静的文化古城。小城建有海涅资料馆，杜塞尔多夫还创办了以海涅命名的大学。杜塞尔多夫在12世纪初期，正是中国的宋朝时代，还是个荒凉的小渔村，因为德国第一条铁路经过这里，小渔村渐渐发展成了一座美丽的城市，后来铁路网的兴建，工业化的浪潮使杜塞尔多夫成为德国西北部的重城大邑——有"小巴黎"之称。

小城房屋多为红瓦覆顶，鲜艳、热烈，像一片燃烧的晚霞。最美的是莱茵河畔，这里环境优雅，碧蓝的流水，芳草萋萋的河岸，长杨高柳，葱郁葱茏。河水荡荡，载着天光云影、树影、房影，一幅优雅的风情画，我望着莱茵河水，总觉得这条河流是性格内敛、深沉，它内涵丰富而不炫耀，它底蕴厚实而不张扬，静水流深，这片生长哲学的国土上，其河流也富有哲学思维。

海涅说："自我走上德国的土地，全身流遍了灵液神浆。"并声称自己是"莱茵河自由的儿子"。

海涅是歌唱莱茵河的诗人，他一生写了许多赞美莱茵河的诗篇：

在莱茵河的清流里，
伟大的圣城科隆，
和伟大的教堂，
掩映在水波之中。

教堂里有一幅画像，
画在金革上面，

它曾亲切地照亮，

我的生命的荒原。

在圣母像的四周，

有花儿和天使飘荡，

那眼睛，嘴唇和面庞，

跟我的恋人真相像。

尼古拉·贝克曾创作《莱茵河之歌》，颂扬法国大革命时期获得莱茵河左岸大片土地，拉马丁看到这首歌词，马上写了一首《德国的莱茵河》，他推崇武力，驳斥了拉马丁。

我最喜欢海涅的《罗累莱》诗。莱茵河有一个美丽凄凉的传说，说有一个妖女，坐在莱茵河畔一座山岩上，用歌声引诱河上的船夫。

在海涅的诗里，说罗累莱妖媚而神秘，歌声美丽而迷人，水手为倾听妖女的歌唱，往往忘了划桨，船触礁，船毁人亡。这使我想起中国长江三峡巫山神女，神女朝为云，暮为雨曾引起楚王的情思，竟然做梦和神女云雨相爱。但巫山神女却有一颗善良的心，她专门指引船上水手躲过暗礁，回避巉岩，安全通过急流飞湍的峡谷。

传说，罗累莱是一个农家少女，红颜薄命，很不幸，她和一个富家男孩恋爱了，但地位悬殊，不可能生活在一起。每天清晨和黄昏，罗累莱便登上山崖的高处，坐在石头上梳着金色的长发，唱着歌，希望爱人的游船从山崖经过的时候，能看到她的身影，听到她的歌声。终于有一天，爱人的游船从山崖下经过，罗累莱从山崖上一跃而下，将美丽的青春和无望的爱情一同葬进莱茵河。从此，每至清晨或黄昏，人们总能看到罗累莱坐在山崖上缥缈的身影，一边梳理长发，一边歌唱，低回婉转，如泣如诉。

罗莱山那陡峭而立的岩石，在夕阳里晨晖中，酷似这位美女的化身，无数船夫在这里被罗累莱少女的姿色倾倒，仰慕欣赏，动情呼喊，而忘记水下暗礁，撞上礁石，葬身莱茵河。这是悲剧，凄怆、苍凉，和中国三峡巫山神女的结局恰恰相反，这是中西文化的差异。

海涅为这凄苦美丽的神话写了一首诗《罗累莱》：

我不知道为什么，
会感到这样悲伤。
有一个古老的神话，
使我永远不能忘。

傍晚的凉风阵阵吹来，
在静静的莱茵河上，
有一座苍老的山峰，
在晚霞中闪光。

那美丽的莱茵河女神，
静坐在高山上。
她梳理着金色的头发，
她的首饰闪着金光。
她用的是金色的梳子，
同时在迷人地歌唱。
谁听到这美丽的歌声，
神魂也要震荡。
……

要不是海涅写了这首醉人的诗篇，这美丽的故事早已烟消云散，现在连小学生也会唱："我不知道为什么，会感到这样悲伤，有一个古老的神话，使我永远不能忘……"

当地生产一种葡萄酒，酒名为"罗累莱的眼泪"，多美丽的传说，悲剧更能打动人心。伴随着爱情的往往不是幸福、欢乐和陶醉，而是失意、沮丧和绝望。这不是一首恋歌、赞歌，而是哀歌、悲歌，就像秋末的园林，黄叶飘零，寒意萧萧，歌声如泣如诉，如怨如慕。据说，这首诗被谱上乐曲，飞扬在德国大地，传遍欧洲，几百年盛唱不衰。

海涅早年的诗像《夜莺》，歌唱青春、爱情，委婉清丽、优雅，中年后他的诗热烈昂扬，"浑身变成剑和火焰"，他曾写诗《誓死保卫莱茵河》："一声怒吼，像霹雳响／像海在啸，像剑在鸣／谁去莱茵，谁去莱茵／保卫她不受凌侵／亲爱的祖国，你放心／我们坚定不移地守望莱茵"。

离开杜塞尔多夫时，我在一家工艺品商店买了一张海涅的画像，这位莱茵河之子理应受到莱茵河的尊重。

2017年12月20日草

法兰克福的歌德

法兰克福是歌德的故乡，1749年8月他出生在美茵河畔一个富裕市民家庭，父亲接受过良好的教育，攻读法学，取得法学博士，后被查理十二聘为皇家法律顾问，还做过法兰克福市的参议员。

歌德的童年时代是在父亲的严格管教下和母亲的爱抚下度过的。

1765—1771年，也就是他十六至二十二岁时，在莱比锡读大学，过着"花花公子式"生活，放荡不羁，生活奢华。那时候开始写诗，但诗歌辞藻华丽，内容空洞。

后来，他接受了法国启蒙思想家伏尔泰、卢梭著作的影响，自由散漫的行为有所收敛，又在当地有名的思想家、文艺理论家赫尔德引导下，阅读了荷马、莎士比亚等人的作品，诗风有所转变。他注重从民间文学中吸取营养，反对古典主义美学原则，写了许多抒发个人感受，歌颂大自然，风格朴素、节奏性强的抒情诗。

歌德和饭店老板的女儿恋爱失败后，便追求绿蒂——尽管爱得死去活来，但绿蒂名花有主，他和绿蒂保持了纯洁的友谊。初恋的甜蜜，失恋的痛苦，怀念的伤感，使十八岁的歌德痛不欲生。

《少年维特之烦恼》实际上是歌德初恋的感情经历，在一次舞会上，他遇到绿蒂·布弗，并爱上了她。这是位市民出身的姑娘，浑身散发着青春健康的气息，她妩媚而聪慧。绿蒂·布弗十六岁时已订婚，歌德见到她时，她已是人家的未婚妻了。歌德一见钟情，说："她是一个好姑娘。对我来说，她的美丽是由善良的内心和迷人的衷情构成的。此外，她聪明、生性乐观，有时天真烂漫……最重要的一点，她有一颗非常美丽的心——高贵、善良、宽宏大量，充满慈爱。"当歌德得悉绿蒂结婚的消息时，他一言不发地坐在桌旁，开始创作《少年维特之烦恼》，没有提纲，没有草稿，一气呵成，仅用了四个星期，一部经典名著问世。

这部自传体的小说出版后，在社会上引起了暴风骤雨般的反响，很快传遍欧洲，拿破仑也对《少年维特之烦恼》爱不释手，共看过七遍，在远征埃及的途中，也不忘记把它带在身边。歌德却只看了一遍，再也不愿阅读，怕爱的悲剧再刺伤自己的心灵。

《少年维特之烦恼》的内容切中时弊，小说以全部生动细腻的文笔，写出作家自己的痛苦经历，有血有肉，真实感人，它以巨大的艺术魅力，影响了几代青年人，一时出现"维特热"，有些读者甚至模仿维特的衣着——长靴，青色燕尾服，黄色背心，更有甚者，一些男女青年在恋爱失败后，也学着维特用手枪自杀，小说弥漫着强烈的伤感和悲观情绪。

法兰克福这个德国第五大城市，人口不过六十万，相当于我们的一个中等地市级小城。德国共有十六个州，国土面积在欧洲仅次于法国，有三十五万平方公里，州相当于中国的省级行政级别。

公元794年，法兰克福查理曼大帝在一次战役中，被萨克森人战败，逃到美茵河边，此时大雾弥漫，洪水滔滔，不辨东西，前有大河挡路，后有追兵，情况十分危急。慌乱中有人发现一只母鹿在平缓处涉水过河，顿有启悟，便率军尾随而去，果然顺利过河，得以转危为安。查理曼大帝下令在这里修筑城池，取名法兰克福，意思是"法兰克人的渡口"。

法兰克福这座古老的城市，在第二次世界大战中被炸成一片废墟，这里只有一座小教堂，是二战前的建筑物，现在的住宅楼、商店、酒肆、超市、学校、市政机关办公楼全是战后的建筑，既看不到哥特式，也看不到巴洛克古典风格的建筑，全是现代化建筑。街头有棵古树，战火烧焦了枝干，但根还在，又顽强地长出新枝干，古树旁有尊雕像，那是耶稣被钉在十字架上生命垂危的受难瞬间的形态。这是欧洲人的灵魂，有了耶稣便有了生存的力量，奋争的勇气。

法兰克福是欧洲对外的窗口，许多国际展览中心就设在这里，城市和我们的上海、北京、广州、深圳不可比拟，全欧洲有十座摩天大楼，法兰克福占有八座。法兰克福被誉为美茵河畔的曼哈顿。

实际上歌德二十六岁时便离开故乡，应魏玛公爵的邀请，来魏玛担任大臣，一直到八十三岁逝世，前后达五十七年。他的许多著作都是在魏玛完成的，那里也建有歌德纪念馆。

这里的纪念馆是歌德的出生地，是战后的复制品。第二次世界大战后，这一带属于美国占领区，是"帝国的自由城市"。1956年市政府决定要重建被战火焚毁的歌德纪念馆。

罗马贝格广场很有名气，1948年德国在这里召开第一次国民代表大会，通过了宪法草案。广场有两座女神雕像。一尊正义女神，她右手持剑，左手高举天平，象征公平正义；一尊是战争女神，手持锈迹斑斑的长矛。极有讽刺意义，这两座女神没有给人类带来公平正义、和平幸福，她们如果不是市民将其深埋地下，也会焚于二战战火。她们没有阻止战争的灾难，而体验了战争的苦难。这对孪生姐妹——女神衣着精美，衣褶棱线流畅清晰，使整个塑像生动，雕塑工艺十分精湛，看到她们，人们心中不禁生起酸楚的感慨。

我们乘车来到西思格拉大街23—25号。门票不贵，只要七欧元。

我们参观了世界文化巨人的居所，感悟了一代诗豪如狂飙如烈火的人生。他在这里居住了二十六年。歌德故居是四层小楼，一层是厨房餐厅，二层是洛可可式的沙发和音乐室，沙发制作精美、豪华、柔软、舒服。三层走廊有精致的天文钟，四层才是诗人的书房写作室。四层楼共有十六个房间。歌德崇尚中国风，喜欢中国艺术，豪华的房间，有青花瓷，壁纸图案也蕴含中国元素，有工笔山水画、屏风，按中国宫庭设计，还有个房间名为"北京厅"。

歌德一生创作了一百五十多卷作品，与莎士比亚、但丁、托尔斯泰等文化泰斗齐名。

我爬到二层，这儿就是招待厅。沙发、木柜、地毯，歌德在这里曾接待过黑格尔、海涅和大音乐家门德尔松等人。歌德不但是诗人、作家，还是对自然科学研究有成就的人。他对地质学、矿物学、解剖学多种学科有兴趣，他还写过《色彩学》专著，他在光学上提出过新的理论。

西方很多这样的大师、巨匠，他们兴趣极为广泛，并非只具有一技之长，雕塑大师米开朗基罗，大作曲家贝多芬，不仅在雕塑、音乐领域具有巨大的成就，就是在风马牛不相及的自然科学领域也有建树。

人类一切科学和艺术都是相通的，一个人要想建构理想的金字塔，必须具有丰富、扎实的基础。我写过民国历史学家傅斯年的传记，傅斯年留学德国七年，他不仅攻读历史学，还以很大的精力攻读医学、解剖学、语法学、哲学、地质学、弗洛伊德心理学，他说留学不是为了学衔，而是学识。

走进书房，我惊呆了，这一切都保留歌德在世的样子，歌德的书房简洁，他的信笺、手稿、书籍排列有序，墙上有他青年时代的画像，也有晚年的照片。还有一幅为维特和绿蒂制作的剪影。简单的高脚桌，一把老式木椅，写字台上有墨水瓶，笔筒有几支鹅翎笔。传说，歌德喜欢站着写作，他的《少年维特之烦恼》就是站着创作的。桌子上有摊开的稿纸，星辰般的文字就静静地闪烁在上面。主人好像刚刚离开这里，只要稍等片刻他会回来，他一见到你会亲切地问候，吻你的脸，一个多么慈祥、和蔼的老头。那玻璃橱里每一件展品似乎还散发着歌德的体温，辐射着生命的气息。我想象歌德如何在这里度过一个个早晨和黄昏，想象年轻时的歌德激情满怀地写下发热的诗行，兴奋时大声朗诵自己的新作。我想象他写作时累了还会依窗张望外面的景色，也许坐在椅子上悠悠地吸着雪茄，烟雾缭绕，朋友拜访时是否也用小提琴弹奏几支曲子，我摸不准他的脾气，感受不到他的喜怒哀乐。

墙壁上有几幅风景画，那是莱茵河的风光写真。这一切都值得敬仰，这一切都与时间对峙，与遗忘抗衡，苍茫辽阔，一个伟大诗人的灵魂与生命的厚重和神秘。

歌德说:"一切涉及适宜的事,都与我天性相违背。你在我房间找不到沙发,我总是爱坐在那张老式木椅上。舒适豪华的陈设会扰乱我的思维,使我陷入一种迟钝怠惰的状态。"

他的巨著《浮士德》就是在这里开始起草的,那时他刚满十九岁,最终完成于魏玛。《浮士德》是一部诗剧,共两部五十场,一千二百余行。作品主人公浮士德一生充满对理想的追求、探索,他经历了知识悲剧、爱情悲剧、政治悲剧和事业悲剧四个阶段。情节始于上帝与魔鬼的赌赛。上帝信任人类,认为他们难免犯错误走上邪道,魔鬼靡菲斯特却认为可以把人类引上歧途。他们以浮士德为打赌对象。浮士德是位博学多闻的学者,沉湎在书海中,但感到知识对社会毫无用途,非常苦闷,几乎自杀。这时魔鬼出现了,说是要带浮士德漫游世界,并预言当浮士德感到满足之时,也就是他的末日。经魔鬼引导,喝了魔酒,浮士德返老还童,与少女玛甘泪相恋。玛甘泪被封建主处死,浮士德的爱情化为悲剧。浮士德来到宫廷从政,但政界一片黑暗腐败,社稷混乱,同样,浮士德看到的一切都令他绝望、悲观、忧虑,他转而追求古代美女海伦,与之结合,生下儿子欧福良,到头来也是一场幻梦。后来浮士德获得一块海滨封地,他在那里填海创业,拓建一个人的乐园,在改造自然中,浮士德感到一种慰藉和满足,他说:"要每天每日去开拓生活和自由,然后才能作生活和自由的享受。"表现主人公那种不倦的探求精神。浮士德及他的灵魂被上帝引入天堂。

《浮士德》这部诗剧经典,规模恢弘,背景广阔,思想博大,内容深邃,想象丰富,瑰丽多姿。现实和幻想组成巧妙结合,对市民社会和封建王朝的描写都非常真实,具有典型意义。诗人驰骋想象,幻想的、神话的、虚构的形象,既有真实感,又有奇诡变幻。

诗剧调动了对比、象征、比喻等艺术手法,塑造了浮士德这个新兴资产阶级知识分子的典型形象。他的知识丰富、意志坚强、注重实践、积极投入、永不满足、不断追求,直至理想的境界,是一位悲剧英雄。

站在窗前可以瞭望美茵河波光闪烁的流水，两岸高大的树木和哥特式的教堂，高高的摩天大楼。再远处便是美茵河谷地平原。河谷有大片的葡萄园。这景色，这气象，多么诗意，多么浪漫，与诗人的气质多么谐调！

窗外是不大不小的一座花园，正是初夏时节，一种植物的气息和野花野草的芳菲涌入室内，很惬意，很撩人。我们走下楼梯，到歌德的花园游览。

花园里有一棵黄花风铃木，树躯粗大，树皮乌黑，有种古木参天的气势，还有几棵杉树、枞树，它们伸张着枝杈仿佛指点歌德先生在园里散步、歇息或坐在连椅上思索。开着蓝色小花的矢车菊，那小小花瓣，半透明状，色泽纯净，像蓝色宝石般。矢车菊是一年生或两年生的植物，花常见有白色、黄色、蓝色和紫色，这蓝色给人一种深远、沉静的感觉。我想歌德大概最喜欢静谧的蓝。在五月的暖风里，蓝色的矢车菊正开得恣情任性，向四周伸展过去。

我问风铃木，你见过歌德吗？你可曾陪歌德在这里散步休息？

谁？风铃木摇摇头，否认的样子。

导游兼讲解员说，这是风铃木的子树，二战时，它的母亲被炮弹击中，树冠被烧成灰，战争结束，大概1946年，从根角部冒出一棵小树，现在树龄六十九岁了，我大吃一惊，这棵树竟然和我同庚！我倍感亲切，走过去，用脸贴在树身上，只觉得有一种热烈和灵性从树躯中传导而来。

我站在树下，久久地凝视着四层楼洞开的窗户，这树站在风霜雨雪的时空中，永远骚动汹涌澎湃的激情。歌德在那灯台下熬过多少失眠的夜晚，春天这花园给歌德一缕芬芳的幽香，夏天又送来一抹沁人的阴凉，秋天那是最美好的季节，草坪上各种野花都争芳斗艳，紫藤萝缠绕着树身，紫色的花朵瀑布般地倾泻下来，那是植物的情感。

我想象，歌德曾经在月夜里散步花园，月照花明，风吹花动，多么妩媚和优雅！"花明月暗笼轻雾"，月洒清辉，花影摇曳，月花共度的妙景，令人赏心悦目。

歌德人生最后八年，一直待在魏玛家中，足不出户，很少同外界打交道，上午在书房待两个小时，下午会见客人，晚上享受天伦之乐。歌德最后一个生日，他让仆人寻找出他二十年前在山上一个小木屋里写下的一首小诗：

> 群峰
> 一片沉寂。
> 树梢
> 微风敛迹。
> 林中
> 栖鸟缄默。
> 稍待
> 你也安息。

谁知这首小诗，成为他生命的绝唱。

歌德读着，泪流满面。

……死神的脚步声愈来愈响，步步逼近，他生命垂危时，似睡非醒，他长久地握住小孙女的手，在手心上写了个"B"字，谁也不解。蓦然间，他睁开眼睛，目光移向窗口，用尽力气喊道："把窗户打开，让更多的光进来。"随即慢慢闭上了眼睛。他去世的时辰和他出生的时辰，都是正午。

离开歌德故居，我忽然想起贝多芬热情称赞歌德的妻子贝蒂娜是自己"最爱和最美的恋人"，但贝多芬无缘。歌德的母亲把贝蒂娜介绍给了歌德，贝蒂娜便开始给歌德写信，频繁地来往，便有了爱情，歌德生活便有了新的篇章。歌德死后，贝蒂娜便把那些信件整理加工，并附有艺术虚构，写成了一部小说，这部小说披露出很多肉麻的情节和细节，肉体的接触，精神的狂欢等等，出版后受到读者的谴责，被政府封禁。但贝蒂娜非常崇敬歌德，为他设计纪念碑，将自己刻画成一个匍匐在文学巨匠脚下的裸体小缪斯，用美丽的小手拨弄七弦琴……

2017年8月15日

阳光抚摸着海涅的墓碑

在法国旅游时，我常常想起海涅，他不是法国人，也从未为法国工作一天，法国政府却发给他退休金，称之为法国的"德国诗人""巴黎的才子"，在法兰西享受很高的声誉。

海涅生年五十九岁，在法国居住了整整二十五年，从1831年5月住到1856年2月去世。这中间他很少回德国，回故乡杜塞尔多夫小城。"故乡"在德语中是个最美的词汇。德国作家本哈德·施林克说："故乡并非那个它所是的地方，而是那个它所不是的地方。"海涅一生写过许多歌颂德意志的诗，写过许多歌颂故乡莱茵河的诗，他著名的《罗累莱》就被谱过三十九支曲子，唱遍德国的城市和乡村。他的故乡杜塞尔多夫就坐落在莱茵河畔，莱茵河清澈碧蓝的流水从门前流过。他是莱茵河之子。海涅是以歌唱青春和爱情而著名的抒情诗人，他的诗是"夜莺之歌"，而到了法国，他摇身一变："我是火焰，我是剑！"由一个诗人成为战士。

其实海涅的爱情诗并非都是歌颂爱情的甜蜜、幸福、温馨、明朗和灿烂。恰恰他的爱情充满了痛苦和不幸，有屈辱，有失望，有不平，有炽热的恋情，也有冷酷的现实，有幸福的眼泪，也有愤懑的火焰。

他的爱情诗写得酣畅淋漓，诗情浓郁，优美雅致，作曲家舒伯特、舒曼、门德尔松、李斯特、瓦格纳等为他的诗谱写了三千多首歌曲，而为歌德的诗只谱写了一千七百首曲子。那个时代，在德国每只鸟儿，每只青蛙，每朵野花，每棵小草都熟谙海涅的歌。

1830年夏天，海涅在海滨疗养院听到巴黎爆发七月革命的消息。

他称自己是"革命的儿子，要重新拿起所向披靡的武器"，他说："我心里充满了欢乐和歌唱，我浑身变成了剑和火焰。"

第二年五月，他到了巴黎。

巴黎是个群贤毕至，群英荟萃的城市。海涅很快融进文人圈里，在这里，他结识了文艺界杰出人士巴尔扎克、大仲马、雨果、乔治·桑，音乐大师柏辽兹、肖邦、李斯特，他们常常聚会于沙龙，或畅谈于咖啡馆、小酒吧，谈诗论文。初来巴黎，海涅便急于创作，他不仅写诗，还写论文，他的《论浪漫派》和《论德国宗教和哲学的历史》，显示了海涅作为目光犀利、见解深邃的思想家的卓越才能。在这两篇文章中，对欧洲封建社会的精神支柱——天主教，进行了深刻的分析和批判："这个崇神贬人，重灵轻肉的宗教，彻底否定人的尊严、人的权力和人的幸福，使得罪孽和伪善来到人世，成为统治阶级手里欺骗人民、奴役人民、解除人民精神武装的有效武器。"这是否定上帝，强调自我，是精神上的巨大解放，思想上的伟大革命，是震撼欧洲的思想界、哲学界的雷声。他和尼采一样，否定了上帝。海涅称赞拿破仑的"巨大意志"，便是"人"的意志。这里充满了"人"的高傲，"人"的尊严，强调"人"的精神和思想的独立性，无异于尼采喊出："上帝死了，是我杀死的！"

1843年海涅第一次回到阔别十二年的祖国，从巴黎前往汉堡，年底回到巴黎，认识了马克思，尽管海涅年长马克思二十岁，却与他结下了深厚的友谊。这次德国之行，为他的长诗《德国——一个冬天的童话》积累了素材，回到巴黎后，海涅很快创作了《德国——一个冬天的童话》和《阿塔·特罗尔》两首长诗，这是海涅政治抒情诗的巅峰之作，海涅由一个歌唱爱情的夜莺，蜕变成一只迎接暴风雨的海燕。从此后，他和马克思、恩格斯并肩战斗，迎接1848年革命的爆发。在德国文学史上既是作家又是思想家的不乏其人，像海涅这样有着完美统一的诗人加战士的并不多见，他的诗脱去了"哲学沉重的外衣"。

虽然海涅回去看望了祖国，但他没有看望故乡。海涅被誉为"歌德后的太阳"，他的出生地杜塞尔多夫却不容他，骂他"犹太猪"，杜塞尔多夫排犹主义甚嚣尘上。

海涅一生追求爱情，歌唱爱情，他的许多爱情诗是"泪水过滤出的诗行"，是哭泣声化为艺术的梦语。海涅追求他的堂妹阿玛丽。阿玛丽花容月貌，身材窈窕，眼睛如海水一样静蓝，嘴唇像樱桃一样鲜红，话语声像夜莺的歌声那样动听。海涅坠入爱河，难以自拔，堂妹对才子堂哥也有情意，但终因海涅贫寒而嫁给了凡夫俗子。堂妹只好割一缕秀发给痴情的堂哥，海涅把这缕"情丝"藏在金属十字架里，挂在胸前，直到去世。海涅一生为堂妹写了许多优美的爱情诗，那是单相思，这就奠定了他德国"爱情诗王"的地位，其中一首还被许多作曲家谱写成二百五十首乐曲。海涅是爱情的歌手，却没有收获爱情。他发誓：如果他未来的妻子不喜欢他的诗，要坚决离婚。命运却开了天大的玩笑，最后他竟然与鞋店女店员结婚，一个粗俗、没有文化的女人，她是山村来的打工妹，无知也无教养，整个上流社会都嘲笑这个结合。这是一场畸形婚恋，一个誉满欧洲的风流才子竟然和一个目不识丁的乡野村姑走上婚礼的殿堂，这岂不是上帝的一场恶作剧？海涅却承认"我命中注定只爱这最卑贱又最愚蠢的东西"。这个女人却是贤妻，无微不至地照顾他，伴随他走到人生的终点。

海涅病了，患上了脊髓灰质炎，日益严重，他没有亲自投身1848年的革命。身体健康每况愈下，头痛和眼疾也折磨着他。他已濒于全面崩溃的地步。

1848年5月海涅最后一次出门去了卢浮宫，看到断臂维纳斯，他泪流满面："我在她脚前待了很久，我哭得这样伤心，一块石头也会对我同情。女神也怜悯地俯视着我，可是她又是这样绝望，我没有臂膀，不能帮助你啊……"

从此，海涅一直病在床上，过着"被褥墓穴"的生活。他以惊人的毅力、意志和英雄气概同病魔斗争，坚持诗歌创作，诗已经是他生命的一部分，只要一息尚存，就会创作不止，不能写就以口授的方法，创作了《罗曼采罗》。

他的病情恶化了，视觉衰退了，视力模糊了，他的两腿瘫痪了，全身萎缩，他病痛得很厉害，一天只能睡上三四个小时，失眠之夜，他仍坚持创作。《罗曼采罗》之后，海涅还写了许多诗篇，但是这些诗像满园秋天的落叶，萧瑟、悲凉、哀怨、凄苦，这是一个伟大生命开始凋零时的悲凉，海涅临死仍在吟咏，他将死神的呼唤声化为诗的音响，他用骨头敲响诗的节奏。一位朋友看他的时候，这样说道："这就是美，美得惊人，这像是从坟墓发出的悲诉，那里有一个被活埋的人，或者说一具死尸……在向黑夜喊。"

海涅即使在"床褥墓穴"里还结识一位钟爱他的诗作、后来成为女作家的玛尔嘉特。海涅称她"苍蝇"。"苍蝇"时常来看他，她娓娓而谈，激起了他对生命的渴望，并手写或口述了二十五首情诗，"苍蝇"接受了"他语言的爱抚和文字的亲吻"。他向"苍蝇"讲述他"大学时代的书生意气"，讲述他"诗歌创作的辉煌岁月"，往昔的青春，美丽的诗句，在他心中升腾、扩延……这是海涅最纯洁、最高尚和最辉煌的爱情，但生命的夜幕却像群鸦的羽翼扑了下来，他没有来得及采撷这晚秋一朵凄迷的野花。

海涅走了，海涅带着火焰，带着利剑远去了。德国人拒绝接受他的尸首，称他"犹太猪""民族败坏者"，德国的报刊一片斥责声，一片幸灾乐祸的嘲弄声。但法国却收下这个德国弃儿，称海涅是"法兰西的精灵"。

海涅被安葬在蒙马特高地。

蒙马特高地在巴黎城西北，我通过旅游团领队，雇了一个当地导游带我去拜谒海涅之墓。我们乘公交车很快到达蒙马特。蒙马特高地起伏跌宕，犹似丘陵，但又非丘陵。这里有一处不大的墓园，许多文化名人都安葬在这里，如左拉、雨果、巴尔扎克、莫里哀、小仲马，还有画家德加等人。海涅在这里并不寂寞，生前他和这些文友交往甚密，死后仍然在一起，说不清，哪个风清月明之夜，他们在冥间相聚，谈论小说和诗，也谈论法国和德国的革命。遗憾的是后来左拉和雨果的骨殖迁移至法国的先贤祠。

巴尔扎克、小仲马墓地的石头都长满青苔，一片沧桑感。

游客很多，其中中国游客也很多。他们都喜欢海涅，喜欢巴尔扎克，他们把红色玫瑰和洁白的菊花恭恭敬敬地放在墓台上。

海涅的墓碑，墓石都是纯净、洁白的大理石，雕刻精湛，高雅而精美。墓碑的上端有海涅半身雕像，花白的头发有些紊乱，散发着诗人的落拓不羁的风采，苍白的胡须微微飘动，仿佛诗人站在旷野上吟哦。头微垂，瘦削的脸颊，一双忧郁的眼睛，面色悲戚，一个苦命诗人的沧桑人生，凄苦命运全写在那张脸上。

好在，温暖明丽的巴黎阳光穿过稀疏的枝叶洒过来，送给雕像一抹光亮。

墓碑的下方雕刻着一只奇异的花环，在镶框靠近基座的上方，还有个桃形的浮雕，我看了半天，不明白雕塑家的用心，问导游，导游也说不清楚。基座上放着鲜花，有的已经枯萎。

我想起在海涅的故乡，由于排犹主义被遏止，纳粹主义被清除，杜塞尔多夫终于接纳了她的游子，现在杜塞尔多夫有了海涅广场、海涅大街、海涅中学，还设立了海涅文学奖，有些学者、文人提议将海涅墓迁回海涅一生酷爱的莱茵河畔——杜塞尔多夫，但法国政府不同意。

杜塞尔多夫在海涅逝世一百二十五周年，为纪念这位大诗人，由政府支持建了一座纪念碑。它坐落在一家超市门前的广场上，虽居闹市，却不引人注目。这纪念碑原来是一堆破碎散乱的石头，毫无规则地堆放在一起，像是被肢解，有一种"山冢崒崩"之感。这是不成形的建筑物，更缺乏碑的形象，像一片废墟，死一样宁静。杜塞尔多夫号称艺术之都，有二十六家博物馆和展览馆，丰富的文化呈现强烈的主体感，为何对他们的诗人海涅纪念碑如此潦草？没有雕像，没有碑文，一堆坍塌的石头杂陈相藉，怎么称纪念碑？荒唐、荒谬，这是野兽派、荒诞派的作品，还是魔幻主义？一种废墟的荒凉，一种被遗弃的悲哀，一种凄寒和心酸感。我在西班牙巴塞罗那参观过高迪的杰作，将一堆黑灰的炉渣随意地摊在那里，说是一件艺术品，并列为旅游景点，供人鉴赏。

这座纪念碑"落成"后，在德国引起大哗，有人说，海涅不配建纪念碑，他嘲笑过故乡，他诅咒过祖国，这是对他的报应；但更多的人认为，这正反映了诗人的悲剧、破碎、苦难的一生。至今围绕着海涅纪念碑还争论不休，他的许多作品，还有马克思、茨威格、弗洛伊德、爱因斯坦的著作曾经在纳粹时代遭到焚毁。杜塞尔多夫曾举行一场争论，将杜塞尔多夫大学改名为"海涅大学"，1982年以四十一票反对，四十票支持而不得命名，"一票否决"。

我沉默地望着海涅的雕像，脑海蓦然浮出李白的诗句："但使主人能醉客，不知何处是他乡。"海涅是没有故乡的人，只有法兰西的阳光温暖着他，抚摸着他。

2016年11月16日

黑森林——德国的童话

　　黑森林位于德国西南部的巴登-符腾堡州，西边和南边是莱茵河谷，最高峰是阿尔卑斯的菲尔德山。这里森林密布，湖泊斑驳，风景如画，是德国著名的旅游胜地。到德国如果不去黑森林，那是终生的遗憾。

　　弥漫在山谷、山麓、峰峦雄沉磅礴的森林，黝黑的枝叶，苍莽的林涛，飞扬的气势，荫翳的林薮，高大的冷杉、雪杉，粗壮的雪松，拔天擎日的山毛榉，令人震撼，这庞大的林木群体，葳蕤荣华，冒懋盛美。

　　沿着一条山径，我和旅伴们走进黑森林，不由得心生一种神秘感、恐惧感，野生的草木，无数的虫鸣，成群的蚊蚋，幽暗的绿翳，温暖而芬芳的空气，在厚厚的落叶丛下是潺湲而流动的小溪。山毛榉高大、挺直、直薄云天，冷杉有几个人合抱之粗，庞大的树冠，遮天蔽日。更让人震惊的是苍老的橡树，简直像一座座神庙，面对它你顿然会产生童真般的宗教信仰。最富有浪漫主义色彩的是野花，颜色繁富，赤橙黄绿青蓝紫，色彩鲜艳。"人间四月芳菲尽"，那是中国江南的春色已经阑珊了，这里春意正狂，山花精力饱满，开得烂漫恣肆，红的奔放，白的纵情，紫的豪迈，黄的雍容，只有蓝色的小花还有几分羞涩，林间空地是一片花的热烈和喧嚣。这使我想起一位植物学家的话语："花的宽容和花的世界主义，花的世界无限之远，花乃是我们精神秘密的象征。"高树巨木之下，是杂乱无章的灌木丛，荆棘密布，形成层次分明的植物群落，陈年的落叶，枯树的断枝，使人无隙插足。

森林很大，森林很黑。黑森林南北长一百六十公里，东西宽六十公里，总面积六千平方公里，然而现今的黑森林却不足罗马时代的十分之一。

路间有几块大石头，交错叠压，危如累卵，或孑然而立，超然物外；或斜躺横仄，坦荡无拘无束。石隙中有几株小花钻出，蓝格莹莹的花朵，朝着我们微笑。

森林不是寂寞的，那美丽的白雪公主，那善良的小矮人，还有灰姑娘、睡美人、青蛙王子、大灰狼、女巫和小红帽，"你奶奶住在哪儿啊？""原来这座城有一扇高大而又黑暗的城门，每天早上和傍晚，牧鹅少女要赶着这鹅穿过这城门""这些衬衫和他们的身体一接触，他们都变成了天鹅，飞到森林外边去了"……黑森林是童话的宫殿，格林童话早已化为孩子们成长的精神元素，一代一代传播开来。

雅克布·格林（1785—1863）和威廉·格林（1786—1859）是德国语言学家和民间文学研究者。格林兄弟是日耳曼文学的奠基者，他们编写德国语言史，出版了《德语字典》，他们搜集整理了中古以来的德国民间童话故事和传说，撰写了二百多篇美丽的童话故事，传播至全球一百四十多个国家。这些童话有个共同的主题，歌颂正义、善良、勇敢、诚实等优良品质，批判和痛斥假、恶、丑行为，以及描写各种恶劣行为带来的报应。

阿尔卑斯山的黑森林是重重叠叠，浓厚绵密的墨绿、苍绿、黛绿，凝重、深沉、富有质感。山的巍峨，谷的深邃，峰峦的峻峭，石的褶皱，大自然的主题浩然和苍健。黝黑的树干闪着银光，林间的空地上长满鲜亮的苔藓，最勾人魂魄的是山下的谷壑间的湖泊，那是大山的心灵，还是黑森林的眼睛？那么清晰明亮，聪慧而又灵性。湖面飘着雾，温柔、苍白，还带着忧郁和淡淡的伤感，静谧、安详，闪着粼粼的光。这光从湖水蓝宝石般静谧中散射出来，就在沉睡的梦中吸入光明的恩赐，这雾缭绕着、眷恋着，它深爱着山峦、森林、湖泊，久久不肯离去。阳光温柔，风很强，森林里静得能听到天使在空中谈话声，也能听到古人的灵魂在暗处絮语。

格林童话中时常出现直接描述森林的语言："农民准备到森林里去砍木头""车子一直驶进森林""这王宫坐落在一个森林中间，荒无人烟"等等，不胜枚举。我记得格林兄弟在《小红帽》中写到森林，很美：

> 她离开大路，转入森林，寻找鲜花。她每采到一朵花，就认为，再远一点的地方有更美丽的鲜花，她就向那儿奔去，这样，她就越来越深入到森林里边。

在《两个旅行家》里，格林兄弟也将故事置于森林里，他写道：

> 他们旅行了一段时间，来到一座大森林的跟前，到京城去的道路是通过森林的。不过，有两条小路通往那里，一条要走七天，一条只要走两天，他们都不知道哪一条是近路……坐在一棵橡树底下商量。……森林里非常静，没有风吹拂，没有溪流的潺湲声，也没有鸟儿的歌唱，连阳光穿透过绿叶和浓密的树枝都隐隐听到。

这真是大自然的传奇，是森林最纯净的灵魂！

童话是诗的同父异母兄弟。

黑森林是一座精神的宝库，是童话和诗的灵府，这里的树木、岩石、流水、花、草、虫、鸟，连那南来北往的风都是诗的素材，是童话和幻想的作品。有人说："大自然的女性是植物，植物是一切自然形成中最端正和最优美的，是自然之语言，一切都在植物上得到表达。"山水、岩石、鸟虫、花草都会说话，它们都有不加雕饰的美态与绰约的丰姿，都具有精神的生命，完整的审美视角。

格林兄弟的父母生有九个孩子，存活下六个，弟弟威廉自幼体弱多病，哥哥雅各布处处照顾弟弟，他们都在马尔堡菲利普大学就读，共同的爱好，使兄弟俩走进童话世界里。他们热爱自然科学，对植物学充满了强烈的求知欲，所以黑森林就有了他们的事业。

　　黑森林并非莽莽无际，山谷里也有村舍人家，在午后暖和的阳光下，一座白色教堂的尖顶依山耸立，犹如梦境一般，几幢红色、杏黄色、橄榄色的屋顶，掩映在开花的橡树和杉树丛中。这屋顶颜色鲜艳明丽，像开放在山谷的花，建筑风格更令人惊奇，你分不清哪是罗马式、哥特式、文艺复兴式、巴洛克式、洛可可式或古典主义风格，反映了德国的个性化、自由化的精神风貌。这些屋舍虽高低错落，却讲究秩序、肃穆、稳重，体现了大森林般的深沉和内敛气质。村庄在阳光下像是打瞌睡，没有犬吠、羊咩、牛哞，一片寂静，一个世纪的静谧，欢乐和忧愁，希冀和失望交集，都在等待时间的终结。山谷是一幅静止的树木和屋宇的镶嵌画，在这里没有争斗、虚荣、野心、贪婪和宗教派系攻击的一丝痕迹，山谷里升起袅袅的炊烟和淡淡的山岚，天地合一，自然和谐，莫非陶渊明的桃花源移到这里？

　　这里只有林妖和牧神在悄悄对话，只有风能解其语。

　　黑森林的西边和南边便是莱茵河谷，北部黑森林最为茂密，大片的松林和冷杉，是原始森林。蒂蒂湖就在这里，湖中有树，树连着山麓，接着是苍茫的林莽，大树一棵接一棵，密密匝匝，遮天蔽日，走在林间小径，像走进幻影，走进梦呓，走进《绿野仙踪》的神话。古罗马大帝提图斯经过这里，非常欣赏这里的美景，蒂蒂湖的名字就是罗马大帝赐予。

　　我们走在山径上，山坡舒缓，并不陡峭。黑森林不仅是童话的故乡，也是诗、音乐和绘画的"原产地"，多少闻名天下的诗人、画家、作曲家都以黑森林为题材创作出了千古绝唱。我忽然想起施特劳斯创作的《阿尔卑斯山交响曲》，全曲二十二段，描写在阿尔卑斯山一天的登山活动，如同摄影录像般真实，简直是一部电影纪录片，莽莽森林中深深的峡谷、瀑布、溪流、花的牧场、荆棘和灌木丛，通过音乐语言写得真实，如临其境。此曲大量不协和音以及使用模拟风声与雷鸣的音响，而写到"山顶"，则出现动人的幻境，云雾缭绕，瀑布飞腾，冰川之上，阳光霎时灿烂，霎时云雾遮蔽，乐章出现悲歌，暴风前的宁静，雷电交加，最后写到下山，则重复前一部分，林木葱茏，野花丛簇，溪水淙淙，鸟鸣山幽，渐渐进入夜色朦朦之中。这是音乐资料的介绍，使人体悟到黑森林、阿尔卑斯山奇特的变幻景观，但我却感到这山，这森林的隆重、浩瀚、磅礴、癫狂、气象万千之美，大自然原始生命的元气和静穆深沉的思想深度，黑森林是生命宏大的乐章，是气势磅礴的狂想曲。

浓密的高树巨木，湿润的空气，空气里弥漫着腐叶和浆果腐败的酒香味，和野花的芳香杂糅在一起，格外宜人。据说，德国最大的疗养中心就设在金齐希峡谷的摩尔庄园，也是一大胜景，遗憾的是，我们无缘一饱眼福，我们只能在黑森林一角尽情呼吸森林的芬芳，森林的精神，浅尝辄止耳！

德国诗人黑贝尔说："森林不仅是山的着装，而且从多种角度看，还是山的表现和解释。"我不揣冒昧地说："森林就是山的语言和声音。"

走进这莽莽森林，我只觉得思想在净化，精神在升华，气质变得深沉，也有了厚度，感到人类应上升"神性"的存在，人类在自然宇宙面前，已沦为"自然法"的意义。人类是像其他动物、植物一样的"原始生命"，必须在自然法、自然神性的轮换中摒弃人性的弱点，完成自我进化。

庄严、深沉、宁静、超脱，这是黑森林给我的第一感觉，我觉得格林兄弟的童年，正是经过森林的沐浴，才创作出那么感人的故事。故事里蕴含着浓郁的森林精神。德意志森林诗人约瑟夫·冯·艾兴多夫曾写诗："美丽的森林／谁把你塑造？／傲立在山巅上，高耸云霄。／为把你造就的大师／我要把颂歌献上／只要我还能发出声响。"

贝多芬非常热爱森林，他在卡伦堡山上写道："森林、树木、岩石发出的回响，都是我需要的，啊，万能的你啊，在森林里，我是神仙般的快乐、幸运；在森林里，每一棵树都在说话，通过你，啊，上帝，多么美妙，在这样一片森林中，高处是一片宁静，宁静为他效劳。"贝多芬的第四交响曲《田园》就是产生在维也纳森林里，大自然的美，森林的宏阔和庄严，森林的喧嚣和热烈，暴风雨中的森林癫狂和雄健，阳光偎依的森林又是那样温和和深邃，森林的亢奋和元气耿耿都在他的音符和旋律里淋漓尽致地表现出来。

走出幽暗的森林山径，前面出现一片低缓的山坡，树下不再稠密，树木也不怎么高大，空白处是草地，草地上有一所木房子，风吹日晒，房子的木头原色已模糊，是橡木还是杉木，抑或是桦木？门框已经倾斜，破旧，使人想起格林童话七个小矮人的住处，我们真想遇见他们，和他们度过一段欢乐的时光，那该多好啊！但是我听见两棵橡树发出轻轻的叹息，它们枝叶相连，枝丫相攀，有的枝干断裂、干枯，苍老已至垂暮之年。我好像听见它们悲叹，上帝的不动产被人类糟蹋得不像样子啦，呜呼，哀哉！这是两棵老橡树的一段生命，让它们安静些吧，不要惊动它们吧，让它们回忆吧！如果没有了草地、森林、河流、树木，还是德国吗？

在写这篇文章之前，我看到一份资料，由于工业排放的废气，形成酸雨，黑森林受到严重侵害，诗人们再没有人赞颂森林，人人都只在为它叹息。这非危言耸听，科学家指出森林将会先于人类而亡。

我站在树下，静静地思索，人类应该有危机意识，世界末日意识，"我们曾经从大自然那里获取的慰藉和解脱，现在因大自然到处都在遭到系统的破坏、掠夺和祸害，已经变成了一种凄怆和不安。大自然在四个季节里巨大的反常变化，动摇了人们四季循环往复的信念，我们的世界面临的灾难不可逆转"（德国作家：沃尔夫冈·希尔特斯默）。

2017年12月30日

流浪的艺术

　　漫游欧洲，无论德国、法国、瑞士、奥地利、希腊、意大利，无论在都市或小镇街头，处处会遇到街头行为艺术，或活的雕塑，或演唱队，或独自小提琴、手风琴演奏者，这是一道独特的风景。

　　街头演奏队，多则七八人，少则二三人，他们演奏的乐曲既有当代的流行乐曲，更多的是古典乐曲，尤其在贝多芬的祖国德国，莫扎特的祖国奥地利，德沃夏克和李斯特的祖国法兰西、巴黎的街头，他们充满激情又肃穆，一板一眼地演奏这些经典乐曲，有的弹夏威夷吉他，有的弹竖吉他，还有的弹曼陀林，他们边弹边唱，情绪饱满，激情热烈，或在咖啡馆门前、大型超市旁边，或在广场、街头，不管有无观众、听众，他们都心无旁顾，目不斜视，很投入很认真地演奏，尽情地、忘我地投身艺术。他们已沉浸在贝多芬、施特劳斯、德沃夏克那优美、雄阔、悲凄的乐曲中，那乐曲中跳荡着欧洲人的淳朴风情，神秘、甘美、沁人。

　　他们的演技绝不低于在巴黎金色大厅的专业演出队，这完全展示了欧洲人的音乐素质，这是爱诗、爱音乐、爱艺术的国度，这里每片土地都生长着艺术，你随便走在哪条街巷、广场、商店、门口、公园都可能遇到这样的民间演出者，他们是流浪艺术家，他们是自由职业者，地上摆着帽子或纸盒，听众随便给几个银币，多少都不计较，你只要愿意听愿意看，他们便会一丝不苟地一曲又一曲地演奏下去。似乎天荒地老，对他们都不会惊动，从容、自如、专一，不轻浮、不狷躁。他们歌唱生活的真善美，他们歌唱理想、爱情、友谊，他们的感情之真、思想之真，是艺术的虔诚。他们歌唱不是生活的需要，是心灵的需要，精神的需要，物质世界抛弃了他们，艺术收留了他们。

我看到一个表演队在一家咖啡馆旁演出，一些腆肚鼓腹的阔佬阔少、摩登女郎、花花公子，边欣赏美妙的乐曲，边慢慢地啜饮咖啡，有的叼着香烟，烟圈在头顶缭绕，一曲又一曲，但不见演奏者纸盒里、帽子里有人投下银币、纸币，那些演奏者置若罔闻，仍然有板有眼地吹拉弹唱，是那样专注、那样深情。我看见几个衣冠楚楚的阔佬起身离开咖啡馆，往纸盒里投下几块硬币，傲慢睥睨地看一眼，昂首而去。

这使我想起托尔斯泰的日记体小说《琉森》，那是1857年，托尔斯泰和屠格涅夫一起游历欧洲，在瑞士琉森湖畔遇到的一幕瑞士的流浪歌手横遭资产阶级绅士欺凌的情景，愤怒地谴责了资本主义文明世界。有钱人总是盛气凌人，总是傲慢、吝啬、蛮横，缺乏悲悯情怀。他们大摇大摆地走了，身后仍有一缕迷人的乐曲在缭绕，在缥缈。

爱因斯坦说："在诗歌中，贵族的成就很高，值得称道。"他们庄严的生活，高雅的气质，使他们的诗接近天使的语言。而其他艺术中，所有伟大的音乐家，以及大部分的画家和雕刻家都远离贵族血缘。他列举了许多音乐家和画家的身世，说，巴赫出身于音乐世家，很穷，曾参加教堂唱诗班，也任教堂管风琴师，生前默默无闻；亨德尔是理发师的儿子；格鲁克生于森林小屋；海顿生在马车夫的茅舍，他曾在教堂演奏管风琴，在王府拉小提琴赚钱糊口；莫扎特家境贫困，在维也纳生活十分艰难，他被一位大主教聘为家庭乐师，大主教把他当成仆人和奴隶；贝多芬出身于莱茵河畔小城波恩一个贫穷的音乐家庭，他父亲则胸无大志，是个酒鬼，可笑的是贝多芬出身布衣家族，他偏在自己姓名前缀加上"冯"，"冯"字在西方是高贵的象征；还有瓦格纳出生在破旧的茅屋；等等。爱因斯坦总结说："伟大的音乐家来自于贫穷和中产之家。"真是不可思议！这使我想起中国文化对"卖唱者"的鄙视，认为他们是"三教九流"，是"戏子"，是不登大雅之堂、社会的底层人。

在奥地利小镇我们不仅看到流浪艺人在演唱。街头还有身裹紧身衣，手脸涂满金粉、铅粉摆出各种姿势的活雕塑，这些人被世人称为行为艺术家，以身体的姿态招徕游客合影，乞得游客的怜悯，付点儿小钱。有位女子，衣裙、脸面全是银灰色的铅粉，像中世纪的出土文物，那柔美的身体曲线，饱满的乳房，浑圆的臀，细长的腿，完全构成艺术的美，她扬起胳膊在空中纹丝不动，眼不眨，嘴角上的微笑像是凝固了。游客同她合影，要付钱，绝非是高贵者的施舍，而是和美在一起的快活。欧洲街头的献艺者，与其说街头乞讨，不如说是更多的自娱自乐的表现主义，这里没有乞讨者的可怜相，没有扯衣拦道、死乞白赖者，更没有弯腰、磕头等有损人格的行为。看到这情景，我心中突然生起一种敬意，他们没有丧失人格，没有丧失尊严，没有卑贱低下的动作。

他们有艺术行为，他们需要钱，但靠出卖自己才艺挣得应得的钱，那些高贵者莫忘付小费，有居高临下的尊贵感。然而他们不是乞丐。

街头演出，源远流长，最早追溯至古希腊的露天舞台，那个时代，艺术家好向世人展示自己的艺术才华，总是随时随地地表演。而今流落街头的艺术家，也许是他们的才华还未得到主流社会的认可，也就是他们没拿到登大雅之堂的入场券，也许他们没有加入什么"圈"，没有参加沙龙，更多是在为自己做广告，推销自己。当然，也有不少为生活所迫在街头卖唱，但这不表明这里不会产生大音乐家、大作曲家。被列入世界音乐史的中国大作曲家瞎子阿炳生前不是常年流落街头，怀揣一把二胡在乐童的引领下，沿街卖唱？艺术在民间，那是音乐家获得生长的膏壤沃土，德沃夏克的作品就属于这类，乐观、明朗、淳朴和具有群众性，德沃夏克的《斯拉夫狂想曲》就是具有高度的人民性和浓郁的生活气息，他的音乐深深扎根于人民的音乐土壤中，如果一味追求贵族气息，那音乐就枯萎了，死亡了。

我离开咖啡馆，离开这个小型的乐队，恭恭敬敬往他们纸盒里放上五欧元，不是施舍，不是怜悯，是对艺术的敬畏。欧洲市井文化继承古希腊的传统，即使那些专业演出，甚至皇家乐队每年夏季都要到森林、草地露天演出，柏林的森林音乐会，维也纳夏夜音乐会，那是艺术回归自然。自然是艺术的母亲，音乐爱好者们，在大自然怀抱里，享受着艺术的美与雅，在林荫下、在草地上共度良辰美景，他们绝非以艺术来赚钱，就像改革开放后的中国，城市到处出现票友、乐友，凑在一起在广场，在小区一角，唱起京剧、豫剧、黄梅戏、流行歌曲，艺术的根并非扎在金碧辉煌、灯火璀璨的皇家剧院或艺术殿堂，它来自大地，它在大地上、风雨中成长。

茵梦湖，一首美丽的民谣

在德国漫游，我总觉得施托姆的"茵梦湖"就在阿尔卑斯山的山麓。汽车沿着山麓旁的公路行驶，一个个珍珠般的湖泊，泛着明丽的蓝色，静静伏在山脚下，哪片湖水叫"茵梦湖"？我问导游小张，小张说，德国最著名的湖泊叫莱蒙湖，没听说"茵梦湖"这个名字。我惘然。《茵梦湖》是一篇小说的名字。

这篇小说讲述了一个美丽忧伤的爱情故事，也是作家自叙的真实经历。施托姆通过主人公莱因哈德与伊丽莎白青梅竹马、两小无猜的感情经历，叙述了爱情悲剧。故事情节既简单又纯朴。十七岁的莱因哈德和伊丽莎白生活在茵梦湖畔的小山村。这里太美了，山麓弥漫着气势磅礴的黑森林，茂密葳蕤的树木，有橡树、椴树、松树、雪松、冷杉、还有大量的山毛榉。莱因哈德和伊丽莎白常到森林里采蘑菇，有时也跟着大人打猎，在茵梦湖捕鱼，划船也是他们生活的一部分。美丽的大自然，纯朴无华的童年生活，使他们产生了初恋。莱因哈德十七岁那年为了深造告别故乡，告别伊丽莎白去远方求学。伊丽莎白依依不舍，送走了他。

也许学习生活紧张，也许莱因哈德又有艳遇，竟然未给伊丽莎白写过一封信，伊丽莎白也没有给莱因哈德回过一封信。友谊出现了空白，爱情出现了断章。随着年龄的增长，岁月的流逝，伊丽莎白感到自己的困苦，孤独，时有看花落泪，看树生悲，心头充满无边无际的哀伤，在凄凉的期盼和无奈的绝望中，她软弱无助，只好嫁给追求她的埃利克。

几年后，莱因哈德回到故乡，与伊丽莎白重逢于湖畔，双方都很痛苦，伊丽莎白在母亲的强迫下嫁给了他人。自此莱因哈德毅然离去，并决定不再回故乡。这个故事形象反映了19世纪德国青年耽于幻想、懒于行动、缺乏责任感的习气，而伊丽莎白的人生悲剧又反映出德国农民听天由命、安于现状的人生哲学，以及19世纪中后期，资产阶级不求进取、向现实妥协的真实写照。

这就是少男少女青涩的爱情，这是作者初恋的歌，情感的履历。

施托姆是小说家，也是诗人，他年轻时和四位女性谈过恋爱，最后与他结婚的是康士丹丝。小说以巨大的魔力，将我们带到往日的岁月。

施托姆写过不少爱情诗，《年轻的爱情》《茨冈顽童与茨冈姑娘的对话》《祝福你》《你的眼睛依然故我》等等，下面引用《卷发姑娘》的片段，供你欣赏——

到我这儿来，我的卷发姑娘，
到我这儿来，请坐下，
我唱歌时你静静听，
听那古老的歌。

那欢欣的娇小笑脸，
安静地坐在我膝旁，
我拿起金色六弦琴，
弹着并唱起古老的曲调，
绿色池塘旁，
一个脸庞苍白的男孩子，
孤独地歌唱。
深不可测的地底下睡着那女妖，
那首歌一再唤醒了她。

漩涡流中浪花四散，
波涛上下翻滚，
月光下静静地呈现出一张苍白的脸庞。
……
于是她用温柔的臂膀，
牢牢地抱紧我！
你唱这样糟糕的歌，
让人感到太悲伤。
……
我吻着那发紫的嘴唇，
她微微靠在我的胸膛，
我温柔地拨动琴弦，
弹出了那支欢快的曲调，
"卷发姑娘就是那女妖，
她紧紧拥抱着我，
而那脸庞苍白的可怜的小伙子，
一颗心激动得几乎裂爆。"

这是施托姆写于 1837 年 1 月 17 日的诗，时年他二十岁，正是爱的花季。

《茵梦湖》就是他爱情生活的一种经历。《茵梦湖》最初版本的结尾，是这样写的：

莱因哈德清晨离开茵梦湖，不再回来了。他不再回头去看，他匆匆地冲了出去，寂静逐渐在身后隐去，广袤的世界在他的前面展开……

茵梦湖，你在地图上是找不到这个名字的。它是作家虚构的湖，后来有游客寻找茵梦湖，他们把"其姆湖"视为茵梦湖。其实，这不怪读者和游客。

在阿尔卑斯山山麓，黑森林的旁边有着大大小小像梦一样可爱的湖泊，那湖泊呈蔚蓝、靛蓝、碧蓝，蓝得让人感到一切都那么纯净，一切静得像幽梦。阳光照耀湖水，连波纹都不漾起的湖，真像大地上的镜子，映着飘逸的白云，映着山影、树影。湖泊、森林、乡村，三位一体，构成了莱因哈德和伊丽莎白生存的空间。这是一首德国19世纪的民谣，它本身就具有爱情诗的元素。像童话中的小木屋，错落在山坡绿茵上，高高的尖塔，那是教堂的钟楼，黄昏时传来悠扬的钟声，更衬托了山村的宁静和美丽的田园风光。

当天我们权当就住在"茵梦湖"附近的农家宾馆里，在这里我和几个年轻旅伴体验了小说中描绘的自然风光。

于是他们走进了树林，越走越深；他们走进潮湿的，浓密的树荫里，四周非常静，只有他们头上天空看不见的地方，响起了鹰的叫声，以后又是稠密的荆棘挡住了路。荆棘是这样稠密，因此莱因哈德不得不走在前面去开了一条小路，他这儿折断一根树枝，那儿牵开一条藤蔓。可是不多久他听见伊丽莎白在后面唤他的名字……

施托姆对湖泊的描写更动人：

从树梢望过去，展现着一片宽阔的阳光普照的美景，那平静的深蓝色的湖，就在下面的远处，湖的四周差不多完全有翠绿明媚的树林环绕着，只有一处树林分开了，呈出一片深邃的景色，伸展至遥远的青山边际。……在湖边的高岸上，便耸峙着庄主们的房屋，白墙红瓦闪着光辉……水面上浮着庄园的倒影，轻轻地荡漾着。

莱因哈德和伊丽莎白来到一块空旷的地方，一些蓝蝴蝶在寂寞的林花丛中展翅飞舞。莱因哈德要伊丽莎白戴上草帽，伊丽莎白不肯，他再三要求，她终于同意了。

这简直是经典初恋的镜头，没有亲吻、拥抱，爱是青涩的、纯洁的。这"茵梦湖"又是培育爱情蓓蕾的沃土佳壤。

谁承想，小说主人公莱因哈德告别故乡，告别他心爱的姑娘，进入大学学习时，数年间竟然没有给姑娘写一封信，即使给母亲的信也写得很简短，信中也无附言予伊丽莎白，哪怕一声问候也没有，那么绝情，简直不可思议！童年的伙伴，少年的爱情，就像无痕的春梦一样消逝了吗？真让人惋惜、叹息！当然，伊丽莎白也不会主动地写信给已登上高枝的莱因哈德，人家已是大学生了，自己还是一位普通的乡下姑娘呢！伊丽莎白自愧这种不平衡的爱，她在痛苦和绝望中苦熬着，而乡俗又不允许她这样无望地等待，在埃利克苦苦追求下，她嫁给了他。少年美好的向往，爱情迷蒙的追求，像茵梦湖上的晨雾消散了，双方产生误解，悲剧已上演。

1943年，德国已将这个故事搬上银幕，题为《茵梦湖，德国的一首民歌》。1989年重拍的《茵梦湖》对小说进行了改编，增加了一些情节，莱因哈德参加学生运动，对暴力的政治抗争。伊丽莎白主动前去学校看望莱因哈德，却发现他与女同学耶斯塔过于亲密。她知道莱因哈德心变了，伊丽莎白绝望了，爱情毁灭了……只剩下缥缈的余思，长长的惆怅……

莱茵河那边有个湖叫"莱蒙湖"，沿着黑森林朝前走，到处是湖泊，也许哪个不出名的湖泊叫"茵梦湖"吧！

没有必要追究"茵梦湖"的真实，它是小说，地名的虚构，是很自然的，施托姆就是以黑森林那片湖水为背景，故事也许就发生在那山下村庄。

我们在一个湖畔游览，湖的南岸便是莽莽苍苍的林海，气势磅礴，林木参天，我满以为森林那边是平原，不，是滔滔不绝、峰峦耸峙的高山，啊，阿尔卑斯山，这巍峨雄伟的山脉几乎盘踞了整个欧洲大地，所到之处，都露出一种霸气和强悍。此时我感到这庞然大物的凛然和苍茫，山上升腾着袅袅雾岚，阿尔卑斯山有种神秘感和恐惧感。

我冲着黑森林走去，也许，当年施托姆和伊丽莎白在这山径追逐嬉戏，欢乐纯贞，两小无猜，哪棵树下还珍藏着他们的笑声？哪一片草丛里留下他们话语的芬芳？这里草木葳蕤，野花芳菲，藤萝缠绵，绿意盈目。

施托姆在德国文学史上并不占有显赫的地位，但这部短篇小说却为他赢得了世界性的声誉，仅中文就有几个译本。施托姆最擅长将自己的经历化为小说，带有纪实性，这使我想起中国作家郁达夫，他几乎是将自己真实生活事无巨细地写进小说，兜售给读者。世界有两类作家：一类以艺术成就自己，一类将自己成就于艺术。施托姆属于后者。施托姆的《茵梦湖》实际上写他青年时期一段初恋。他一生缠绵过四个女人，小说中的伊丽莎白实际上是他早年与爱玛的少男少女青涩的初恋。

走进树林，我寻找到一块青石，坐下来，四周是开着白花的灌木，有茂密的青草，蝴蝶飞来飞去，有几只牛蝇蜂嗡嗡地飞来飞去，鸟在远处鸣叫。我坐在树下，仿佛进入大自然的子宫，这诗天画地不仅孕育滋生芳草、野花、林木、鸟兽，而且繁衍绘画、诗歌、散文和艺术。

我想象得出，十七岁的施托姆和伊丽莎白沿着林中小径慢慢走着，手牵着手，森林里很静，远处传来溪水哗啦哗啦的流淌声，更衬托山幽林静的氛围。这种宁静使人想起去年的落叶，想起一场又一场风雪，想起筑起又抛弃的鸟巢，想起蚂蚁辛辛苦苦的劳作，想起狐狸的狡诈和鹰的强横，想起世间万物的互相残杀，想起使兔子发抖的雷电和暴雨。

在厚厚的落叶下都沉睡着生命，包括虫蝶的尸骸，它们曾经有过幸福的爱情和孕育子孙的欢乐。五月是鲜花开放的季节，森林里开满鲜花，鸢尾兰、矢车菊、野百合、剪秋萝……空气中充满野花浓郁的香气，这些野花一片一片地和这些空地上长着的浅草夹杂在一起。我处在小说描写的自然美景中。鸟儿在悄悄低语，岁月淹没一切，强者与弱者，善者与恶者，幸运者与不幸者，一切都在沉睡，它们盖着厚厚的腐叶做成的被子，幸福地长眠着，这是一种宁静的悲伤。在静默中"可以听到哀悼死者的号泣，迎接新生的狂欢"。

施托姆对大自然寄托着无限情思。静谧的茵梦湖面上的白色睡莲，是高尚纯洁的爱情，莱因哈德游水去采睡莲，被水草绊住只得返回岸边，暗示出他和伊丽莎白爱情的挫折。

这部小说，笔酣墨饱地描绘大自然的美，又通过大自然的美勾起人物心灵中美好的感情，景色、故事、感受、理想糅合在一起，抒情气氛很浓郁。

当小说主人公莱因哈德大学假期回家，再见到长得婷婷娉娉十分秀美的伊丽莎白时，两个人情感却出现了隔膜，青梅竹马的爱恋，两小无猜的情谊，纯净、真挚的感情都没有了，两个人谈话总是间断。

小说的结尾部分，作者十分伤感地写道："周围朦胧的昏暗渐渐地在他眼前消散了，变成了一个幽静的大湖：黑黝黝的水波一个跟着一个向前滚去，愈涌愈远，在最后的一个水波上，许多大叶子中间孤单地浮着一朵白色睡莲……"

这象征着青年时代的爱情已消失得"目光所不能及"。

我们旅游团下榻的农家宅舍就在黑森林附近，阿尔卑斯山脚下，这有一片湖水当地人叫"天鹅湖"，这个名字太俗气了，为什么不叫"茵梦湖"？它就是我心中的茵梦湖。我站在阳台上，目光穿过树枝的罅隙望着碧蓝幽静的湖水，像一片梦境展现在阳光下，湖的四周多是翠绿的树林，深邃的景色绵延到山麓的黑森林里，湖畔有几座红瓦蓝砖的房屋，湖心远处有白蒙蒙的一片，是睡莲吗？浮动着，闪着光辉。有村姑在湖畔的草地里忙活着，一只鹤鸟飞起，徐徐在水上盘旋。"茵梦湖！"我激动地叫出声来。

2017年1月31日

德国的橡树

在德国旅游，在田野、河岸、湖畔、山麓、道旁遇到最多的树是橡树，那粗壮结实高大的形象，占据巨大的生命空间和艺术视野。阿尔卑斯山的黑森林是德国最著名的风景区，我没有深入黑森林的腹地，但靠近了它，给我留下最深印象的树，除了山毛榉、冷杉，便是大量的橡树。

橡树又称栎树、柞树，生命期很长。

橡树形象优美，树冠庞大，高达二十四米，叶片宽大肥厚，色相饱满，闪烁着釉质的光彩，它耐高温、干燥、水湿，抗霜冻、风暴，树冠有多大，树的根系就有多大，地下风光与地上风情可媲美。

秋天，橡树的叶子落得很晚，西风凋碧林，已经吹落黄花满地金，唯独橡树，树叶随着时间的延续改变色彩，先是满树深绿，渐渐泛黄，像德国童话中的金发女郎，在飒飒秋风中萧萧龙吟，慢慢层林尽染，变成一片愁红，"霜叶红于二月花"。德国秋天很短，春天来得很晚，秋装还未来得及更换，冬天的酷寒一脚插了进来，秋天仓皇逃遁。漫长的冬天，还时常见到未曾落叶的橡树。

德国人热爱橡树，赞美橡树，像我们歌颂青松一样。希特勒时期纳粹的诗歌、小说、散文、演讲，甚至通讯报道中，橡树出镜率极高，现在的德国人不再提橡树了，冷漠了。其实橡树木质松软，它被广泛用来制作啤酒瓶上的软木塞和地板，它的木质空间有孔隙。据说北京图书馆的地板用的是橡木，七十年没有出现变形、开裂，坚固耐用。

橡树在仲夏时节开花，天亮前凋谢。橡树花期极短，日耳曼人的心中更强化它的神性。传说，姑娘们如果预知自己的婚姻和前途，便趁着夜色，到橡树底下铺一块白布，当第二天晨曦显现之时，如果白布上有一点灰烬，那是橡树开花后凋谢的花烬。她们便收拾起来，带回家，放在枕头下面，以便梦中显示未来的丈夫，像橡树一样高大、健壮。

橡树是德国精神的象征，它伟岸、坚韧、抗风霜严寒，即是树枝折下，放置数月，它的枝和叶都会变成金黄色，因此橡树被称为"金枝"。这种金枝寓意吉祥富贵，它和"黄金"属于同一血脉，那迷人的金黄的色彩，给人带来巨大的温暖和渴望，这是神意，德国人喜欢用橡树枝做手杖。

在画家眼里，橡树是英雄树。

希施金爱画的主题，大树旁繁茂的灌木丛及鲜花野草。他的名画《橡树林》《橡树》，都展示生命的雄健和生机勃勃，老者苍健，幼者生机盎然。他的风景画中有百年的老橡树，称为大地的英雄，大地母亲的赠品。树木、大地和天空的色彩特别明艳，蔚蓝的天空，高大翠绿的树木，田野金色的麦浪辽阔旷达，使人沉浸在大自然的激情中。这些以纪念碑式的构图，朴实简练的手法，对自然进行了高度概括，创造大自然综合形象，他的《橡树》风格稳健，色彩、光影具有雕塑感。

画家罗梭视大自然为拜物教，他一生追逐阳光和风景，奔波在雾气腾腾、林木翁然的乡村、山野，对景写生。他的风景画沉雄、深广、强悍、敦厚，有种野性的力量和叱咤风云的英雄气概。他笔下的橡树，色彩丰富饱满，色阶清晰，层次横排，形成气势磅礴的色彩旋律，奏响一曲庄严、浑厚、博大、雄健的乐章。

在洒满阳光的大地上，耸立着几棵枝蔓勾连的古老的橡树，浓密、厚实、稳健，有着坚不可摧的生命和意志，和英勇顽强的英雄主义精神。他另一幅《朗德的大橡树》，庞大的树冠，饱满的枝叶，横逸的枝干，占据了整个画面，一种争雄称霸的气概笼罩天地——那是拿破仑的精神世界，一个帝国的象征，也是一曲庄严、宏伟、充满生命力的大自然赞歌。

德国的风景画家汉斯·杜马，画风浓厚而不滥情，也是热爱大自然、擅长画阳光明媚、充满热情、富于诗情幻想的风景画，山谷、河川、原野、森林。风景中的橡树，正值壮年，粗壮的树躯，横弋的树干，浓密的枝叶，阳光照在黑黝黝的叶子上，反射出漠漠的光晕，像轻纱般飘逸、厚实、沉雄、深广，有坚不可摧、持久的力量，体现了理想的人格和英雄主义精神。那色彩，那光影，那气象，绝非画家的滥情，是诗性的写真。

不仅大地、树木、野花、野草充满生命，连空间和光也充满了生命，那就是呼唤人类，应该跪在大自然面前，进行祷告和膜拜。这种人生哲学深刻地启悟着人们。

我在德国漫游时，遇见了难以忘却的一个画面：一大片草场，萋萋芳草很有韵致抒情般地铺满山坡。一棵苍老健壮的橡树孤独地耸立在草地上，周围既无灌木丛，也没有杂树，像一位老气横秋的老农，眷恋他的草场、田野，展开他漫长辽阔的回忆，这真是一页动人的风景。我真想跑过去问候："老人家，您好！"这真是大地的英雄。五月的阳光从高天倾泻下来，穿过它稠密的枝叶和大地的阴影拥抱。它的影子宁静而巨大，它的叶子变得沉郁、庄重和肃穆，像老人成熟的思维。我总觉得有一种素材注入它的躯体和枝干——金刚石——金刚石般的精神，金刚石般的品格：淡定、坚硬、高雅。它负载着沉甸甸的苦难和岁月，负载着风霜雨雪的岁月，它沉默着，枝叶纹丝不动。它的悲壮使大地都感到敬慕和痛惜。看到它，你会感到生命汹涌澎湃的力量，生命的伟大、强健。这是大地上的圣物，它会告诉你这力量源自信仰，我是为了一种神圣的使命而活着。

被海德格尔誉为"诗人中的诗人"的德国大诗人荷尔德林有首诗《橡树林》，他热情赞美：

巨人的家族，只属于自己和培育过
你们的天空及生养你们的大地。
……
用粗大的手臂夺取地盘

洒满阳光的树冠

欢乐而又气派地直冲霄汉。

现代科学已研究证明，用听诊器可以听到树木有"心跳"、有"脉动"，尤其是千年古树更明显。我走近老橡树，耳朵贴上树身——这老树心中怀揣着多少动人的故事、美妙的诗章？抑或收藏着风鸣马啸战争的遗韵？像中国的汉柏唐槐一样成为诗人赞美的具象——我耳廓里隐隐传来似流水哗哗之声，似风吹嗖嗖之声，这是大地母亲的心语。

我一阵惊喜。

写到这里我想起格林童话的森林，《白雪公主》中七个小矮人的小木屋门前就有几棵橡树，高大粗壮。每当盛大节日或婚礼喜庆的日子，日耳曼人总要用橡树枝点燃篝火唱歌跳舞，他们甚至认为太阳是从这里吸取了能量。

所以德国国旗由红、黄、黑组成。这三种颜色是德意志民族反抗拿破仑侵略的民族战争中出现的，人们讴歌三色旗，将红、黄、黑誉为自由与统一的标志。也有人解释为，其中的黄与橡树有关，橡树短时期开花，日耳曼人更强化它的神性。古希腊、罗马的神话中，伟大的诗人维吉尔在《埃涅阿斯记》中，提起埃涅阿斯在特洛伊失陷后，背着父亲，领着儿女，奔走他乡，后来埃涅阿斯在一位女神的指引下，折了一截树枝，靠它引导，前往冥界，询问自己未来的命运，这树枝就是橡树枝，也叫"金枝"，而国旗的金黄色，怕是取意这金枝的"黄"。

橡树有丰富的智慧和深邃的灵性，"永远向一个固定的目标迈进"。橡树成为诗歌创作中的具象，也是意象，它是一种精神的象征，一度成为德意志的灵魂。

2015 年 10 月 5 日

烟雨中的波茨坦

一

这是春雨霏霏的日子，阴郁的天空布满灰暗的云。楼房，树林，山野都罩进雨霭中，一种伤感的情调弥漫在天地间。

我们驱车离开柏林，沿着高速公路踽踽行驶，去拜访一个伟大的景点，它是历史的轴心，一场人类的命运在这里出现拐点。天气虽然细雨蒙蒙又有料峭的春寒，但我的心情都是兴奋的。

波茨坦，这个古老的宫殿爆发出语言的力量，粉碎一个军国主义者的美梦。

波茨坦距离柏林仅有二十公里，七十年前，也就是1945年7月17日至8月2日，美、英、苏，在这里起草了《中美英三国敦促日本投降之波茨坦宣言》，简称为《波茨坦宣言》。

路两旁是高大粗壮的橡树，雨点打在敦厚、油亮的叶子上，发出带有弹性的回声。雨珠滴落下来，树下形成亮晶晶潺潺流动的溪流。当地导游告诉我们，德国人格外喜欢橡树，它一度是德国人的象征。橡树粗壮挺拔，它的根深、坚实是力量、自由和生命力的展示，碧绿的草地上有一棵枝叶繁茂的橡树挺立其间，那是一片动人的风景。纳粹时期，这个象征被广泛运用，诗人、画家和政治家的演说，都以橡树的品格鼓舞法西斯者的斗志，犹如我们中国人赞美的青松一样。不过，现在的德国人再不用"橡树"来"象征"什么了。

一路上，我脑海里翻腾着二战爆发前夕的德国状况：1933年1月1

日，希特勒登上德国相位。希特勒像德国历史上的俾斯麦宰相一样，执政以来，实行铁血政策，主张"强权政治"，只有通过铁和血才能达到目的。希特勒一上台，就开动宣传机器，他本人到处疯狂地演说、演讲，煽动民族主义烈火，鼓动战争，号召青年人要有浮士德的创造冲动，表现对祖国意志的忠诚、激情和牺牲精神，语言惊世骇俗，情绪狂热，有尼采《查拉图斯特拉如是说》之遗风，与其说他要诉诸年轻人之大脑，不如说是灌注年轻人之血液。德国上下，一片军国主义的叫嚣，整个民族被希特勒和戈培尔的宣传机器鼓动得热血沸腾，狂妄得经天纬地、不可一世。

那个时代，一些右翼诗人的作品，布满了"人民""血""元首""德国""家园"，都是些赤裸裸的纳粹语言。他们狂啸："今天德国属于我们／明天我们将把世界独占！""即使世界在战争中变成废墟，我们也不会发出诅咒。"纳粹时代的诗称为"狂飙突进诗""钢铁浪漫主义"。希特勒甚至斥骂旧德国的代表是江湖骗子、疯子、文痞、侏儒、结巴等等，以这些恶毒的语言亵渎、咒骂知识分子，那些反对纳粹的社会精英，迫于希特勒的淫威，一些作家、艺术家纷纷逃离德国。

德国表现主义戏剧《德国的愤怒》《德国行动起来》，呼唤浮士德式的英雄，期盼第三帝国的出现。"血与土"，要求戏剧不要复制德国的现实，要去制造新的日耳曼神话。

第二次世界大战爆发，希特勒德军二十七天攻破波兰，十八天打垮比利时，三十九天击败法国，战绩比当年的拿破仑还厉害。

歌德说："德国无足轻重，只是因为每个德国人才有意义。"

德国的前身叫普鲁士王国，是神圣罗马帝国的一个诸侯国。普鲁士第二任国王弗里德里希·威廉继位，史称"威廉一世"，这是1713年。这位国王一手打造了"普鲁士精神"——服从命令、勤俭精明、刻板严谨的普鲁士性格——也就是德国人的性格。德国士兵出征作战时，背包里装着三本书：一本是尼采的《查拉图斯特拉如是说》，一本是歌德的《浮士德》，再就是《圣经》。这就是他们的精神武器。

二

去塞西林宫要经过波茨坦广场。波茨坦广场并非意大利语（Piazza）字面广场的意思，而是一个巨大的十字路口，这里诞生了世界上第一个红绿灯。柏林墙倒塌后，这里一度出现欧洲最大的建筑工地，索尼中心，奔驰中心，卡尔顿酒店，还有美轮美奂的电影院和大型超市，今天的波茨坦广场，还有柏林墙的残迹，穿行过去，一种历史之间巨大张力和厚重感有如旋涡般呼啸而来，使你惊惶心悸。

汽车沿着湖畔公路，穿过树林和墓地，前面出现一排宫殿，并不巍峨高大，也不气势磅礴，是一座二层楼，四边带耳房的褐色石头房子，这就是前皇太子威廉的行宫——塞西林宫，当年一场改变世界史的会议就在这里召开，这美丽的风景曾经弥漫着历史的风烟，走近宫殿，仿佛从室内传来那些创造历史的巨人们的谈话声、说笑声和争吵声，人类的命运就在这里改变了。

地方导游向我们讲解，塞西林宫被选为苏美英三国首脑会谈之地，是因为偌大的柏林城已变成一片废墟，全城找不到一所完整的房子，只有这座建筑处在远郊，躲过了枪弹和战火，"侥幸地留下了屋顶"。波茨坦属于苏联占领区，由苏联安排这次会议，据说，苏联政府为了开好这次会议专门在莫斯科一家木器厂定做了桌椅，连同酒具和咖啡杯子都是从苏联运来的。荒草蓬乱的院子后来经过修整，铺满了苏联人种植的红星花坛，由天竺葵、粉红玫瑰和紫阳花组成。三个同盟国的国旗在宫殿的正门飘扬。

1945年7月17日至8月2日，苏美英三国政府首脑在德国波茨坦举行会议。斯大林、罗斯福和丘吉尔在商谈欧洲战局已近尾声，由于苏联由防御转入进攻，德军败势已定，同盟国联军从诺曼底登陆。德军腹背受敌，德军已成瓮中之鳖，纳粹头子希特勒已饮弹自杀，苏军的旗帜已高高飘扬在德国政府大厦的废墟上，第二次世界大战只有东方战场炮声隆隆，硝烟未散，虽然日军已筋疲力尽，仍做垂死挣扎。三国首脑决定要发表敦促日本无条件投降的宣言——《中美英三国敦促日本投降之波茨坦宣言》。

早在1945年4—6月，日本多次派特使前往苏联，商谈日苏友好条约，日本裕仁天皇害怕苏联这只熊的强大势力。日本开出的价码是：

"因为我们不认为苏联是一个有诚意的国家，所以首先需要试探底细。于是，我们决定进行广田—马利克会谈。会谈的内容是如果他们给我们输入石油的话，那么就把南桦太（南萨哈林）、满洲给他们。"（《昭和天皇〈独白录〉》）当时美军已切断了日本的生命线马六甲海峡，极为重要的战略资源石油也已匮乏。但斯大林迟迟不表态，但也未宣告与同盟国一起对日宣战。日本裕仁天皇一次次派使者，寄希望苏联能保持中立。

《波茨坦宣言》是美国陆军部长亨利·史汀生与助手们起草的。日本的无条件投降，与德国的无条件投降的主要区别，是日本军队在本土直接就地复员。当时美国的公开政策是：无条件投降适用于整个"日本"，即"不仅是军队，还包括天皇、政府和人民。所有的人等对同盟国政策推进过程中的任何行为必须服从"。三国首脑对宣言的草稿有争议，有的怕日本来个"一亿玉碎"计划，日本"神风"队就是日本飞行队员敢死队，这是很棘手的问题。杜鲁门解释日本的投降将不会意味着"日本人的灭绝和奴隶化"，实指"全日本国军队无条件投降"，宣言最后结束时明言："日本的另一个选择是迅速并彻底的毁灭。"但未透露投掷原子弹的预警信息。

1945年7月26日，《波茨坦宣言》以最后通牒的方式进行了发布。在波茨坦，杜鲁门还是听从丘吉尔的建议，在"无条件投降诸条件"中，准许"日本国军队在完全解除武装之后，返回他们的家乡"（《真相——裕仁天皇与侵华战争》），实际上警告日军"缴枪不杀"。

日本天皇和他的臣僚们争议不休，左右为难，沉默了十天，没有回应。于是美国等不及了：

8点15分，一架B-29轰炸机掠过东京上空，穿过云雾层，对准广岛掷下一颗名叫"小男孩"的原子弹，顷刻杀死十万至十四万人，之后五年里又夺走十万人的生命。在爆炸中心，产生了强于太阳三千倍光线，并形成一个火球，热辐射一瞬间烧焦了人、树木和房屋。随着空气变热上升，冷空气流入，引起风暴性大火……一阵旋风使火焰达到顶峰，超过二十平方公里的地方差不多都变为熔渣。饱含着辐射性落尘的黑色的、浑浊的雨开始下起来。（《真相——裕仁天皇与侵华战争》）

事后，杜鲁门向美国人民解释了对日本的复仇情绪：

我们使用了新的炸弹。我们用它打击那些不宣战就在珍珠港袭击我们的人；打击那些使美国战俘挨饿、遭受殴打和枪杀的人；打击那些放弃了所有遵守战争国际法主张的人。我们使用它是为了缩短战争的极度痛苦，是为了挽救成千上万的生命和美国青年的生命。（《真相——裕仁天皇与侵华战争》）

第二天，苏联对日宣战。苏联由"中立"转向伺机进攻日本。

如果日本在7月26日接受《波茨坦宣言》，完全可以避免原子弹爆炸和苏联的参战。

日本裕仁天皇在"投降诏书"中，既没提及中国战争，更没有说明侵略行为，军队因他们的忠诚受到褒扬。

三

雨下得很有耐性，不急不躁，细细的雨丝飘浮在迷蒙的树林和湖泊，这古朴的乡村别墅风格的宫殿，显得庄重典雅，闲适淡定的气息扑面而来。宫殿门前的草坪碧绿青翠，一颗巨大的红五星是红花镶嵌的。这座宫殿以太子妃塞西林公主命名。波茨坦会议7月17日下午5时始，至8月2日零点30分止，苏美英三国首脑在这里展开了战后处理不同利益的激烈争论。丘吉尔会议未结束，因英国大选，他下台了，再也没有回到波茨坦，新任首相艾德礼接替了他。美国总统罗斯福因途中回国后去世，只有斯大林参加了会议的全部议程。

这房间至今还保持着当年的模样：华贵中稍嫌粗糙，庄重中又微显随意，但气氛却是一派肃穆庄严。正中间是一个大圆桌，周围排放着十五把座椅，其中有三把带有扶手，是三国首脑的专椅。这个苏联朱可夫元帅专门请莫斯科家具厂赶制的圆桌上有三个插孔，分别插着三国国旗。以斯大林为首的苏联代表团在右侧，以丘吉尔为首的英国代表团在左侧，而以杜鲁门为代表的美国代表团居中。中国外交家顾维钧虽然未参加这次会议，他在伦敦却密切关注会议进程及其有关细节。奇怪的是以中美英三国签署的《波茨坦宣言》的会议竟然没有中国的席位，蒋介石作为远东大元帅并未出席这场决定世界史走向和人类命运的重要会议。文件的签署落款却是美、英、中，蒋介石得悉后，强烈要求中国应排在英国前面，东方是以中国为首的反法西斯重要战场，中国为世界反法西斯战争做出了不可磨灭的巨大贡献，也付出了沉重代价。美国总统杜鲁门接受了蒋介石的意见。苏联自始至终参与了会议，却没有斯大林的签名，斯大林还在犹豫中，还未打消苏日友好，维持中立的立场。

8月6日，美国第一颗原子弹在广岛上空爆炸，震惊了斯大林，日本正处在亡国的末日，保持"中立"的想法毫无意义，匆忙决定对日宣战。8月8日，苏联的坦克车发动起来，飞机开始起飞，黑压压地从朝鲜、从伪满开始进攻了。

苏联的参战，"比先前的计划提前了一个星期，也比杜鲁门总统所预期的早了一个星期"。

早在1945年2月，美英苏三国首脑在雅尔塔会议中达成秘密交易，将中国对东北的若干主权擅自转让给苏联。中国虽对此持强烈的异议，但因实力所限，迫于三国的压力，于抗战胜利前夕，与苏联签订《中苏友好同盟条约》，被迫接受了苏联的安排，但也得到了苏联支持国民政府接受东北的承诺。蒋介石在纪念"九一八"十四周年发表广播演说中表示：

> 我们的东北，由于盟邦苏联军事援助之下，实现了开罗宣言和波茨坦公告，而我们东北同胞亦由此得到解放，重返了祖国。最近将来，我们行政人员及我国军队就要来到东北，与隔绝了十四年之久的亲爱的同胞握手言欢。

战后，日本政治观察家说："可以说，因为苏联和原子弹帮了忙，日本才有今天的复活。"正如德国人对这场战争的感慨："幸亏我们失败了。"

我走出塞西林宫，顶一把雨伞，冒雨散步在湖畔，周围是茂密的树林，巨大的橡树、椴树、栎树，还有开着瀑布般紫花的古藤，静静地伫立在烟雨中，雨丝飘落在湖面，漾起细细的波纹，一圈一圈地向远方荡开，像历史展开一页页记忆，久久回荡在我的心中。

埋葬在夏天里的太阳之子

——走近凡·高

一

凡·高的墓地在一座山坡上，坡度并不高，至山顶，放眼望去是一片滔滔涌涌的金色麦浪，直扑到脚下，那麦穗饱满而丰硕，有着一种成熟感、幸福感。这是凡·高的麦田，但天空却不阴郁、不苍凉，也不乌云磅礴，而是一片无边无际的湛蓝，蓝得深沉、凝重而纯净。

天空没有乌鸦，阿尔的阳光丰满、充足，显得贵重而深刻。路旁的土崖长满树木和灌木丛，浓郁而苍翠，黑油油的叶子闪烁着一朵朵光。我想起爱因斯坦的人生感怀："我孤寂地活着，年轻时痛苦万分，而在成熟之年却甘之如饴。"凡·高一生何尝不是如此？凡·高的传记，我读过好几个版本，一种新鲜感，莫名其妙的诱惑力，使我越读越上瘾，越读越感到上瘾般的饥渴。命运的凄苦，如斯难言的孤独，饱浸阔达而茫然的寂寞，凡·高生命绽放的晚年是19世纪"人类的激情和灾难"的年代。

凡·高一生艰难、坎坷，没有钱，没有爱情，孤独、贫穷，他被上帝抛弃了，太阳收留了他。他只靠太阳点燃生命之火，将其全部贡献给艺术。他是太阳的儿子，太阳的光焰将其肉体燃尽耗尽，并幻化出一簇簇美丽的火焰，他的灵魂化入了太阳的辉煌灿烂。

其实，凡·高出身于荷兰一个有名望的家族，这个家族不仅有钱有势，而且几乎掌管着全欧洲绘画的命脉，是个"艺术传播公司"，是欧洲经营美术的一大家族。凡·高的三个叔叔在荷兰拥有最大的画店，同时在巴黎、伦敦、柏林、阿姆斯特丹和布鲁塞尔等地都有公司，凡·高的另一个叔叔是荷兰海军高级军官，他的妹夫是著名的牧师，这样显赫的贵族之家却给凡·高带来悲惨的命运，这确实令人匪夷所思。原因是凡·高对宗教、艺术和爱情不合时宜疯狂追求，受到世人的鄙夷，他得罪了那些给他辉煌的人，他像撒旦被驱逐出乐园。

这里是公墓，墓地阔大，墓碑如林，墓冢相连，走进墓地，我总感到一群亡魂从阴暗的墓穴中飘出来，在我身边围绕，它们在喊喊喳喳谈论，我听不懂它们说的是法语、英语、德语，还是荷兰语……血液已枯竭，肉体已风化，只留下像风一样的游荡的魂魄。

这里埋葬着凡·高兄弟二人，两座墓碑分别写着："文特森·凡·高（1853—1890）""提奥·凡·高"（1857—1891）。凡·高在麦田朝着胸脯扳动手枪，射出自杀的子弹，并未致命，他趔趔趄趄回到家，两天后才闭上眼睛。弟弟提奥始终伴随，他死在了弟弟的怀抱中。悲痛击垮了提奥，第二年他便追寻哥哥的亡魂去了。两座墓碑并排，相间只有两英寸。墓碑不高，二尺半，极平凡。谁也不会想到，一个名闻遐迩的世界艺术大师安葬在如此简约、平庸的墓地。

墓碑坐北朝南，一棵绿油油的常青藤遮盖着两座矮矮的坟丘。据说，那棵常青藤是提奥的妻子栽的，是象征兄弟之间的情感，还是象征凡·高的艺术事业像常青藤一样久远？

凡·高的墓地在奥维尔，墓碑上只简单地写着：这里安息着文特森·凡·高，这里安息着提奥·凡·高。凡·高是追逐太阳的人，他的作品中，那狂乱的线条，火焰般疯狂的燃烧，他的画布上都有着灼灼不可逼视的阳光。

平林漠漠，轻雾朦胧。

凡·高只在中午吃一餐饭，一点菜。凡·高一生只卖过一张画，即使当时已知名的画家雷阿诺、莫奈等在拍卖会上，也遭到时人的冷落，评论家的嘲讽，可是凡·高连这点儿资格都没有，留给他的只有饥饿和痛苦，他和好友高更闹翻后，高更便离开奥维尔，凡·高更加落寞和孤独。

他在麦田朝自己的胸脯射了一枪，那震颤上空的砰的一声，是凡·高向这个黑暗社会的抗议，是他生命的绝响，是他给这个世界华贵的豪宅、豪华的宴会、美女的袅娜的姿影、那些贵族的便便大腹和冷漠的目光，最响亮的一记耳光。

神父拒绝给自杀者做弥撒，教堂不给灵车送葬，弟弟提奥从邻村借来一辆破旧的灵车，送走伟大的天才。凡·高一百年后，才用自己的天才之光照耀和温暖着这个浑浊冷漠的世界。

"一个人大为谦卑之时，就是他接近伟大的时候。"他灵魂深处的天才，比皇冠上的钻石更珍贵。

凡·高生前曾写信给弟弟，梦想在咖啡馆里搞一次他的画展。但这点儿愿望并未实现。弟弟和朋友凑钱买了凡·高的一幅画《红葡萄园》以慰抚那颗凄苦的心。

凡·高死时一无所有，百年之后他却拥有一切。

其实，凡·高并不喜欢巴黎，他从法国南部回到巴黎，他不堪巴黎的喧嚣、芜杂、醒酲和郁闷，只住了三天，便逃难似的回到乡野小镇。这里阳光格外灿烂，这里流水格外清洁，空气像刚生产出来，格外清新，他给妹妹的信中写道："我无妻无子，只能凝视一片片麦田，我要长住在城里，可活不下去。"

凡·高热爱麦田，热爱大自然，他画过多幅麦田的场景。麦田平坦而广阔，麦田宁静而安详，成熟时稳重、深沉，未成熟时麦穗的涨溢感，生命的强悍感弥漫着画布。《夏日黄昏的麦田和落日》《麦田与柏树》《收割者》《麦田群鸦》是他生命尾声的杰作。画面阴郁、恐怖，骚动的灰褐色的云，风掠过麦田，掀起一层层麦浪，一群凌乱低飞的乌鸦，惊恐不安的嘎嘎地长鸣，它似乎预感到暴风雨的到来，惶恐不安，惊乍地拍打着翅膀，不知所措，狂乱焦躁、紧张不安的气氛，压抑、忧郁、惶恐构成画面的主氛围，色彩灰暗、凝重，墨蓝和黛黑主宰了整个画面。

第二天凡·高又来到麦田，他忧郁的目光逡巡着麦田，面对他熟悉的大自然景色，从怀里掏出左轮手枪，朝着胸脯扣动了扳机，向生活诀别了。

这是惊心动魄的一刻，大地沉默，时间惊呆了！这个孤苦病弱的生命凋零了，定格在三十七岁。但他的故事却在生长。

二

凡·高二十七岁时才开始从事专业绘画，他决心献身艺术，他真正信仰的不是上帝，不是爱情，甚至不是生活本身，而是艺术。这之前，凡·高尝试过各种职业，教师、画店店员、经济人、传教士，他曾追求自己的爱情，在每件事上他都付出自己的精神、热情和爱，但这一切不合时宜的狂热和过分的正义、认真、纯洁都不为尘世接受，人们推开了他，抛弃了他。

凡·高在爱情上屡遭挫折，像贝多芬一样，一生未有一个姑娘爱他，他性格古怪，不修边幅。他心灵被压抑的炙热深挚的爱，狂躁的情感，受到重重打击，他的神经被击碎了，逼使他一只手放在炉火上烤焦，这块伤疤是痛苦的印记。

他没有工作，身无分文，只有一颗热爱艺术的心，一腔属于艺术的激情，他的弟弟提奥用自己收入的一半资助他，与他休戚相关，命运与共。

凡·高挣扎在狂热的艺术旋涡里，有时几天不吃饭，只靠喝水度日，省钱买颜料、画布和雇模特儿，饥饿、疲累折磨得他过早地衰弱了——即使如此，他还接济一个被遗弃、怀有身孕的妓女，并准备娶她为妻，帮她抚养孩子，然而当他生活处于绝境时，这个妓女却带着她的孩子离他而去。

巴黎是凡·高艺术生命一个新的起点，他开始追求印象派的那种疯狂，那种激情和炽热。

他亲眼看到印象派的作品后，就像见到了一个精神的太阳。

莫奈、雷阿诺、德加、塞尚、高更，奇怪的是大多数印象派画家处境都是艰难困厄，饥饿和贫穷，但他们画出来的画，却是那么明朗、清新，色彩浓烈，生机勃勃，没有丝毫的颓废灰暗，粗犷的笔触，激情洋溢的色彩，阳光普照的景色，富有动律感、跳跃感，充满阳光的明媚和喧嚣，哪怕乡间隐隐约约的小路，一片被风吹得颤抖的树叶，即使阴影，都是明快干净，极富写意的笔触，勾画出大自然原生态的野性，精神强旺，充满生命力的动态感。

凡·高接触到巴黎的印象派，他的艺术观发生了裂变，从此阳光的七色光谱充满了他整个头脑。他成为太阳之子。"这精神的太阳在他身体内燃烧起来，把他烧得炽热，以至于疯狂，最后把他烧焦，吞噬。"在他生命尾声里，这一切都如同火山爆发一样喷涌而出，他创作了大量的至今仍不失世界第一流的绘画杰作，光彩夺目，璀璨绚丽。他仿佛在追赶生命，用他多产而无比瑰丽的作品，扩展了他短暂的生命——却无人能衡量这生命的意义。凡·高在现实生活受到的挫折和苦难，他的热情和爱"全部转换艺术能量放射出来"，组合成另一个凡·高，一个超人般的艺术大师。

三

1886年，凡·高画了一幅画，上面是一双残破不堪的靴子，它们在辛勤的劳作中破损变形，靴底还甚至洞穿了，这是凡·高的最后一双靴子，它们静静地摆放着，仿佛召唤主人再穿上它们踏上风雨人生之路，风霜雨雪的苦难，这是他人生的写照。由于长期过度劳累，营养不良，正值人生华年，他的生命之树枯萎了——他全身肌肉萎缩，头发脱落，牙齿掉得一颗不剩，最后神经失常，但他仍然进行创造，他一幅幅画作在他生命凋零前夕诞生了，这是他的绝唱，这是他的墓志铭。他一生的苦难，幻化出织锦般美丽的画，他视艺术为宗教，地道的苦行僧，他是艺术女神最不幸的儿子，像凡·高这样的画家，我们这个时代再也不会产生了。

也怪，19世纪，像凡·高这样的文化人，并不罕见，荷尔德林最后患上神经病，还有尼采、贝多芬等等，莫不是像有人说的：天才的左邻是疯子，右邻是傻子。

巴黎北部的蒙马特过去和现在都是艺术家心中的圣地。19世纪是艺术家的荟萃之地。名画家马奈、土鲁斯·劳特累克、郁特里罗、凡·高、毕加索，还有音乐家柏辽兹都住在这一带。他们曾经生活在黑暗中，始终高唱赞美太阳之歌，他们是艺术生涯中的"夸父"！

凡·高离开这里到法国南部阿尔卑斯山，这里的阳光更纯净，更炽热，更有荒蛮和古典风味。凡·高邀请他的朋友高更到阿尔，两人同居一间小屋，白天他们到野外拼命画画，晚上归来却是无休无止关于绘画艺术的争论，闹得失眠、头疼欲裂，本来神经极度衰弱，极易激动的凡·高，几乎达到精神崩溃的地步。他写给弟弟的信说："我们的争论非常激烈，有时争论到精疲力竭，两个人的脑子好像放了电之后的电瓶。"几天后，凡·高精神失常，拿起剃须刀要刺向高更，结果割去自己的一只耳朵。这种疯狂中的举动，正是他坚守艺术信念的表现，对艺术强烈的爱，达到无我的境地。

古老的小城阿尔（Areles），以明亮的地中海的阳光和时尚的艺术风格迎接了凡·高。凡·高在此居住一年多，创作了两百多幅作品，这是他人生最灿烂的岁月，使他生命真正沸腾起来的是这座小镇。"Areles"——沼泽之意，意思沼泽旁的小镇，阿尔的街道、房屋、酒吧、咖啡馆，苍老，破旧，到处残留着古罗马的遗韵。

小镇一角竖着一尊凡·高的雕像，高高的、瘦瘦的，头发蓬乱，衣着邋遢，眼窝深陷，神色忧郁。那个时代，没有人赞扬凡·高那种太阳般热烈的色彩，没有谁为他的《向日葵》《星夜》等杰作喝彩，投向这个疯子般穷画家的目光只有睥睨和嘲讽。而今小镇成为法国的亮点，因凡·高，这里一切都具有超越历史，弘扬于世的意义。

罗纳河绕着小镇潺湲流淌，河畔是橄榄林，葡萄园，阳光灿烂，空气里散发着薰衣草的清香。更可观的是大片大片的麦田，麦田的上空没有一只乌鸦，连云雀也不见。

凡·高是后印象主义画家。

《鸢尾兰》《向日葵》《有云雀的麦田》《开花的栗树》《阿尔的吊桥》《绿色的麦田和柏树》《麦田与收割者》，凡·高存画八百多幅。

荷兰是郁金香的故乡，凡·高不喜欢此花，却酷爱向日葵。据说，凡·高画了四幅《向日葵》，现存伦敦两幅，慕尼黑一幅，他的故乡阿姆斯特丹一幅。向日葵是太阳之子，他像夸父一样追逐太阳，夸父是靠足迹追逐太阳，向日葵是靠一张脸追逐太阳，从早到晚，他对太阳的赤诚是撼人心魄的。

凡·高画向日葵时，心情格外激动，向日葵金黄色的花瓣给他一种温暖的感觉，在这悲惨凄凉的世界，是向日葵用他的金黄色点燃他生命的激情，那黄中晕红的花瓣简直像一团燃烧的火球，放射出耀眼的光芒。凡·高以厚重笔触涂抹画面，使其有雕塑感，耀眼的金黄色充满整个画面，给人们情绪以极大的兴奋。那燃烧的火焰有运动感、旋律感，单纯强烈，又充满灵气和智慧，那画面裸露出凡·高丰富的情感，一颗被苦难浸泡得太久的苦涩的心灵，此时为向日葵的光热而震颤。

四

美国女诗人西尔维娅·普拉斯在一首诗中说："死亡是一种艺术，与其他事情一样。死亡有一种特殊之美。"凡·高认为绘画是一种精致的死亡方式，用绘画语言燃烧自己，"才能反射出神圣光芒"。

"所谓诗意，其实意味着疯狂。最低的诗意意味着最低的疯狂。"他的生命处在末年的回光返照中，他的疯狂处在巅峰期。凡·高晚年拼命地绘画，是他的生命最高疯狂地喷吐火焰，最后在他画过的麦田里——开枪自杀。这是一种极端的行为艺术。

徘徊在凡·高墓前，我想起一句歌词："如果有一天我悄然离去，请把我埋在这春天里。"凡·高离去后却埋葬在夏天里，留在夏天的田野里。《麦田上的乌鸦》则是他生命沉郁而痛苦的绝唱。

我思索着：究竟是凡·高的艺术征服了世界，还是他的"艺术行为"震撼了世界？凡·高如果没有割耳朵，如果没有开枪自杀，如果没有身在困境、还搭救怀有身孕的妓女，一星期不吃饭仅靠水维持生命，他去妓院，因为没钱而拔一颗牙给妓女，如果……如果，这种惊心动魄的生命细节，仅靠作品会获得那么轰轰烈烈的"声誉"吗？单从艺术上比较，同时代画家塞尚、高更、塞甘蒂尼哪个比他差？正如中国的诗人徐志摩，如果他没有和结发妻子张幼仪离婚，如果他不拼命地追求林徽因，如果他不发疯似的追求有夫之妇陆小曼，如果他没有为"爱"而飞机失事……还有纯真、善良、深情，这些特立独行的艺术行为，单靠诗作会产生如此深广的影响吗？

人生是个谜！

命运是个谜！

凡·高的画风是粗疏笨拙的，这种劣势被他的疯狂点化为优势，被后人炒作、传播，无限制地放大。凡·高生前曾模仿米勒画过好几幅《播种者》，从意境到色彩均未像米勒那"天空一样广阔，更光明，更深邃，更富色彩感"。

"凡·高的艺术因南部的太阳而成熟。"凡·高走后，就像云雾遮去一座山峰，孤寂而悲哀……但过去若干年后，云雾散去，露出这座瑰丽、迷人的山峰，它的妖娆，它的巍峨，它的非凡气象，陡然展现在世人面前，引起后人的敬慕。凡·高的灵魂已融入金黄的麦浪，金黄的向日葵，金黄的太阳。

2016年4月15日

希特勒和荷尔德林

哲学家海德格尔说："我们之所以选择了荷尔德林，并不是因为他的作品作为林林总总的诗歌作品中的一种，体现了诗的普通本质，而仅只是荷尔德林的诗蕴含着诗意的规定，而特别地诗化了诗的本质。在我们看来，荷尔德林在一种别具一格的意义上乃是'诗人的诗人'。"

海德格尔的大喊大叫惊醒了沉睡了一个世纪的荷尔德林，这是上世纪三四十年代的事，正是第二次世界大战爆发前夕，海德格尔本人就是纳粹分子，是战争的鼓噪者。

荷尔德林1770年出生于德国风景秀丽的涅卡河畔的一个小镇——劳芬，距大诗人席勒的故乡并不远，他们是老乡。荷尔德林三岁失怙，母亲再嫁，十岁继父又去世。生活贫苦，但他在著名的图宾根神学院学习，与黑格尔和谢林同学并结为好友。

荷尔德林代表作有书信体长篇小说《许佩里翁，或希腊的隐士》和抒情诗《生命的一半》，其中《给大地母亲》《莱茵河》《漫游者》和长篇小说《许培里昂》最为著名。海德格尔到处发表演讲，发表论文，一而再，再而三地赞扬荷尔德林，并引用他的诗句进行论析，这一下子把荷尔德林炒热了。

荷尔德林大学毕业后，找不到合适的职业，先后做家庭教师，1795年最后一天他到银行家贡塔尔德家做了家庭教师，他初见女主人——苏赛特，被这个丰采照人的美人惊呆了，心怦怦地跳，血往上涌，嘴唇颤抖着不知说什么好。夫人娴静端庄，肤色白皙，蓝眼睛深潭般地充满温柔与智慧，白嫩的手柔若无骨，身材凹凸有致，富有韵律感，高贵、典雅、美丽，简直一位活脱脱的女神。

……于是下面的故事陆续上演了，他爱上了这位贵妇人，苏赛特更是热恋这位才华横溢的诗人。后来，夫人又得知荷尔德林是大诗人席勒的朋友，并与歌德相识，对这位气质优雅、性格内向、神情忧郁的诗人更从心里喜欢，以至崇拜，并且知道他是谢林和黑格尔的同学，这两位又是伟大的哲学家。哲学家和诗人在德国人眼里，那是"神"，"神"的朋友和同学无疑也是神。

随着时间的推移，荷尔德林和苏赛特的感情日益加深，他们谈诗，谈艺术，谈哲学，第二年夏天贡塔尔德一家到城外的乡间别墅度假，荷尔德林和苏赛特的接触更多了。晚饭后他们经常在山野小径、林荫小道散步，谈天说地，朗诵诗歌，苏赛特忍不住女性荷尔蒙的刺激，一次次主动进攻，释放爱意，但性格懦弱的荷尔德林却反应迟钝，或怯懦。

有一次，两个人经过一座雕塑时，苏赛特拉着荷尔德林的手，让他停下来，欣赏月亮女神和狩猎女神的裸体像，说，你看那皮肤多么细腻，胸部多么丰满，裸体多么美，荷尔德林羞涩和尴尬得不知所措。

以后的故事发展到高潮，苏赛特深深爱上了这位诗人，主动邀他到她的卧室，且只穿着透明的白纱，很诱人的胸部和性感的身段，使人眩晕，心猿意马，而荷尔德林却紧张不安。

苏赛特让他朗诵爱情诗，和小说中描写男情女爱的情节，借此刺激荷尔德林的情欲、性欲，苏赛特并搬动椅子靠近荷尔德林，肌肤之亲，点吻，双手抚摸他的头、胸、背，并把他的手放在自己的胸前，让荷尔德林抚摸自己的乳房，胆小鬼荷尔德林这时抖得厉害，呼吸急促，只觉得令人颤栗的冷，他始终没有冲破底线。这是一场柏拉图式的爱，这是一朵没有结果的花。

苏赛特不满，愤怒和怨艾。荷尔德林也对自己愧悔，咒骂自己胆小，窝囊……这是一种心理障碍，因为她在他心目中太神圣了，太完美了，是女神，是偶像，是他生命中的图腾，他不敢亵渎她……

事情败露，男主人像驱赶一条狗一样把他赶走了。

18世纪末，法国爆发了影响整个欧洲的资产阶级大革命。在图宾根神学院求学期间，他就写了大量的诗歌，由衷地赞叹。法国大革命前夕，荷尔德林就颂歌《男子汉们的欢呼》，热情地歌颂了"正义""自由"和"对祖国的爱"，这位天之骄子，对封建专制给予了沉重的抨击：

> 我们心中闪耀着神明的火花，
> 地狱的强权不能把这种火花，
> 从男子的胸中夺去！
> 听吧。专制法庭，听吧
> ……

他还写了许多表达人类、社会理想的颂歌，《致女神的颂歌》《致缪斯的颂歌》《致自由的颂歌》《致希腊之神的颂歌》……他认为古希腊艺术的病原在于"高贵的单纯和静穆的伟大"，"静穆是美的根本的状态"。荷尔德林将青春的热血，奔放的激情，明快开朗的情怀，作为追求古希腊艺术美的最基本的特征。

他带着一种殉道者的悲壮献身诗歌艺术，这是由于精神上的极度高贵和物质上的极度贫困所形成的。

1798年二十八岁时，荷尔德林离开了贡塔尔德家，离开了法兰克福。荷尔德林感到莫大的羞耻，莫大的痛苦，匆匆离开了苏赛特的家。整夜失眠，他的神经疼痛，人也憔悴了，若干年后，荷尔德林得悉苏赛特去世的噩耗，雷霆般的打击，使他的神经崩裂了，他疯了……他狂呼乱叫，砸碎玻璃窗，摔碎家具、器皿、穿衣镜，把面盆、书刊、报纸，掷到地上，满屋狼藉不堪。

荷尔德林成为神经病患者，被母亲、妹妹和医生看护起来。

荷尔德林精神失常后还写了许多语言优美，韵律和谐，但意义上下不连贯的诗。

被遗忘将近一个世纪，直到20世纪40年代初期，人们才想起他，而纳粹党魁希特勒对这位诗人更是大加吹捧。

荷尔德林曾创作过《德国颂》，第一句："啊，祖国，万国的心脏！"还有代表诗作《致德国人》和《为祖国而死》，这些诗正中希特勒的下怀，希特勒高度赞扬荷尔德林的爱国主义精神，称其诗作为最伟大的德国语战斗诗。荷尔德林的诗配上戈培尔的宣传，成为纳粹分子最响亮的战歌，吹响了希特勒战争风暴卷起的序曲。希特勒并不期望人们"诗意地栖居在大地"，要求德国人为祖国而死。希特勒的散文就是模仿荷尔德林的风格，他将《我的奋斗》题献给荷尔德林：

> 德国快觉醒！
> 进攻，进攻，进攻，进攻，进攻，进攻，进攻！
> 钟楼之间回荡着钟声，
> 敲吧！直到火星飞迸。
> 犹太要把帝国占领。
> 敲吧！直到钟绳发红。
> 环顾四周，统统是火花、酷刑和杀戮。
> 暴风般的钟声回荡不停，
> 头顶炸响复仇和拯救的雷霆，
> 大地起伏不定，
> 进攻，进攻，进攻，进攻，进攻，进攻，进攻！

希特勒篡权登上相位，疯狂地鼓吹复仇精神，第一次世界大战失败，深深地刺疼了德意志人的心，那时青年人都有一种"浮士德"的冲动，表现出对祖国极端忠诚，为祖国而死的决心和意志，一腔热血必将开出残忍的花朵。荷尔德林诗句的惊世骇俗，情绪的狂热，正喊出年轻人的心声，荷尔德林的诗与其说诉诸大脑，不如说融进血液。

荣格的《钢铁风暴》是鼓动战争的作品，纪德曾称赞"是表现战争的文学作品中最好的一部"。荣格是在："一个人杀死另一个人的'根本'冲动上展示自己的信念。杀人是一场游戏，要玩得公正，就必须接受一套骑士式的规则。"

德国士兵作战，背包里装着《圣经》，尼采的《查拉图斯特拉如是说》和歌德的《浮士德》，还有荷尔德林的诗集，他们在战壕中，在冰天雪地中还不忘读上几页，这是希特勒给予他们的精神武器。

2018年1月6日

奥地利风情小镇

一

在德国一家"农家乐"宾馆用过早餐，我们驱车向奥地利进发。德国的高速公路极其发达，形成四通八达的网络，道路不像我们国家三车道、四车道，甚至六车道。路面并不宽阔，车辆也不多，一路上不见车辆追尾或拥堵现象，也没有高速公路收费站，稀稀落落的车辆很潇洒地奔驰着，司机却非常严谨地遵守交通规则，大巴车限速都在八十至一百公里内，车尾贴着限速标志。路上只听见车轮与路面发出的轻快的沙沙声，像莫扎特的小夜曲，催人昏昏然入睡。我并无睡意，两眼专注地观览窗外风光。从慕尼黑到奥地利，汽车是沿着阿尔卑斯山麓下的公路行驶，路的南面便是德国最著名的风景区黑森林，莽莽苍苍，高大的冷杉、雪杉、松树、山毛榉是构成黑森林的基本树种，气势磅礴，林涛迫天遏云。山麓下面是草地、牧场和星星点点的农舍，靠近公路不时出现蓝色的湖泊。那湖蓝得耀眼，蓝得虚幻，人间竟然还有此等纯净晶澈的湖泊，这是上帝的恩赐。雄伟的阿尔卑斯山，蓝色的湖泊，莽莽黑森林，神秘的奥地利风情，构成一幅迷人的画卷。

我拉开车窗，一阵温润的风吹来，凉沁沁的，又一种惬意感。风是自由的，风出境不需护照，更不需到大使馆按手印照相，我们进入奥地利国境，遇到的仍是来自德国的风。山虽属阿尔卑斯山系，却变得高峻、陡峭、峡谷幽深了。干净、温暖的春阳使阿尔卑斯山浑身散发出毛头小伙般的青春透亮的气息。

奥地利是个音乐之国，整个奥地利就像一把小提琴，千百年来，奥地利就伏身于阿尔卑斯山麓弹奏这把小提琴，奏响战争与和平的宏伟乐章。

奥地利在德语中被称为"东方王国"，位于德国东部而得名。在这里还有匈奴人遗存的生活留影，他们在多瑙河畔，在阿尔卑斯山上筑有一座座坚固的城堡，在河滨山麓，牧马放羊，经营着这片古老而美丽的土地。那时候这里还未形成一个具有行政和地理概念的国家，历史是个跛子，蹒蹒跚跚，跌跌撞撞走到公元996年才出现奥地利这个名词，那时中国大唐的太阳早已落山了。我在欧洲游历总觉得欧洲人有着游牧民族的习性，他们的饮食文化正是在游牧生活中滋生的。牧人没有家，没有厨房、锅碗瓢盆，只有刀子、叉子，放牧，饿了，找两块石头一架，拔些干枯的野草点燃，烤肉；渴了就挤牛奶、羊奶。他们的饮食简单粗糙。他们不会煎、炒、蒸、煮、炸、焖等复杂程序，这是农耕民族的饮食文化。至今欧洲人的饮食习惯很简单，烤面包、烤肉，牛排、羊排、牛奶，他们的餐具只有刀子、叉子，尽管生活很安逸、舒适、恬静，但他们的饮食却依然保留游牧人的习性。

匈牙利人实际上是匈奴人。汉武帝时期，匈奴人被驱赶到漠北，有一部分翻过阿尔泰山，来到欧洲。匈奴人的英雄阿提拉挥舞着上帝之鞭，横扫东欧、南欧，建立了庞大的奥匈帝国。他们穿皮衣、皮鞋、皮靴，实际是就地取材，牛羊身体的某些部位的艺术加工的延续，草原和牧场成全了一个民族，收养了一个民族。游牧民族的历史往往是片断的，不像农耕民族历史的连续性、绵延性。

那时辽阔神圣的罗马帝国皇帝把这片土地封给了巴奔家族。巴奔家族雄才大略，披荆斩棘，艰难耕耘，把这里治理成一个富裕强盛的大公国。

后来，哈布斯堡王朝开始了长达六百四十年的统治。1866年，奥地利在与普鲁士争夺德意志领导权的战争中失败。1867年，与匈牙利合并成立奥匈帝国。第一次世界大战后，帝国瓦解。1938年，第二次世界大战爆发，奥地利被纳粹德国吞并，直到1955年奥地利才宣告独立。

奥地利最著名的河流是多瑙河。两岸林木葱葱，河水并不湍急，水面平静，澄碧，像一曲慢板，无声地流去。其实，多瑙河并非专属奥地利，她流经九个国家，发源于德国的黑森林，像一条蓝色飘带一样，恣情地飘逸在欧洲大地上，来到奥地利，她极有耐心和温情地滋养了维也纳这风景秀丽、人文历史丰盈的音乐之城。

维也纳素有"多瑙河女神"之称。

维也纳也是"第三联合国城"，是连接东西欧的交通枢纽和来往波罗的海和亚得里亚海之间的重要通道。多瑙河穿城而过。这座古城历经千年风霜和兵燹战火，仍保留着古老的建筑和丰富的历史文物，斯特凡大教堂宏伟壮丽，高达一百三十八米的塔槛已成为维也纳的象征。即使在现代的住宅小区，也夹杂有教堂、宫殿，霍夫堡宫、美泉宫、美景宫和议会大厦等。历史和现代融合在一起，古典与浪漫无缝衔接，构成一幅斑斓多彩的画卷。

二

我一路翻阅奥地利的人文历史，眼前总幻化出那个瘦骨嶙峋的大作家卡夫卡和忧郁而性格刚健的茨威格，他们和音乐大师海顿、舒伯特、莫扎特、施特劳斯一样，是奥地利的骄傲、自豪。卡夫卡是个天才，他的作品和艺术魅力深受读者称赞，他观察力敏锐，对现实剖析深刻，艺术手法独特，他的故事弥漫着梦幻般的气息，扑朔迷离，沉重，又有荒诞感，他的《变形记》《城堡》成为世界文学宝库的经典。他体质衰弱、早逝，生前默默无闻，他曾给朋友布洛德留下遗嘱："……凡是我遗物中的一切稿件（即书箱里的、衣柜里的，只要你发现到的），日记也好，手稿也好，别人和我自己的信件也好，等等，毫无保留地，读也不必读地统统予以焚毁……"感谢布洛德，他没有执行卡夫卡偏执的遗嘱，否则将是世界文学史上一大损失。纳粹的排犹狂潮迫使他漂泊流离，他浪迹天涯，无家可归，使他深感悲哀。1941年2月，茨威格在巴西首都里约热内卢防控小城听到日本攻陷新加坡，极度悲痛，深感绝望，便在2月22日和夫人双双服毒自杀。

这些文化名人实际是这个民族和国家的文化基因，有了这种基因，这个国家就显得庄重、典雅、雍容、厚实，令人敬仰。

我们的大巴车已进入奥地利的国境，这里没有界碑，没有海关、要塞，好像我们的国家从A省到B省，无障碍通过，路旁只有一个不显眼的木牌，上面是用德文书写的牌子。公路两旁，尽是牧场、草场，有三五成群的奶牛和黄牛在静静地噬草，也不见羊群，更不见人影，草原是虚无的静。草场是赏心悦目的墨绿、翠绿、浅绿、淡黄，一望无际铺向远方，山腰和峰峦尽是翁翁郁郁，莽莽苍苍的森林。偶尔看到一农人开着割草机在割草，草场上横七竖八躺着打好的草捆，外面用白色的塑料膜包得严严实实，那草捆得简直像散落的音符，在草场奏响无标题音乐。

三

车进入奥地利，公路陡然变高，公路钻进山里，路面窄了，路也跌宕起伏，不那么规矩老实了。这是阿尔卑斯山位于欧洲中南部，覆盖了意大利北部边界，法国东南部，瑞士、奥地利和德国南部。阿尔卑斯山脉自北非穿过南欧，从地中海海岸法国的尼斯附近延伸到日内瓦湖，向西南延伸是比利牛斯山脉，向东延伸是喀尔巴阡山脉；后再向东北伸延至多瑙河上的维也纳。长达一千二百公里，宽一百三十至二百六十公里，海拔两千米处常年积雪，平均气温为零摄氏度，高峰全年寒冷。欧洲的大河多瑙河、莱茵河、波河、罗纳河都源于此。阿尔卑斯山是旅游胜地，被誉为"大自然的宫殿"，真正的地貌陈列馆，这里是冰雪的圣地，探险者的乐园，许多山峰角峰锐利，山石嶙峋，峻峭挺拔，形成冰川、悬谷、冰蚀湖、冰碛地貌。

阿尔卑斯山麓形成许多森林湖泊，我已经介绍过。那湖泊纯净、湛蓝，蓝得令人心醉，使你想起德国诗人荷尔德林那首著名的《在柔媚的湛蓝中》：

> 在柔媚的湛蓝中，
> 教堂钟楼盛开金属光顶。
> 燕语低回，蔚蓝萦怀。
> 旭日冉冉升起，尽染金属尖顶。
> ……
> 勤劳功烈，然而诗意地，
> 人栖居在大地上。
> 我是否可以这般斗胆放言，
> 那满缀星辰的夜影，
> 要比称为神明影像的人，
> 更为明澈洁纯？

大巴车在阿尔卑斯山腹中穿行，那细长的公路，弯来转去像大山的一根盲肠，路旁是高大的冷杉、松树、椴树、橡树、栎树和高大无比的山毛榉。山中少人烟，寂静的山谷里传来幽幽鸟鸣和溪流的潺湲声，瀑布的喧哗声，这是天籁。翠绿的山坡上开满了红、黄、蓝、白、紫色的小花，一匹偌大的彩色锦缎铺展开来，悠闲的奶牛，成片的葡萄园，涂着红色、白色、蓝色的小木屋，淋漓尽致展示了欧洲的风韵，高高的教堂，尖尖的钟塔又使这里弥漫着古老的宗教氛围。一群鸟儿在树林里歌唱，叽叽、喳喳、啾啾，鸟语芜杂，无法翻译，但它们都属于"黑森林户口"。在这里听鸟鸣、赏花，看湖光山色，是一部宛如童话般的故事，强烈地感受大自然的律动，生命力的强旺。从车窗向外望去，我只感到人类的渺小，比起这巍峨雄伟的大山来，人，只是可怜得像一虫、一花、一草，可以忽略不计。两边的山势，壁立千仞，峰峦直插云霄，针叶林带上面是高山草甸，裸露出岩石和终年不化的积雪，那厚厚的积雪在阳光下闪烁着扎眼的光芒。不时看到半山腰或低矮的山头上有古城堡，那城堡雄伟、坚固，城墙用巨石砌垒，城墙内是宫殿，据说内部设施豪奢，世上珍宝极为丰富，有山洞储存粮食和生活用品。中世纪那些伯爵、君王们占山为王，各个城堡都有看家护院的兵丁，易守难攻。城堡与城堡或为亲戚，或为仇敌。"高速公路"上分出许多岔路口，有的小路直通山顶，有的小路像云梯似的悬挂在山崖，紧连着城堡别墅，这不禁使人想起中国诗人杜牧的诗句："远上寒山石径斜，白云生处有人家。"这城堡也使人想起中国水墨山水画中，苍茫大山中偶露出道观、寺院一角，很有诗意。

我们的车子转过山角，出现一片开阔地，一座小城闯进视野。这是奥地利著名小镇因斯布鲁克。

这小镇犹如中国的一个乡镇，但街道井然有序，楼房整洁，商店、超市、酒吧、咖啡馆、影院、歌剧院、市政厅、邮局，一应俱全。街道上是哥特式、文艺复兴式、巴洛克式的楼房。那楼房之间还有走廊式的骑楼，这在欧洲是少见的。和欧洲大小城镇相同的是一座座大大小小的教堂，高高的尖塔，矗立在城市上空，像在诉说着什么，也像在向芸芸众生传达着什么圣谕似的。

欧洲的小镇有着中国江南小镇的安逸、闲雅、淡定，但没有江南小镇的青石板路，粉壁黛瓦的屋舍，窄窄的小巷，还有江南的杏花春雨。我特别喜欢雨天的小镇，清凉的雨水，不厌其烦地重复洗刷着青色瓦片，屋檐下、石阶上奏响着带有伤感的乐章，雨水伤心徘徊，百转千回，才顺墙根水沟流走。欧洲小镇的风味，像朵花，五颜六色的房顶，奇形怪状，组合成斑斓的景色。江南小镇色彩单调灰色，水淋淋的灰色，一幅湿湿的水墨画，这种忧郁之美，只有古老的时间知晓。欧洲小镇是一幅色彩缤纷的油画，这种美属于青春和激情。

穿过一条小巷，我们来到宽阔的大街广场。广场上有个圣安娜纪念柱——欧洲你随处看到雕像、骑士像、英雄雕像、凯旋门、纪念柱，这都是战争的遗著，这是无言的文字，记录着一场场血腥的搏杀，残酷的战争。这纪念柱是城市的标志，又是为纪念1706年7月26日敌军撤离因斯布鲁克而建立的。

小城街头有行为艺人的表演，有人称他们是吉卜赛人，也称之为街头艺术家。这些街头艺术家，大多站成雕塑的形态，一身银灰色或者青铜色的衣装，脸和裸露的手也是银灰色或古铜色，一动也不动，远望着真的不知是何时代竖立在街头的雕像，以假乱真，达到不可分辨的程度。你走过去和他（她）合影，是收费的，五欧元或十欧元不等，他（她）是乞丐，但又不愿做那种衣衫褴褛、肮脏、面容枯槁的乞讨者，以这种方式更显得高雅一些，体面一些。还有一种乐队，专在咖啡馆旁边，吹拉弹唱。他们的演技并不低于专业演职人员，在奥地利这音乐之国，那些音乐大师莫扎特、舒伯特、施特劳斯、海顿，以及贝多芬、德沃夏克的基因似乎流淌在他们的血管里，独奏协奏，手风琴、小提琴、大贝斯、小号、长笛、吉他、黑管等十八般乐器，样样精通，还有击鼓、击锣等打击乐，也展示着这民间艺术的音乐素养之高。当然，那有钱、有闲在咖啡馆消费时光的人不是免费欣赏，要收小费。我看那些闲者并不吝啬，大都往盒子里扔纸币和硬币。这些街头艺术家演唱的大都是名家曲子，他们情绪饱满，神色专注，感情十分投入，他们不是行乞，不是卖艺，完全是一种献身艺术的使命，曲子动人，常常赢得一片掌声，他们陶醉于自己的艺术创造中。欧洲有很多这样的艺术家，不知他们是否团体性、社会性，我想他们在维也纳歌剧院，或巴黎歌剧院，在豪华的舞台上，一展身手，绝不会低于那些代表国家水平的演出，人啊，是命运之神在冥冥之中操纵着他们。

四

因斯布鲁克小镇古朴、苍老并不衰败，街道有高大的枞树，这种树适合盖房造屋用，木质硬实。庞大的树冠，粗壮的枝干，蓬勃的浓荫，宣示着这小镇旺盛的生命基因。古老的时间，也被古老的史志般的大树吸收殆尽。街道上有小溪潺潺流过，溪水极为清澈、洁净，人来车往，流水并没有受到污染。我在国内皖南采风，常见古村落沿街都有一条小溪，那是山上的泉水流淌下来，清澈、晶莹，村民从不在溪水中洗衣、洗菜，更不会濯足，任其潺潺流去，一种天然情绪，一种浓浓的诗情。这里的溪流也自由、坦然、悠悠然，轻吟着流水的歌，走自己的路。

这座小镇最吸引游人眼球的景点有两处：一是水晶商店，真水晶、假水晶工艺品琳琅满目，使人眼花缭乱，珠光宝气、华彩纷呈，如入仙境，不知天上人间。这些工艺品，造型奇特，制作精湛，品种之繁，使你惊叹人类的智慧和才艺。那楼梯的台阶就是水晶玻璃铺砌，踏上你会担心水晶会破碎，但是大可放心，即使十多个人同踏一个台阶，也会很安全。

另一侧是黄金屋。

我们在黄金屋下照相留影。

在大街北端尽头，有一栋六层小楼，四层阳台处伸出一片屋顶式的厦檐，檐坡用黄金金箔铺就，阳光下金光闪闪。传说，这偏僻的阿尔卑斯山谷小镇，山高皇帝远，没有大人物光临，更没有皇帝驻跸于此。有一年，法国皇帝的女儿远嫁奥地利，路过小镇，便住在这座小楼上，这位公主在侍女的陪同下，站在阳台上，观看小镇风光，这镜头被居民看到了，但并没有引起什么反响，当公主离开因斯布鲁克后，人们才知道那姑娘是法国公主。阳台上的金色屋顶用二千六百五十七块金箔钢板贴面而成，一是为了炫耀财宝，二是为了衬托皇家的体面。黄金屋顶虽有名气，但不大气，比起我们国家皇家宫殿的金砖玉瓦，雕梁画栋，简直不可同日而语，但它却是小镇的骄傲，唯一值得炫耀的景点，也是值得渲染的一笔。后来，人们在阳台用金箔搭了一个篷子。这就是黄金屋顶。

因斯布鲁克小城之美，还在于它深居阿尔卑斯山中，一年四季抬头都能看见白雪皑皑的山峰，围城便是绿意葱葱的森林，白和绿像是小城的主色调，纯净而生机勃勃，使这小城永远与时俱进，现代化的脚步一步也没有落下。

奥地利也诞生了像茨威格这样的大作家，茨威格的小说《一个女人的二十四小时》你读过吧？小说写一位高贵的太太讲述了自己一生中难忘的二十四小时。她有一张极富表情的脸，但脸上充满痛苦和绝望的神情，小说揭示了西方社会的弊端之一赌博，给家庭和人生带来的灾难和心灵的伤害。茨威格的一生是悲剧的，他是犹太人，法西斯占领了奥地利，排犹主义的风暴袭来，茨威格像难民似的逃往异国他乡。他为排遣心头深沉的痛苦，四处漂泊，浪迹天涯，最后落脚于巴西。这期间，希特勒一声令下，将六百万犹太人送进炼人炉，六百万生灵化为烟尘而消失。巨大的悲痛像磅礴的乌云压在他的心头，他憎恶当今欧洲世界，写下长达五百多页《昨日的世界》的绝命书，要和妻子一同服毒自杀，但妻子没有死，随他而来的女佣伴他走进了天国。

至于卡夫卡影响更大。他的《变形记》成为经典到处传播，揭露资本主义社会人性异化的恶劣后果，给人类当头棒喝。遗憾的是卡夫卡的预言今天变成现实，在网络疯狂发展、高科技浪潮迫天而来的后工业文明社会，人已非人，人变成网虫，变成伏在手机屏幕上的一只蜘蛛，受制于电子键的操控，否则你将和世界失联、孤独、寂寞，会使人窒息。

晚上我们住在水晶小城。但愿我醒来不会变成一只甲壳虫。阿弥陀佛！

2015年8月31日

用自己的泥土塑造自己

——维也纳的歌声

一

奥地利是个小国，国土面积有八点八万平方公里，人口也只有八百多万，历史上多灾多难，不是被罗马帝国侵占，就是被纳粹德国吞并，囫囵日子不多，奥匈帝国时期，算是扬眉吐气一阵子。无论阳光明媚或者风雨如晦，维也纳人都欢欢乐乐唱着歌儿朝前走。

这是个深信音乐的国度，他们把自己的信仰上升到纯理性的极限。奥地利有史以来就把音乐当作一桩严肃的事情。流畅的曲调，优美的旋律，欢快的节奏，像是从灵魂深处流淌出来。他们认为音乐是上帝的恩赐和馈赠，音乐有着驱除魔鬼的力量。

宗教的灵魂就是音乐，能唤醒麻木的神经，能点燃冷酷的心，能激发火热的情绪。为把这个支离破碎的小奥地利，匍匐爬行的民族，从封建的、教会的、资本主义的压迫者手中拯救出来，他们用音乐的力量重塑灵魂，重振民心。他们有克罗地亚人的血统，克罗地亚人是酷爱歌唱的部落，往往三个人在一起，一个人作曲，一个人演奏，一个人歌唱。在乡下，姑娘们汲水时唱歌，男人放牧时唱歌，在节日盛典更是人潮歌海，在祭祀婚礼时，歌声往往从早到晚唱个不停，赞歌、喜歌、悲歌、哀歌、情歌、恋歌，这个民族是在歌声中生活。

冷硬如铁的历史，坚锐如刀的仇恨，连绵不断的战争，烽火不息的杀伐，使欧洲出现碎片化状态，已凝成历史的坚冰，仇恨和残酷的记忆，使他们很难融合。维也纳却不这样，它是陌生人的故乡，不论你是法国人、英国人，还是西班牙人、希腊人，只要你来到这个国家，人们就会把你当作自己人。亲切、温和、包容，像维也纳森林一样，有着广阔的胸怀，他们的热情、大方、好客，使你有如家之感。维也纳人把外地人、外国人、陌生人很快打造成维也纳人。奥地利是个森林国家，雄阔苍茫的大森林，是生命的基因库。这里既容得下狮狼虎豹，也容得下牛羊鹿兔；既容得下鹰雕，也容得下燕雀夜莺；既容得下高耸云天的乔木，也容得下小花小草。这就是维也纳的禀性。

走进维也纳，处处可听到《蓝色的多瑙河》，奥地利许多人不会唱国歌，但会唱《蓝色的多瑙河》，如果你唱起《蓝色的多瑙河》，你身边的人马上会随声唱起来，不管在大街、公园、车站、公交汽车，甚至餐厅、会议室。《蓝色的多瑙河》是圆舞曲，是施特劳斯根据匈牙利诗人贝克一首歌颂多瑙河的诗篇的意境写成，初为合唱曲，后改编为管弦乐曲。

走进维也纳就像走进一片森林，维也纳实实在在被森林包围着，维也纳似乎化为森林的一部分。维也纳郊区林木高大巍峨，林荫翳密，阳光照在质地厚重的叶片上，绽开一朵朵光的花朵。人们聚舞其间恍若仙境，我们漫步在森林小径上，花草、细藤在风中摆动，蝴蝶在枝间飞舞，阳光穿过叶隙在你眼前晃动、摇曳，一株株高耸云天的大树，简直像进入童话世界里，脚下是厚厚的积叶，踏上去，软绵绵的，此时此刻你会想到古希腊、罗马众神在林子里聚会，神秘感和恐惧感油然生起。站在林间一处高岗上会隐隐看到村中教堂的塔尖和村舍一角。

维也纳是音乐之都。这丰腴的艺术大地上，能不孕育出几位音乐大师？

二

海顿就是维也纳古典主义音乐的鼻祖。海顿并非出身名门望族，他的祖辈没有一个社会名流，其父是个车轮匠，从小家里很穷，他终生未逃脱贫困的追逐。海顿自幼爱好音乐，他有克罗地亚人的血统，克罗地亚人就有酷爱唱歌的传统。

海顿十多岁流浪在举目无亲的维也纳街头，后来遇到一位好心的朋友，住在他家小草屋里，但这位朋友生活也很拮据，海顿寄住他家于心不安，便离开朋友家，另租一个雨雪不避的小屋，过着穷苦的生活。他做过家庭音乐教师，擦过皮鞋，刷过洋装，送信，当差使，简直是一个仆役。他像乞丐一样在街头卖艺，演五重奏，后来被一位伯爵家雇任乐长，实际上是雇工、仆人；后又到匈牙利公爵家任乐长，长达三十年之久。

那个时代，音乐家都是王公贵族的下僚，或教会寺院的奏乐者。作曲家只能作几支曲以娱乐贵族的视听，或作几曲毫无血气的宗教音乐，为教会仪式服务。和中国古代王公贵族豢养的歌伎舞女一样，只为主人消遣服务。

在奴隶般的生活环境中生存发展，机会总是给有准备的人。1779年他和诗人美塔斯塔济奥合作，创作了《无人岛》一举成名。这时的海顿开始他人生最得意的时代，他的朋友圈扩大了，创作情绪高昂，创作更勤奋了，这期间他结识了莫扎特，海顿年长莫扎特二十四岁，但情投意合，成为忘年之交，海顿像对儿子一样爱护莫扎特。

1790年海顿到了英国，在英国，他名声大噪，海顿与当时20岁的贝多芬相识。海顿的创作成就享誉英国，牛津大学授予他音乐博士。晚年的海顿回到维也纳，创作了奥地利国歌，他的大神剧《创世记》，引起了社会强烈反响，在国民剧场公演，观众异常兴奋！

1808年《创世纪》演出，维也纳一切大艺术家都出席了音乐会，贝多芬与胡梅尔也出现在会场，艾兹特哈齐公爵用自己的马车，迎接海顿到会场。海顿坐在安乐椅上同贵族并列的席位上观看演出，这是海顿一生的荣耀。

演出结束，会场上欢呼雷动，有的扔帽子，有的抛手绢向海顿致意，有贵妇人摘下自己的围巾给老音乐家海顿围上。美妙的旋律，优美的唱词，动人的歌唱，华美的服装，给人耳目一新的快感、兴奋感，听众们不断地喝彩，海顿没有沉浸满足和自豪，只是因感动大声地说："作出这音乐的不是我，这是从天上降下来的力！"一时晕倒在安乐椅上。

这使我想起贝多芬的名言："上帝撒下一地七巧板，让我捡起来组合一曲乐章！"海顿在音乐史上的贡献是奏鸣曲的创造，现在所谓交响乐、弦乐四重奏实际上是海顿的创始。

三

莫扎特上帝的宠儿，音乐的天使，是音乐的集大成者。作为一个没有童年生活的神童，从天堂到人间神性和人性的结合体，他是"神龙见尾不见首""羚羊挂角无迹可寻"的天才。连德国大作曲家瓦格纳都称赞："我信仰上帝、莫扎特、贝多芬！"

莫扎特被世人誉为"欢乐童子"，他三岁弹钢琴，五岁写第一首曲子，六岁创作一部歌剧，十二岁指挥大型演出，十四至十七岁已经创作多部歌剧、交响曲、四重奏、弥撒曲，引起音乐界和社会的热烈反响，他无休无止的创作使他失去童年的天真活泼、调皮捣蛋、怄气、撒泼的机会，从来没有做过孩子的事情。

奇怪的是一个失去童年的人，他的童年期却很长，三十多岁了，他还未成熟，常常做出一些古怪的儿童恶作剧：跳绳、打弹弓、开玩笑、耍人、聊天、打闹、作诗、跳舞，样样搞得人哭笑不得，但他却像五岁的孩子样样干得出色、认真。

莫扎特不会谈恋爱，也许他的心理状态还在童年期，他还没有掌握驾驭女人的才能，他是爱情的落泊者。罗曼·罗兰研究了莫扎特的大量资料说，"他是个非常快活开心的人，同情心来得特别快，一会儿哭，一会儿笑，一会儿戏谑，像淘气的男孩子那样搞各种恶作剧。"但莫扎特十分活跃，没有安静过一会儿，是否患过多动症？喜怒哀乐极不正常。莫扎特生活并不富裕，但他的歌曲、歌剧都充满积极向上的精神力量，欢乐的，他的全部作品都洋溢着追求民主、自由的思想，他的乐曲明快乐观，他广泛采取各种乐曲形式，成功将德、奥、意帝国的民族音乐和欧洲传统音乐有机地联系在一起，短短一生创作千余部作品。

莫扎特除了音乐，对其他学问极不感兴趣，他读书很少，对他那个时代的文学、诗歌、绘画、雕塑、建筑、哲学、历史一无所知，更不用说自然科学，甚至不知道康德是谁、法国大革命的发生，连他最擅长的音乐，他也并不清楚其中的意义，怎样表达人类的爱！

他不同于贝多芬，贝多芬特立独行，蔑视权贵，他拥抱全人类的智慧。贝多芬平静时是战士出击前的小憩，莫扎特的平静是一个喧闹的孩子疲累时的喘息。莫扎特的心灵是透明的，没有伪装，没有修饰，没有丝毫的矫揉造作，一切都是自由歌唱，追求声音的优美和节奏均衡。

他的情感庄重而又天真，他的心灵晶莹而幼稚，他永远是成长的天才，只在音乐方面，维也纳的怪才，用罗曼·罗兰的话说，莫扎特的死是"流着眼泪带着微笑睡去"。生年三十六岁，这是上帝召他回到天国，他在人间的戏剧已谢幕了。

四

舒伯特（1797—1828）人生短暂，三十二岁却以惊人的毅力，创作抒情歌曲六百多首，被誉为"歌曲大王"。他的作品除去对黑暗势力的抨击，便是对美好生活的向往，一生都生活在苦难中，甚至过着乞讨生活，但他的歌曲却充满欢乐、抒情，对美好生活的期望，结构自由、旋律优美。他的《美丽的磨坊女》《天鹅之歌》《冬之族》等，依旧是长歌不衰的经典。

舒伯特说："我的音乐是我的天才和苦难的产物。"他少年时代学习时，生活很艰苦，常常吃不饱肚子，音乐常常安排在晚上，他忍受饥寒在学习，在创作。"我无休无止地向前跋涉，没有路寻找着路。"

即使流浪漂泊中，他创作的《美丽的磨坊女》，在不算宽阔的音域和潺潺流水般的钢琴伴奏中，仍然那么舒畅、欢乐，那么充满生机和情趣。

舒伯特的《小夜曲》是他青年时代的作品，曲子里呈现出美丽的画面：婆娑的树影，清白的月辉，"一位穿白纱的少女，前额也用白丝包围，显得那么圣洁、安详"（陈道临《我的朋友舒伯特》），那纯贞的爱，那温柔的情，那颗圣洁的心，超凡脱俗，给世人的灵魂一个震颤。

舒伯特处在一个悲惨的时代，他不向权贵低眉弯腰，不向富人摇尾乞怜，他过着三餐不继的流浪生活，唱着歌，向遥远的地方远行，《美丽的磨坊女》"流露出流浪者的心声和充满生命的律动"，他说，这曲子"使我感到巨大的痛苦和深沉的爱"。音乐史家朗多美尔说，舒伯特首先是快乐、风雅、感伤的维也纳人，他的心灵深处有忧郁的念头，有悲哀、有绝望，甚至有某种悲剧的成分。这颗高尚的、纯洁的、富有理想的灵魂，不能以现世的幸福为满足，正因如此，他有一种向往世界的惆怅，"但他坚信地用自己的泥土塑造自己"。

舒伯特在流浪中，尽管他的歌曲优美动人却很少有人听，甚至有恶狗咬他，他仍然摇着八音琴，边走边唱，他的歌声仍然闪耀人性的光彩，仍然富有向上的精神力量，仍然有高尚的审美追求。这位苦命的音乐大师生命定格在三十二岁，再无力向上攀登。

一曲《蓝色的多瑙河》成就了施特劳斯，也使维也纳扬名，如果在维也纳乐坛上或者历史上，删除了《蓝色的多瑙河》，那将是最大的缺憾，而乐坛也因之荒凉了。

> 晴空万里红日高悬，普照大地霞光灿烂；
> 小路两旁野花争艳，土山之上黄莺鸣啭；
> 阵阵微风如纱拂面，绿满原野一望无边。
> 像在遥远的梦里，森林窃窃私语；

令人珍惜留恋，似乎对我说往事不堪回首。

维也纳森林内春光多么明媚，

地面上铺满小草，枝头上缀着玫瑰，

……

只要你走进维也纳，不论种族和语言，《蓝色的多瑙河》会立即打动你的心灵，调动你的情感，激发你的审美意识，你会沉浸在优美流畅的艺术境地。圆舞曲有高潮，在场者至此会兴高采烈，情绪高涨。

欧洲中世纪大思想家波埃修斯曾经把音乐分为三大类：宇宙音乐，强调宇宙的和谐和秩序；人类或人体音乐，是高尚的健康的身心秩序；第三类便是实用音乐。《蓝色的多瑙河》既属于宇宙音乐，又是人类音乐，一种和谐、温情、爱和美，这是天地之大美，人类之大爱。"此曲只应天上有"，人间却能天天闻。

施特劳斯被称为"圆舞曲之王"，他指挥过《马赛曲》，他担任过奥匈帝国皇室和王室宫廷舞会乐队队长。他的代表作有《春之声》《维也纳年轻人》《维也纳森林的故事》等，他是个多产兼天才的作曲家，他的歌曲充满欢快、热情、幽默的情绪，曲调扣人心弦，一生创作了一百二十多首圆舞曲，使圆舞曲风靡全欧洲。维也纳是森林的城市，到处是高大杉树、法桐、栎树、枞树，郁郁葱葱、苍苍莽莽，你走进维也纳，像走进森林的迷宫，那楼房、街道全遮蔽在森林里。《维也纳森林的故事》是施特劳斯又一首著名的圆舞曲。他以生动、细腻、气势磅礴的音乐语言描绘了维也纳郊区的森林壮美风光。高枝啼鸣，林荫遍地，村民聚舞其间，恍若置身梦幻境界。

施特劳斯的《维也纳森林的故事》圆舞曲为何如此受人喜爱？正因为这首圆舞曲具有中国宋代诗人、音乐理论家梅尧臣的"和人心"的审美观念，"悠悠经醉耳，亦足发潇潇"的情感体验和"深远与愉悦，激怀与静泊"的音乐审美趣味。

五

19世纪末期，继海顿、莫扎特、舒伯特、施特劳斯之后，奥地利的乐坛又出现一位大师级作曲家，他是19世纪末的浪漫主义音乐代表人物，作品气势磅礴，乐思繁复，风格质朴。他就是马勒，深受观众喜欢和爱戴。他一出现在舞台上，所有的观众都站立起来，千百道目光凝聚在他的身上。大厅寂静无声，这是无言的尊重。他的《大地之歌》交响曲，后改为《第九交响曲》成经典乐曲。同贝多芬、舒伯特、德沃夏克的《第九交响曲》响彻欧洲，响彻世界音乐史。更可喜的是马勒还将中国唐代大诗人李白的《悲歌行》《采莲曲》《春日醉起言志》，孟浩然的《宿业师山房待丁大不至》以及王维的《送别》（由贝特格译文）为歌词谱曲，成为《大地之歌》的重要组成部分，这是作曲家的绝笔。当乐章进行到《送别》曲段，满大厅弥漫着一种悲伤氛围，人生自古伤离别，送别是告别朋友，告别人生。别离之苦，眷恋之情，一唱三叹，低沉、迂回、悲伤、凄迷，余音袅袅，不绝如缕，闻者谁不凄然，听者谁不潸然泪下？马勒在世时被称为神一样的"魔鬼"，他的曲子震撼了整个音乐界。马勒去世后，罗丹曾为他雕塑半身像，再现了他充满激情的姿势和卓尔不群的孤绝精神。

罗曼·罗兰曾称赞："没有人比他更接近舒伯特。"爱因斯坦高度评价他："马勒的音乐挣扎在狂喜与绝望之间，忠实地反映了那个时代内在的不协调。在这方面比理查·施特劳斯的美的虚饰包含了更多的艺术真实。"

奥地利是抽象而神秘的多民族国家，他们都是音乐的狂热信徒，也许命运的多灾多难，他们深知，饭养身，歌养心。有了歌曲，痛苦、悲伤、忧愁、烦恼、焦虑，统统烟消云散，心头荡起美的旋律，灵府注入温暖的阳光，他们会挺起腰杆，振奋精神，迎着早晨第一缕晨风去生活。维也纳人是仰望星空，走向远方的人！

第一次世界大战后维也纳成为先锋音乐都市，欧洲一些大腕音乐家云集而来，不仅冲击了乐坛，而且给音乐界带来一场革命，他们的歌曲达到了很高的音乐水准。

六

海顿、莫扎特、舒伯特、施特劳斯、贝多芬，这些音乐大师在两个世纪中，为奥地利留下丰厚的文化遗产，奥地利音乐节是世界上历史最悠久，水平最高，规模最大的古典音乐节之一。维也纳歌剧院是世界最有名的歌剧院，维也纳爱乐乐团，也是举世首屈一指的交响乐团。

德国的作曲家韦伯、舒曼、门德尔松，法国的柏辽兹，匈牙利的李斯特，都是维也纳的"常客"，所以贝多芬视之为第二故乡。

是什么力量吸引那么多的音乐大师趋之若鹜地来到维也纳？维也纳何以成为音乐天才层出不穷之地？音乐史家说，皇室喜欢音乐，很多音乐天才是从封建统治者那里得到了生活保障和艺术发展的条件。上有好者，下必甚焉。18世纪末和19世纪初的音乐家涌向维也纳，得到维也纳的认可，将是他们毕生的荣耀。

奥地利与匈牙利帝国干戈时起，又和德国烽火燎天，与普鲁士争夺德意志。一战后奥匈帝国被分割为很多小国家，又称德意志奥地利，在第二次世界大战后，又被苏联和同盟国分别占领。直到1955年才宣布为中立国，各国军队陆续撤离。

第二次世界大战的炮火还未停息，希特勒还在顽固地抵抗，维也纳还在硝烟弥漫中，维也纳交响乐团就举办了第一场音乐会，又在皇家剧院上演了歌剧《萨福》，观众爆满；5月1日国家剧院又上演了著名歌剧《费加罗的婚礼》。音乐对维也纳人犹如空气、阳光和水，是生命不可缺少的必需品。维也纳人严谨、卓越；同时身上又有斯拉夫人的染色体，随和、柔顺，还有古罗马人的基因编码，高贵、静穆。这片弹丸之地不仅出现近二十位诺贝尔奖获得者，曾出现海顿、莫扎特、舒伯特、施特劳斯这些闻达天下的音乐大师，也出现弗洛伊德这个天才的精神分析大师，还有卡夫卡、茨威格等在世界文学史上占有重要席位的文学大家，这片土地的浓厚的文化积累，丰硕的文化贡献引起世界的尊重。

我走进维也纳森林，感到这片山川、林木、河流，这苍茫林海本身就富有音乐的旋律、节奏、意蕴。一方水土造就一方文化，音乐艺术实际上是森林艺术。这不禁使我想起奥地利人有着游牧民族的DNA，中国蒙古族的长调，青海的花儿，雪域高原藏民族的史诗《格萨尔王》的说唱艺术就是地域文化的产物，高旷的长空，苍莽的草原，空静的大地，正是音乐艺术走向广阔的地域。

贝多芬死后，奥地利人为他竖起三座纪念碑，并建一面纪念雕像墙，舒伯特有十三处故居，施特劳斯有四处，音乐大师的纪念馆、博物馆随处可见。

维也纳人用自己的泥土塑造自己——一个音乐之都，一个音乐的海洋。

2018年1月20日

我们需要荒野

近来读2004年诺贝尔文学奖得主奥地利女作家耶利内克的《啊，荒野》，颇有所感。这是由三个中篇小说组合的一部长篇，又是三部长篇散文的组装，每篇题目都很不一样：《外面的日子：诗篇》《内昼：不是讲故事》《外夜：精彩的散文》。这部小说是以青年伐木工的悲惨命运为潜在线索，揭露了那些阴险、伪善、自私的政客和大资本家的嘴脸，咒骂那些利用"自然保护主义者"的恶劣行径，强调要保护的不是人化的自然，而是原初的荒野，令人敬畏的自然状态。许多书评家称之为杰出的散文，称作者是一位语言艺术家。

耶利内克特立独行，思想前卫，艺术创新，以敢于直面现实、抨击弊端、洞烛男女间的复杂异样的感情而著称于世。

这部作品采用了诗化和独白式的语言，书写没有完整故事和清晰的故事情节，甚至主人公也懒得命名，是一部长长的散文。

作品的背景是阿尔卑斯山。我在德国旅游时，阿尔卑斯山的峰峦、谷壑、森林、草场、湖泊、河流，是那么美丽，原始的自然，原始的生态风景，连空气都似乎是原始的。山毛榉疯狂无羁地朝天生长，藤萝和荆棘肆无忌惮地蔓延，野草葳蕤，炫耀着生命的强旺，野花也恣肆任性地开放。那波澜壮阔、大气磅礴的黑森林简直是一部生命的史诗，是贝多芬千万曲"英雄"的乐章！

作者说：

艺术是多么恶劣和卑微，它完全不顾人们的感受，脱离真实的原则，按照虚假的模式制造出违背人性、令人作呕的垃圾品。自然作为艺术的创作对象被搜集到诗里，一种可悲的结局，就像躺在垦荒官员的斧子下，舔舐自然，从自然身上牟利的太多。

那些大资本家、政客和上流社会不仅鱼肉百姓，还变本加厉地鱼肉自然。

她写道：

> 大自然的儿子们，在猎人的枪声中摸爬滚打，他们的内脏血淋淋……一具死婴从新娘子的体内落下……狐崽子翻着跟头滚下山谷，鹿的角质头部堆满猎场主人的沟谷……被砍伐的树木东倒西歪，横陈狼藉。

人类强暴大自然，是以最文明的形式。人类文明越发展，自然的独立性越退化、萎缩，人造物越来越多，在我们现实生活中几乎看不到自然的影子了。以自然物为主体的美丽意境已不复存在。造物是发明之物。我们的生活用品，取自自然，又异化了自然，强暴了自然。它可以分解、组装，可以无限地复制，电视、电脑、手机、桌椅、书橱、茶几、沙发……基本失去自然属性。

耶利内克呼唤人们要保护荒野，"保护自然，保护那些不属于人类的领域"。在她笔下，也出现了美丽的画面：阿尔卑斯山峡谷中，小河旁，有迷人的草地，河里有小鱼在畅游，不时看到一窝野鸭，它们是洁净的，生活是幸福的、安详的，没有病态。有几株高大的橡树，横逸的枝杈，为周围的樱桃树、李树提供着保护，紫色的葡萄藤，以优雅的姿态悬挂在大树上，树下是五颜六色大大小小的野花，鸢尾蓝、矢车菊、迷人的太阳花，百合花亭亭玉立，紫罗兰摇曳着醉人的微笑，野鹿自由地跑来跑去，枝头的鸟自由地蹦来蹦去，唱着它们自己喜欢的歌……这简直是《创世记》的画面。遗憾的是远处电锯的声音正撞击着林涛声，一片的树木应声倒下……

据有关资料统计，现在地球上，有百分之九十的是"人类的大自然"，土地已被人类耕耘和翻腾，只剩下不足百分之十的地面是大自然的"封印之作"，人类不曾染指。这大概是北极和南极，还有地球第三极喜马拉雅山的部分群山深壑没有出现人类的足迹。凡经过人类艺术加工的自然是不属于野性的、更草根、更真实的自然。

我们要保护荒野，用美国环境保护专家的话说："是因为荒野是人类的空间，是那些背负行囊的旅行者失去自我，使那些感受到压力的城市居民找到的自我空间。"随着人口按几何级数的增长，人类的生存空间变得越来越小，在我们这颗星球上，似乎已经再也找不到人类未曾涉足过的地方，江河污染，土地沙化，资源枯竭，原始森林急剧缩小，荒原和湿地急剧地消逝，有的城市连泥土都找不到了，除了水泥、沥青铺设的地面，便是楼房了，人们看到的花园、草地、树木，都艺术化了，人类按照自己的审美观点进行了艺术加工，锄草机、电推子、电锯、油锯，成为雕刻大自然的工具。上帝的原创被人类删改得面目全非。

有资料显示，北极熊较之三十年前体重减了一百磅，且不说数量和种群的急剧减少，海岸的浮游生物减少了百分之七十。飓风、雷暴、雾霾、大雷雨、极端天气，就像基地和极端组织，遍及全球——这不是上帝在惩罚我们，是我们自己。

消费主义已成为人类生存的常态，最强有力的意识形态，地球上已经没有任何一个地方，能够逃脱我们良好生活的愿望的魔法。要阻止地球变暖已经为时过晚了，尽管联合国、二十国集团一次次召开峰会，改变地球环境，保护人类唯一的家园。争吵、辩论、慷慨激昂的发言，公约、宣言、文件，制定了一大堆，结果呢？出现可怕的"反馈循环圈"——气温升高引起气候改变，气候的改变又使气温升高。据资料显示，北半球春天到来的时间比二十年前早了一个星期，季节的节奏正在被打乱。一辆普通轿车每年释放二氧化碳，相当于自身重量，地球能不变暖吗？雾霾天气能改变吗？热带雨林在消失，物种在急剧地减少。

人类应该有荒野意识，保持对荒野的向往，对于那些从没有被人们破坏的地方的向往。

崇拜自然，荒野是原始朴素的文明，是生命的基因库，是生物的伊甸园。"万类霜天竞自由"，那是一幅多么生机勃勃、粗犷、蛮野而又美丽的画卷！我看过一部美国西部片《荒野猎人》，那里涂抹着19世纪至20世纪曾出现过荒原文学中追求原始力量与精神自由的"荒原崇拜"色彩，回应着"野性的呼唤"，在冰天雪野淘洗灵魂，让生命焕发出最本质的神采。《荒野猎人》是一部气势恢弘的西部大片，它重构和彰扬了"美国建国精神"，将印第安文明神话化，影片中高角度大远景的中西部景观震慑人心，有着现代文明到来前的野性与壮美并存的伟大魅力。19世纪60年代，这片土地上的森林、荒原、金属和石油是工业的原料。

据说，大约一百多年前，树木大量被砍伐，生态发生严重变化，智慧的美国纽约州州长，专门购得纽约以北的阿迪罗达克山区，这是一片极其广阔的山野，不许开垦，不准狩猎，不许人类随意进出。他要保护一块原始生态的荒野，飞禽走兽，草木虫鱼，风自吹，水自流，草荣草枯，花开花落，蜂飞蝶舞，一切按照大自然的节奏变幻。结果原有的野生的得到再生，荒野获得了第二次生命。纽约人民感谢这片荒野，这里弥漫着浓郁的野生气息。

我们这个世界需要荒野，否则自然走向终结，人类的悲剧也就频频上演了。

人类与自然诀别，而出现了"人造自然"。

十年前我们小区的对面是一片荒山野岭，杂草荆棘，林木森然，沟壑纵横，溪流淙淙，闲暇时我时常沿着山径散步，经常碰见刺猬、野兔，还有狐狸和蛇，至于蜂蝶乱舞，虫鸣蛩吟，山泉溪水，更是司空见惯，那山是野性的，很自然的。十年后，这是一片繁华的市区，高楼林立，人烟稠密，虽然街道井然，林木荫翳，也有喷泉、水池、花圃、绿茵，那是人工的自然，是艺术化的自然，荒野、溪水，刺猬、野兔不见了，连蜜蜂也无影无踪了。楼前楼后，街道上挤满了汽车，地下室车位费高达十几万、二十万，但杯水车薪，仍跟不上车辆翻番地增长，到晚上，汽车挤满街道，街道成了停车场。

尽管环境很优美，但是空气不那么清新了；尽管也有花香，但不那么馥郁、纯正了；尽管鸟还在其间飞翔，但没有那么自由了，一切都发生明显改变。原来荒野很静，现在是一片芜杂和繁华，人潮车浪，喧嚣市廛之声震耳欲聋。

美国科学家比尔·麦克基本说："我们已经迈进自然界巨变的门槛：我们生活在自然将要终结的时刻。""这种变化与战争不同，但却比战争来得更加强大和猛烈。""我们将失去那永恒的自然，和独立的自然。"没有二氧化碳，地球将像火星一样阴冷，而无生命；二氧化碳超量排放，又会给人类制造种种灾难。现代的旅游业很发达，你到国内、国外长途和短程的旅游，到处是美丽的景观，但看不到真正的自然，你不会产生置身荒野的感觉，会感到天空不像天空那样蓝，水不像水那样清澈，空气不像空气那样清新，你永远看不到真正自然的河流，都不是野生的、原始的自然，连气温都是合成的，春夏秋冬的界限正在模糊，它们将被另一种春夏秋冬取代。

我不知道这是文明战胜了蛮野，是文明的胜利吗？我附近的山野还在开发，挖掘机将一铲铲泥土装上汽车，不知运到何方，泥土也要漂泊、流浪吗？推土机把刺猬的肉体压成平平的，昆虫肥壮而饱满的蛹被拦腰切割，白色的血肉变成糊状的液体，一条蛇失去头，长长的躯体痉挛般曲张着，那是蛇的灵魂在肉体死亡时的哀嚎吗？山野上的一切都被追逐，被改造它们的世界——自然。推土机的前面荒山野岭在瑟瑟发抖，推土机的身后将是一幢幢大楼拔地生长。不久，穿着蓝色工装的物业管理员会用小铁锤钉上带有编号的铝合金门牌：×号楼×单元×室。

沥青路下面有植物的根，那是草木之魂，它们无论怎么顽强地挣扎，命运注定了悲剧，永无出头之日。耶利内克在作品尾声悲叹道："森林，你这亲爱的森林！陡然被脱光叶子的森林！"并幻想：

"要是森林也能跟绿绿的、密实地闪烁着的防弹玻璃一样，那该多好啊！"

愿人类存有荒野意识，愿荒野也穿上防弹衣。

2016年5月16日

农民画家米勒

古人云："画者，文之极也。"一张宣纸，一片画布，承载着一个国家和民族浓厚的沧桑感，可以寻觅民族穿越千年所留下的光辉，所积存精神的力量，可以涵养一方水土。

我在法国旅游时，住在农家宾馆里，走廊墙壁上挂着米勒的画，小小的镜框，单纯的画面，《播种者》《依锄者》《晚钟》，当然是印刷品，这是米勒最著名的代表作，是法国的绘画的经典。

法国大作家罗曼·罗兰说："米勒的作品是法国艺术中无人能够替代的一部分。如果说缺掉了米勒，法国似乎缺少了艺术品的一半。"

米勒是农民画家，他三十五岁那年定居巴比松村，四十年未离开过这片土地，生活于斯、终老于斯。由于贫穷，无钱买车票，四十年竟然没有回家看望一次父母，母亲临终还呼唤着他的儿子："我可怜的孩子，如果你能在冬季来临前回来该多好！我十分渴望再见上一面。我现在……剩下的只有痛苦和死亡。"但米勒因凑不够路费，终未见母亲最后一面。这真是永恒的悔！

米勒的父亲是个乡村说唱艺人，他从小便在贫困、苦闷、彷徨中挣扎、生长。他学画初期，为了生存，不得不临摹一些美艳的女裸体画，以满足小市民的青睐。他的第一任妻子因贫寒而病死，第二任妻子像他一样顽强、坚韧，抗争命运，面对苦难，勤劳执着地在生活中挣扎奋斗。当米勒在巴黎搞了一次画展，观者却讽刺道："米勒只会画裸体女人，别的都不会。哈哈，哈哈！"这句话深深刺痛他的心。他决心离开巴黎，义无反顾地走向农村，携家迁往巴比松村。

巴比松村位于枫丹白露附近，有河流、池塘，当然也应当有树林，但从米勒的画中很少见山水的背景，甚至连一棵树也没有，只有土地和人，还有太阳。太阳、土地、人，三位一体构成人生的十字架，命运的十字架。米勒沉重地背负着，四十年的春夏秋冬，四十年的风晨雨夕，米勒过上了地地道道的农民生活。

而米勒是陶渊明版的画家。中国东晋大诗人陶渊明弃官回归故里，像农民一样"晨兴理荒秽，带月荷锄归"，"开荒南野际，守拙归园田"，他返归故里绝非诗人下乡体验生活，更非采风，锄头和笔墨都是他的工具，他的诗蘸着晨露的温润，月光的晶莹，荒草的苦涩，野花的芬芳，泥土的清香，诗里有犬吠之声，鸡鸣之音，鸟雀之噪，流水之韵，寒风霜叶萧瑟之籁……

他上午下地干活儿，下午画画。他绘画的题材全是农民及其劳作的生活，在米勒的画面上，人和自然、土地以及茅舍几乎成了全部画作主体，它们之间有着难以分割的血肉联系。米勒在巴比松村四十年是孤独而又充实，幸福而痛苦，沉静而燃烧的四十年，四十年他没有像其他画家一样外出游历、采风，披山阅水，去写生、去素描、去临摹名山胜水。他孤独高洁的灵魂只有土地，他像土地的代言人，他只关心农民和土地，锄草、播种、施肥、收获、收藏，艰苦的劳作，贫苦的生活，单调而沉闷的岁月，没有喧嚣和热烈，没有喜庆和歌舞，在他生命的册页上只有忧郁、憔悴、疲倦、沧桑、困苦的劳作者形象。农民祖祖辈辈，面朝黄土背朝天，生活压弯了腰，但他们能隐忍，听天由命，在沉默中挣扎，在艰难中求生，仅仅偶尔发出叹息和呻吟。

《播种者》是米勒一幅享有盛誉的作品。一位年轻力壮的汉子端着盛着种子的簸箕，一把把随手撒向大地，他雄健有力，步伐也豪迈，画面简单，除了远处有一耕耘者，播种者顶天立地，占据了大面积画面。地平线辽阔旷远，播种者辛勤地劳作，大步前进和倾斜的身姿，透露出他满怀希望的喜悦，均衡有力的步伐，欲望不止的播撒，像旋律一样雄健，没有播种，哪有收获？什么力量都不能阻挡他，他会一直走向画的外边，走进地平线的尽头……据说，米勒此时正在田间劳作，看到这位农夫舒展的劳动姿态，他惊呆了，兴奋异常，太美了，回到家里，很快画下了这个场面。

这时，夕阳向晚了，播种者的"雄姿"一直融于暗红的夕阳逆光和黄昏的暗影中，他脸上的线条是模糊不清的，他的神色是模糊的，赏画者完全想象得出是坚毅、顽忍，对生活充满信念和热望，他希望播下的是温暖，收获的是幸福，他向大地铺写自己的宣言，整个画面色调十分低沉、朴实、沉稳，健壮高大的农夫，像泥土一样坚忍、厚实。暗红的夕阳和黄昏的阴影，虽然投射在劳动者脸上模糊不清，但分明透出劳动者的喜悦，这是苦涩生活中的一种神秘之美、朴实之美。米勒喜欢乡村的黄昏、残阳、夕晖，模糊的景物，昏暗的光影，朦胧得像诗，像印象派的大自然景物，正是给赏画者以想象的空间，给画家抒情的艺术空间，充满创造力和蕴含着难言的艺术魅力，凝练着画家对生活深刻而细致的感受。

他说："他们沐浴着夕阳的光，肩上负着重荷的模样，是多么平稳和壮观啊！那是美，而且是神秘。"只有走进生活，真正体验乡村劳动者在夕阳向晚，赶着活路的农民，才会有这动人感悟，蕴含着真实的艺术魅力。

凡·高是米勒的粉丝，追星族。米勒的《播种者》深受凡·高喜爱、推崇。凡·高用他火焰的色彩，一再重复临摹米勒的《播种者》，这不仅寄托着凡·高对贫困农民的深深同情，也反映出凡·高对基督教徒吃苦耐劳思想的深切感受。

米勒是最接地气的画家，他一生都没有离开过土地，没有离开过农民，他已是他们中的一员，只是一手拿锄头，一手拿画笔，在他的色彩和线条上的奏鸣中，永远是田野、土地、庄稼、农民，还有伴随他们的家禽、牲口和狗。

走廊里另一幅画，便是米勒的杰作《依锄者》。这幅画又是黄昏，薄暮降临，一位壮年农夫被累得倚着锄小憩，背景是辽阔的田野，无边无际、空旷、孤独、沉寂，连棵树都没有，劳作的农夫一脸倦色，身穿土布粗衣，满身泥土汗渍，脚下是翻开的泥土，画幅中淋漓尽致地再现了农民的悲剧命运和他们隐含着坚忍力量的悲剧性格，那呆板的表情中透露出苦涩不堪的羸容，他不知欢乐是何物，长期艰苦沉重的劳动弄得他精疲力竭，狼狈不堪。他的眼睛迷惘地望着远方，他的嘴微张着，走近画面似乎能听到沉重的喘息声，"他要伸一下腰，喘一口气""他自从来到人间，何曾想过欢乐？"（米勒语）这是艺术家的自白，通过画面，从那农夫结实有力但过于疲倦的形象中，我们可体会到农民艰难困苦的生活，纯朴和充满无奈的悲哀，依锄者稍事喘息，这具有典型意义细节的描绘，给人深刻的悲剧感。

米勒让劳动者在疲倦不堪时停下来轻轻地叹息一声，他说，"这是大地的呼声"，是劳动者对不幸命运的抗争。千百年来农民不都是这样默默挣扎着生存下来，一代一代活着在土地上而劳作，简直是一幅《基督受难图》的"农民版"，那位劳累过度的男人，拄着锄柄，弓着腰，用锄柄支撑着疲倦的躯体，他的神色阴郁，眼睛迷茫，木然地望着远方，远方是什么？是幸福吗？有挣脱贫苦的方舟吗？脚下是荒凉的土地，满布着砂石和野草，疲惫的农夫倚锄大口地喘息，大滴大滴的汗粒从脸颊上流淌下来。从那苦涩不堪的脸容上，看出他已经精疲力竭了，烈日吸去他多少汗水，生活的风雨几番折磨着他的生命，他无力站立起来，只好用锄柄支撑着瘦弱的躯体……

这就是农民，世世代代的农民用结满厚茧的双胛支撑着历史的天空，他们呆涩的眼睛是迷茫和空虚，又蕴含着希望……

米勒喜欢画面的时间背景是黄昏。黄昏，按说不管在哪里都应该是美丽的，夕阳在山，人影散乱，落晖斑斑，夕阳是温暖的琥珀色的阳光，把横阔的天地拉得遥远、空旷，天地宇宙是壮丽辽阔的感觉。但是在米勒笔下，黄昏总是给人苍凉、悲戚、倦慵、孤独的意韵，他画面的色彩都是沉着、凝重、冷清，这和画家情绪一致，和所画主人公的情感一致，乡村的生活庄严、静谧，和单纯朴素的大自然魅力一致。

长期的农村生活，塑造出米勒沉默、隐忍、坚毅的个性。有时他也喜欢晨光、浓雾叠叠透出一缕灿烂的阳光，树木像镀上一层金色，泥土也反射出亮光，朝霞出现温暖的鲜艳。这是米勒绘画中少有的现象，那是大自然强烈生命力的再现，阳光、彩霞、阴云，斑驳陆离，这对立的因素又构成一曲和谐的交响乐。这是大自然的欢乐颂，实际上是画家郁闷情绪的倾泻和对美的渴望。

"我就是农民，农民中的农民！"米勒说，"我不属于浮华的都市……我要把农民画进艺术里！"于是《晚钟》出现了。我久久地站在《晚钟》画框前。

这是他的又一幅杰出的代表作，画面背景是辽阔的田野，远处露出教堂的塔楼的尖顶，夕阳的灰红，画面的主体，一对中年夫妇，听到教堂传来悠远的钟声，立即停下手中的活儿，低着头，站在田野上，默默祷告，聆听上帝的声音。身旁是他们劳动的工具。

落日的余晖温暖，却也忧郁，刚翻过的土地像海洋一样波涛滚滚，无边无际。垂首而立的夫妻停下手中的活计，双手抱十，虔诚地祈祷，他们显得心平气和，顺天安命，任凭上帝的恩赐和惩戒，他们从不唠叨，不怨不恨，也从不为生活的艰难而痛恨命运的不公，当然也没有过多的奢望。《晚钟》迷人的艺术魅力是光、色、影，落晖飞洒在田野上，耕过的土地泛着波浪，像大海一样雄阔、浩瀚，垂首而立的男女在逆光中显得高大沉重，和地平线交叉成双十字架形。

画面上既不见教堂哥特式建筑，高高的钟塔，更不见钟的影子，但观赏者似乎听到，一声声凝重而忧郁的钟声隐隐传来，大地一片宁静，万物都屏息静听，画面弥漫着庄严圣洁的宗教气氛。夫妇垂首站在自己血汗耕耘的大地上，不言而喻表达了劳动者的虔诚、忠厚和听凭命运之神摆布的无奈和顺天安命的姿态。这种逆来顺受的草根阶层的小人物的凄苦命运，沉郁的精神状态和隐忍的悲剧性格，米勒的画面上的色彩都比较沉着、浑厚，与画家的情绪一样，在朴素中他又追求色彩的多样性、丰富性，极力地表现大自然的庄严和静谧的魅力。

米勒有天生的农民气质，一身汗水一身泥，拿画笔的手也像老农民一样，磨出硬茧。他衣着破旧，皮肤粗糙，脸上过早地出现皱纹，苍老的目光沉静、淡定。他站在农民堆里，谁也不会辨出他是举国闻名的大画家。

其实，在欧洲，在法国，画家、音乐家、诗人、作家，都是极普通的，这是一种职业，并非比别的职业伟大，像银行家、企业家、商贾老板一样，只是工作的对象不一样。当然，你成功了，事业辉煌，令国人震惊，才受到应有的尊重。

米勒的名气并不显赫，他像农民一样辛勤耕耘，一种虔诚、质朴、善良和坚忍的基督教徒的牺牲精神。他不是艺术家深入生活，也不是像陶渊明那样辞官归里，以殉道者的精神，过着一种艺术化的人生，把乡村生活审美化。

他不像那些山水画家，游遍名山大川，把激情泼向山川雾树，他笔下几乎都是普通农民，播种者、依锄者、簸谷者、收割者、晚钟做祈祷的农民夫妻、牧羊妇，这些生活在社会底层的劳动者。他们的辛勤、劳苦，生活的艰难，都出现在他的画布上，没有对备受艰辛的农民生活体验和同情，不理解农民的虔诚的基督教思想，和安贫乐道的道德伦理，你很难画出农民的精神风貌，塑造出活生生的农民形象。

米勒有着农民的沉默、敦厚、朴拙的性格，他不事张扬，甚至拒绝加入法国巴黎艺术家协会，他一年到头劳作在田野和画案，他的生命融进绘画里，他的汗水流进了大地。罗曼·罗兰说："他的一生从幼年到老死，不但过着辛苦的农夫生活，甚至有农夫的热情和偏见——对土地强烈的爱……他不但能描写大地，也能耕作大地。"

人生是个谜，宇宙是个谜。米勒临终时，有一头受伤的牡鹿跑到他家院子里，死在那里，几天后，米勒告别了人世。

2016年7月10日

琉森湖的月光

我们已来到瑞士最著名的风景区——琉森小城。城郊便是欧洲最亮丽的一颗明珠——琉森湖。

其实我对湖的趣味并不浓,中国的湖泊我游览得很多,青海的青海湖、西藏的羊卓雍湖和纳木错湖、新疆的博斯腾湖,更不用说杭州的西湖、无锡的太湖、江西的鄱阳湖、湖南的洞庭湖,等等,都曾倒映过我的姿影,我的脚步也曾徘徊在湖畔草地上,水不留影,风不留迹,这些湖泊早把我忘记了,我对它们也并未留下过多少记忆。说真的,我对湖并无好感。湖水缺乏方向感,缺乏理想的追求和奋争的勇气,湖水懒惰、慵倦,甘于囹圄一隅,倦于生命的激情和青春的热烈,不像江河,九曲百折,历经艰难险阻,也要奔向大海。湖是水的坟墓。是湖禁锢了这宇宙最活跃的元素,金木水火土,谁有水的生命强旺?

好啦,打住!

我和旅伴们正泛舟琉森湖碧湛蔚蓝的水面上。我对琉森湖却一见钟情。琉森湖浩瀚、宏阔,湖水面积一百一十四万平方公里,湖中有岛。湖对面是巍峨险峻的皮拉图斯山,尖尖的教堂,造型独特的房屋,湖岸停泊着一排排游艇,成群结队的野天鹅在水上游弋。

琉森湖是瑞士联邦发祥地。琉森湖蜿蜒曲折,移步换景,在雪山和古城的映衬下,分外妖娆。许多名人和贵族都在湖畔拥有度假的别墅。

山影倒置,烟景聚散,幽然玄妙,趣味横生。

琉森湖不像我们的西湖,有唐诗宋词的韵致,有人工艺术加工的痕迹，也不像洞庭湖、鄱阳湖，浩瀚大气。它清丽、古朴、端庄，略带野性的潇洒，岸边的垂柳，成片的芦苇，芦苇丛中的野兔，水中的荇藻，天光云影的掩映，水的清澈，浪的细腻，涟漪的雅致，告诉人们，她不是沦落风尘的女子，她有着纯洁的女儿身。

贝多芬、托尔斯泰、屠格涅夫、歌德、海涅、拜伦、雪莱，德国的、法国的等欧洲的艺术家、诗人、作家、社会名流谁不钟情琉森湖？

被誉为"乐圣"的贝多芬的成名作《月光奏鸣曲》就是他游览琉森湖而受到湖水和月光的启悟、灵感忽至，创造了千古不朽的经典乐章。

《月光奏鸣曲》是贝多芬早期的作品，编号是二十七之二。那是何等的良辰美景！暮春时节，春光明媚，湖光山色，如诗如画，如梦如幻，天上的白云在水上漂泊，空中的风在水上撒泼，一层层细浪嬉笑着、拥抱着，前仆后继地奔向岸边，岸上的垂柳荡着细长的柳丝，迎接着浪漪的到来。

月下的琉森湖更是至美的境界，湖面上跳荡着月亮的碎片，闪闪的、银银的，像千万只银鳞浮上水面，张着小嘴，在蚕食月光。那天空是无穷无尽的墨蓝，深邃、寥廓、浩瀚，星辉月光交相融汇，巨大的苍穹又似空明的世界，这山黑魆魆的，朦朦胧胧堆在月色里，一片黑暗的沉默，近处岸树婆娑，影子落在湖水里，摇曳、浮沉。贝多芬站在船头，身披一袭月辉，那倔强乌黑的卷发，被月光镶上一抹银饰，这水天寥廓的空明世界，的确是一种大境界。他似乎又瞥见诸多细节，激情燃烧了，情绪打开了"信息库"，记忆、联想、想象，顿时连通了，活跃起来了，大自然的优美、宁静、协调，在这月光和波光的默契中，不期然地启悟了作曲家的灵感、梦幻和诗意的萌动，膨胀起来了，仿佛进入一种仙境。他从来不曾感触如此欣然、蔼然，乐水乐月的情怀，领略到了风月的最胜之处！一曲《月光奏鸣曲》油然从心中奏响！

"二十五弦弹夜月，不胜清怨却飞来。"正如钱起地《归雁》，贝多芬的《月光奏鸣曲》，许多听众喜欢它，但很难弄清作品的主题是什么。旋律的跳荡，情感的变幻，想象的奇妙，丰富的内涵，音繁而绪乱，谁也无法与作曲家产生默契。

贝多芬的乐曲给人的第一印象是崇高，其次是美。首先是阳刚之美，而后是儿女情长的婉约之美。刚开始的旋律非常静谧和安详。其实那个时代的诗歌和音乐的意象是用惯了的少女和月光、玫瑰和夜莺，这是热恋的象征，也是失恋的哀伤和忧郁情感的寄托。

贝多芬心情愉快极了，人像升腾到了太空，浩浩茫茫，"人虽渺小了，心却飞扬起来"，令人不能自已地信仰今古，要"独怆然而涕下"！贝多芬的《月光奏鸣曲》，其旋律不是激流瀑布，喧嚣奔腾，气势宏大，声震山岳，而是汩汩的溪泉，是粼粼细波，有一种深沉、宁馨的美，渗入人的肌肤，穿越人的心灵，而且让你去深思。那乐曲于淡泊中透出致远的韵味，情感的色彩与自然境界达到一种内在的契合。那音乐语言歌唱生命力的强大，大自然的清幽、原始、旷远，而且温和，有人与自然的亲近、默契。"《月光奏鸣曲》表现的自然意识的新鲜性、丰富性和复杂性"，你既可以理解为纯粹审美意趣的自然感悟，又能把大自然的空间作为现实社会的对立物，从中解读出多种层次的意义，解读出人生或者社会性内涵。

琉森湖的月光给他一片光华灿烂！《月光奏鸣曲》的主题端丽庄严，又朴素至极，谁听了不会血脉偾张，心头发热？我不懂"和声功能""曲式结构"，也不懂音乐的"语法修辞"，但总觉得那乐曲给人一种力，眼前展现一片阔大的境界，和世俗的、肮脏的现实完全脱离的世界。这不是靠艺术的技巧创造出来，也非天授，是从大时代中汲取得来的。

贝多芬不像性格温和的海顿，不像才华横溢的莫扎特，他耳聋，面目丑陋，像疯子一样，行为怪僻，言语粗鲁，他行走天地，两只手放在背后，匆匆来往，穿过风雨，不在意周围的人和事，他特立独行，放纵不羁。他不会笑，只在作品中表现欢乐、宁静和微笑。有幅画像，贝多芬与拿破仑的肖像，相似又相别，那张"严峻的脸，活现出拿破仑"，充满野心的火焰。

贝多芬于1801年创作《月光奏鸣曲》，时年三十一岁，年轻的贝多芬早在1798年就患有耳病，至1800年已耳聋，这部作品是他耳聋后写的。天上一轮明月，既是仙境的象征，又是人间美妙的所在，千古悠悠，明月启蒙诗人、艺术家多少诗情乐思，灵感的飞腾，情绪的膨胀，皓月当空，飞絮萦回，意境清幽，缠绵迷蒙，正如欧阳修所描绘的："正见空江明月来，云水苍茫失江路。夜深江月弄清辉，山上人歌月下归。"贝多芬身体的疼痛，又有失恋的悲痛，使他陷入深沉、孤独的痛苦。这之前，他结识了伯爵的女儿朱列塔·圭恰迪，他说她是"一位可爱的女孩，她爱我，我也爱她"。不幸的是门不当，户不对，朱列塔·圭恰迪出身名门望族，她不会嫁给这个其貌不扬、外表邋遢、举止粗鲁、行为怪异的人。有一次他竟然被当作流浪汉抓起来，警察不相信他就是名闻遐迩的大作曲家，更不相信这副躯体竟能容得下纯音响世界最奔腾澎湃的灵魂。谁家的名门闺秀、大家小姐，会爱上这疯子一样的聋子？

贝多芬并非自我炫耀，他爱朱列塔·圭恰迪胜于她丈夫对她的爱。贝多芬处于失恋的煎熬中，更可笑的是当年轻的伯爵作曲家加仑贝格追求朱列塔·圭恰迪时，手头一时紧张，贝多芬竟赠送加仑贝格一笔钱供他们游山玩水、谈情说爱。

月光如水承载着多少恋人黏稠的思念。

> 桂棹兮兰桨，击空明兮溯流光。
>
> 渺渺兮予怀，望美人兮天一方。

这是中国古代文人聆听月光洒落的声音，那清泠泠、晶莹莹的月光，洒落水面会发出银铃的声音，我完全想象出贝多芬此时此刻凝视着满湖碎银闪烁的湖水，那分明是离人泪啊！他的心情是何等惆怅、凄悲！那如美人一般的月辉抚慰着离人焦渴的内心。贝多芬强烈的悲愤，痛苦的思恋都倾泻在这曲情感深切、炽热的乐章中了。

《月光奏鸣曲》是贝多芬生命感情的真实反映。全曲分三个乐章。第一乐章犹如平静的水面激起一丝涟漪，随即又被波浪平抚，曲调平和，旋律悠缓，像催眠曲，又带着淡淡的哀伤，梦幻般的抒情，极其丰富，有冥想、有悲伤吟诵，也有阴暗的预感，乐曲和节奏都细腻地表现了作曲家心弦的波动，细致而沉静，忧郁而感伤。

第二乐章则旋律有所变化，节奏轻快，旋律中流露出温和和微笑，甜蜜的情感，像情人的喁喁私语，是贝多芬回忆起和朱列塔·圭恰迪热恋时的情景。

而第三乐章节奏大变，旋律激昂，沸腾的情绪燃烧起来，激烈的愤怒，满腔的悲愤，斩钉截铁的意志，以及一种向天倾诉、向世界进攻的强烈情感达到顶点。谁知，接着旋律突然停下来，一片沉寂，但汹涌澎湃的心情并不平静。

暴烈的个性，多病的身体，愤世嫉俗的性情，使他感到人生的绝望，所以有人评价他的第三乐章的结尾，犹如升腾的水雾，在天空尚未凝结，突然散去，杳如云烟。

爱情把他遗弃了。他成了上帝的孤儿。

《月光奏鸣曲》是一出完整的悲剧。俄国艺术批评家斯塔索夫说，他在听安东·鲁宾什坦演奏时也有类似的印象：

> ……从远处、远处，好像从望不见的灵魂深处，忽然升起静穆的声音。有一些声音是忧郁的，充满了无限的愁思，另一些是沉思的，纷至沓来的回忆，阴暗的预兆……

《月光奏鸣曲》是颗病蚌里的珍珠，绝非有些音乐评论家所言：即兴之作。

琉森湖不仅自然风光优美，人文积淀也雄厚。德国诗人路维希·莱尔斯塔听了《月光奏鸣曲》后说："听了这首作品的第一乐章，我想起了琉森湖，以及湖面上水波荡漾的皎洁月光。"你看，湖光水色赋予艺术家创作的灵感，艺术家的匠心之作又增添了山水的光辉，这种人文和自然的交融互动早已泛滥于中国古代文人山水诗中了。

音乐评论家称赞贝多芬的"音乐中有历史感情的化石"，称他是音乐界的"摩罗诗人",他的音乐感人至深,正在于"摩罗诗力"。

据说歌德并不喜欢贝多芬的音乐,俄罗斯最伟大的文学巨匠托尔斯泰也不喜欢贝多芬,他批评得更猛烈、更刻薄,他说:"老聋子,作品中充满狂乱的热情,狂野的强暴。"这是天生的嫉妒心理,还是这些大师对贝多芬的误读?

贝多芬很孤独。他恨人,他亦被人恨。他爱人,却不被人爱。人们对他是钦佩,又是畏惧。晚年,他令人产生一种宗教般的尊敬。"他威胁着他的时代。""他从高处看人,人们从低处看他。"(罗曼·罗兰语)

贝多芬一生追求过十七个姑娘,和十七个姑娘谈过恋爱,但没有一个姑娘爱他,他终生未娶,孤独凄惨至极。他永远是孤独的,他不得不和社会分离,一切人类的美好、欢乐、幸福、利害、要求他都淡漠了。

只有燃烧才是火,有了火就有了光明。

贝多芬的一生是燃烧的一生,他多次来过瑞士,瑞士的山光水色给他创作的灵感,使他忘却了人生的苦难,他为人间的不平而愤怒,他为自己是个悲剧人物而发愤于音乐,最终生命走进永恒。

我乘船游弋在湖水上,初夏的阳光迷人,琉森湖的风醉人。湖水一片墨蓝、碧蓝,深邃而宁静,只有风和阳光在水面嬉戏。湖光水色,一种非凡的气象,有磁场般的效应,给人难以言语的庄严、圣洁,可又觉得它是那样亲近、平和。

琉森湖上有一岛屿,高出水面四十米,岛不大,有座依然弥漫着古老神秘气息的巴洛克教堂,风格独特的建筑与碧蓝无瑕的湖面构成人与自然的完美融合,晨昏传来悠扬的钟声,满面春风也荡着宗教的气氛。桨声伴着钟声,使人进入梦幻般的仙境,我想,贝多芬《月光奏鸣曲》的第一乐章有可能是伴着钟声而写就。

这时,我想起芬兰大音乐家西贝柳斯的话:"我确实是一个梦想家,一个大自然的诗人。我漫步田野、湖泊、群山神秘的声音。我很愿意被称作大自然的艺术家，因为对我来说，大自然的确是群书之书，大自然的声音是上帝的声音，一位艺术家只要在他的创作中运用一点点它的回声，他也会因他的努力得到很高的奖赏。"

他说："上帝从天上掷下一块块的音乐碎片，然后吩咐我把它镶嵌成一幅音乐的彩图。"

记住！1801年的一个初夏之夜，上帝把月光的碎片撒入琉森湖，贝多芬——撷拾起来，拼成一曲永恒的乐章。

2016年5月16日

托尔斯泰的嫉妒

托尔斯泰是举世闻名的大文豪，被列宁誉为俄国的一面镜子。他的巨著《战争与和平》《安娜·卡列尼娜》《复活》是世界文学史上不朽的经典。他对民族的故事和历史深度的解读，构成了恣肆汪洋、博大精深的艺术世界。

但艺术创作有强烈的排他性，真正大作家、艺术家都是一座独立、高大巍峨的山，他不希望他山的阴影遮住自己的峰峦、山麓，哪怕自己的峡谷。他需要空间，这空间不是物理间的距离，是巨大的无形的艺术空间。

文人相轻，自古而然。即使托尔斯泰这样的大文豪也未走出这样的怪圈。托尔斯泰对自己的作品自我赞赏，《战争与和平》完稿后，他非常自负地说："用不着假谦虚，这和荷马的史诗相媲美。"他看不起但丁，更对莎士比亚大加挞伐，对陀思妥耶夫斯基更不屑一顾。

托尔斯泰对莎士比亚曾经进行过恶毒的批评，甚至带有罕见的污蔑。他说，"我看了五十年的莎士比亚，觉得莎士比亚戏剧不要说名著了，甚至连四流剧作家都不如。"他指责莎士比亚戏剧人物装腔作势，不自然，没有人物独特的语言。他认为"莎剧里传达的是一种低级、庸俗的世界观，缺乏对人物的情感语言，缺乏理解。最重要的是莎作品里，只有矫揉造作的文字游戏，而没有作者的真诚"。且不说，马克思称赞莎士比亚是"人类奥林匹斯山上的宙斯""人类最伟大的天才"，当时西方每户人家必备两本书：一本是《圣经》，一本是《莎士比亚全集》。他们认为一本是宗教的神，一本是艺术的神。

莎士比亚一生写了三十七部戏剧，四大悲剧《哈姆雷特》《奥赛罗》《李尔王》《麦克白》，四大喜剧《第十二夜》《仲夏之夜》《威尼斯商人》《无事生非》，历史剧《亨利四世》《亨利五世》《查理二世》等，还有大量的十四行诗。

托尔斯泰对莎士比亚的批评是艺术观点的不同，审美视角的迥异，但也不乏歪曲、贬低、横加指责的嫉妒心理，是否是莎翁的光芒太刺眼了，使托尔斯泰也感到眩晕？当一个作家、艺术家，追求极致时，他对其他人的作品总是横挑鼻子竖挑眼，产生发自肺腑的反感。作家、艺术家的创造精神那就是勇敢、真诚，一句话："创造活的艺术，就是我的目的。"

嫉妒是人性的弱点，嫉妒往往以自我为圆心，距离越近，成就越大，越容易遭到善妒者的攻击，特别是当这种人掌握了一些权力，占据文坛的高位，甚至重要资源，他是置对手于死地，对方的成果越大，他妒火越烈。嫉妒是低温的暴力，是人性的毒瘤。

如果说，托翁对莎翁的批评是出自艺术审美的区别，那么他对贝多芬的攻击完全出自阴暗心理的诽谤，托翁和莎翁非同代人，也非同一国度，而贝多芬不仅不同时代，不同国度，也不同艺术种类，一个是作家，一个是作曲家，而托尔斯泰对贝多芬十分厌恶，扬言"要摧毁贝多芬，使人怀疑他的天才"，他认为，"老聋子的作品中充满狂乱的热情，狂野的粗暴"，这显然不是批评而是泄愤。俗话说同行是冤家，这不同行的两位巨人为何成了冤家，至今我们未看到德国作曲家贝多芬生前对托尔斯泰有不恭之词，贝多芬去世一年后，托尔斯泰才出生，哪来的如此仇恨和愤慨？贝多芬出身一个音乐世家，父亲是个酒鬼，他一生对酿酒业的贡献远远大于对家庭的贡献。他七岁登台演出，展示他少年的天才，并获得巨大的成功，被誉为"第二个莫扎特"。贝多芬十七岁时来到音乐圣地维也纳，为他的偶像莫扎特演奏了乐曲。一曲终了，莫扎特居然跑到大厅，向朋友们高喊："注意这个年轻人，用不了多久，全世界都能听到他的乐曲！"

贝多芬一生贫穷、苦难、疾病，他扼住命运的咽喉，创造数量浩瀚的乐章，他的代表作《月光奏鸣曲》《英雄交响曲》，最后一部交响乐《第九交响曲》，即《欢乐颂》。贝多芬修成了正果——成为誉满全球的"乐圣"。托尔斯泰如此诋毁他的前辈艺术家，究竟何因，不得而知。其实，托尔斯泰是一个作家中最少有文学气质的人，他是地主，虽然有"托尔斯泰主义"悲天悯人的情怀，那是面对苦难的农奴，而对人文中最有天才的艺术，并无好感，完全出于农民的狭隘思想意识。

文人相轻实际上是不服气，如果含有良性，会激发自己奋发的力量，超越的精神；如果是恶性，他会调动一切恶劣的因素，拉帮结派、封杀、抹黑、造谣、攻击，使对方陷入困境，这就不属于文人相轻了，这是小人的所为。我想，托尔斯泰对莎翁、贝翁的批评、攻击，是因为他们的成就声誉刺痛了他的心，他食不甘味，夜不能寐，他要超越，他要奋发，一股勃勃生机和力量从心灵深处蒸腾涌动，"创作的欲望，来自人类内心的需求，是一种原始，也是最自然的呼唤"，如果发现了有人超越了自己，心中像火一样在燃烧，这并非坏处，作家的作品最可怕的敌人是读者和时间。

托尔斯泰说："在如此美丽的世界上，在这广大无垠、星辰密布的天空之下，人们难道不能安适地生活吗？在此，他们怎能保留着恶毒、仇恨和毁灭同类的情操？人类心中一切恶的成分，一经和自然接触便应消失，因为自然是美与善的最直接的表现。"

托尔斯泰并非遵照上述的道德律，去正确地、公正地看待自己的同行。托尔斯泰对莎翁、贝翁的诽谤、攻击，是否对方的光芒遮蔽了他？那么对陀思妥耶夫斯基的贬低，对屠格涅夫反目成仇，又是什么缘故呢？甚至对小于他四十岁的高尔基更是不屑一顾。高尔基曾带着自己的作品请教托尔斯泰却遭受指责，被批评得一无是处。高尔基写过许多文章吹捧、赞扬、歌颂托尔斯泰，说他是一位"坐在金色菩提树下的枫树座位上面"的俄国之神，"他并不威严，可是他也许比所有其他的神都更聪明"。托尔斯泰的死讯传来，高尔基绝望地大哭，整天一直在哭。托尔斯泰生前如何对待高尔基的呢？总是贬低他，高尔基不理解，问契诃夫，契诃夫告诉他：托尔斯泰嫉妒你的才华。

这使我想起法国浪漫主义画家德拉克洛瓦的故事来。1855年法国举行画展，德拉克洛瓦的《雷伯卡的被劫》获得最高荣誉奖章，事过四年，即1859年，德氏同样一幅画参加沙龙画展，却遭到大家的斥责，几乎被批评得一无是处，有人说，德拉克洛瓦像拿破仑在滑铁卢的惨败一样，德氏非常伤心。诗人波德莱尔写文章反驳，并安慰德拉克洛瓦："你真是一个受恩典的人，上帝给你留下一些敌人！"遗憾的是莎翁和贝翁听不到这样温暖的安慰了。

不过托尔斯泰有时也很谦虚，他尊崇莱蒙托夫，就像李白对谢宣城的倾慕："假如莱蒙托夫活得久一点，就没陀思妥耶夫斯基和他什么事了。"

托尔斯泰晚年对音乐大加赞美："音乐的魅力可以使一个人对不能感觉的事有所感觉，对理解不了的事有所理解，使不可能的事变成可能。"这是老托尔斯泰对音乐态度由衷的改变，还是对贝多芬的忏悔？更有趣的是托尔斯泰最后读的长篇小说是他一向看不起的陀思妥耶夫斯基的《卡拉马佐夫兄弟》，页码翻在144—145页。

2018年1月5日

水做的城

　　风景如画的威尼斯，真是人间仙境，完全超越人的想象，它是由几十万根木桩支撑着，硬硬在海水里建起一座"海上水城"，为了向游客观览，还有几个原始的粗壮的木桩露出水面。

　　海风浪韵，水韵水致，蛊惑而妩媚，那楼房、硕大精美之至的教堂、宏伟庄严的总督府，它们的底部就是靠木桩支撑着，那个时代没有钢筋水泥，是阿尔卑斯山的树木承担这"海上仙都"建筑的重任。

　　令人惊奇的是水巷，幽幽的深长，窄窄的水路，水的街道，两旁是三五层高的楼房，耐火砖灰瓦，一片灰色的沧桑，楼房的风格相似，三叶窗尖顶、长廊、凉台，土耳其风味的花窗，这水上小城吸纳了不仅是古希腊、古罗马、拜占庭帝国的艺术菁华，还吸收了伊斯兰文化的精髓，这些水上建筑在蔚蓝的天空下，在绿柔的水波上，神色沉静，一动也不动，极其美丽。

　　一走进威尼斯，我马上想起那个毫无怜悯心、同情心，贪婪、残忍，一个不折不扣的恶魔犹太商人，夏洛克。莎士比亚的剧词就有夏洛克所言："你们拿掉支撑我家房子的柱子吧！"

　　威尼斯商人夏洛克是个铁石心肠的吸血鬼，讨起债来十分凶狠。安东尼奥实为帮助朋友，向夏洛克借三千块金币，夏洛克说可以，但到期还不上，要从安东尼奥身上割一磅肉。没办法，安东尼奥只好在借约上签了字。

　　还债期到了，安东尼奥的船队遇到海难，还不上债务，面对夏洛克的讨债，要割他身上的一磅肉，这骇人听闻的案子由威尼斯公爵审判。鲍西娅化装为律师说："按借约你可以割他一磅肉，但不能流血，因为借约上没有写这一条，如果流一滴血，你的田地和财产就要统统充公！"并说："只能割一磅肉，不能多于一磅也不能少于一磅，差一丝一毫判你死罪。"结果贪婪的商人夏洛克不但没有讨回债，反而臭名远扬。莎士比亚的《威尼斯商人》，天才地入木三分地讽刺了威尼斯商人，也赢得了威尼斯的名誉。但这并不妨碍人们对这海上之城的好奇和神秘的诱惑。

乘船在水巷行走，风行水上，一种神奇，一种美妙，一种惊奋，一种梦幻般的感觉。这里的人们靠水生活，水既通向各处，又是隔绝自然的天然屏障。一条条水巷纠缠交错，粗粗细细的流水是这片人造土地的血脉。楼房依水而建、房基上长满青苔、绿藻，还有蚌壳、海蛎子，两楼相隔咫尺，两家人相见得乘船绕好远的水路。对水的依恋和崇仰原是农耕文明遗下的审美形态。这里恰恰无寸土可耕，是个商业城市，千百年来商业文明在这里演绎着稀奇古怪的传说和故事，也正是水的审美形态，才使威尼斯人享受了雅逸、散淡的生活乐趣。

这里时光流得很缓很慢。

欧洲人大都散漫、随意，把光阴慢慢消磨，就像老牛在午后的斜阳里反刍往昔的岁月，一切都很古老。是历史、是文化，独特的风情，怪异的气质，水乳般交融在一起，构成水城的生活品味。

水城是船的驰骋天地，有一种专供游客交通的小船，名叫"贡多拉"，像中国江南的柳叶舟，却比柳叶舟要高贵得多，精湛得不可同日而语。贡多拉的船头都镶嵌珠宝和黄金，闪闪发亮的蓝宝石、绿宝石、紫水晶、红珍珠，简直是昂贵的艺术品。一只贡多拉只载客四人，船夫一人，轻盈得像只蜻蜓在水巷里飘逸穿梭。

波光潋滟的水面，细腻的波纹，像一曲歌的余韵，无声地袅袅。贡多拉载着你，像走进梦幻般的境界。撑篙汉子，既熟谙水路，又有高超的撑船技术，此时他简直成了诗人，化篙如笔，借一页流水，在写一首抒情诗，那么富有弹性感、节奏感和诗性之美。

水巷两岸还有袖珍式的小商店、小吃店、小工艺店，古意悠悠，诗情漾漾，是江南风景移到这里，还是江南染上威尼斯的元素？航行水巷，本身就是一种艺术行为。船夫不仅能表演贡多拉船艺，在宽阔处会弄出很多花样，令人惊喜。他们人人都是歌手，男中音、男高音，不亚于专业演员。他们会唱好几国语言的歌曲：非洲的《狂野非洲》，欧洲的《我心永恒》，俄罗斯的《三套马车》。我问导游，船夫会不会唱中国歌曲，他竟然唱了一首陕北民歌，虽然唱得荒腔走板，却让我们激动地鼓起掌来。

威尼斯的阳光真美，明丽、纯净，没有丝毫瑕疵。阳光温柔地抚慰着水面，微风吹来，水韵水致蜿蜒着，推出淡黄、微蓝、明灰和带着玻璃反光的惨白。水波荡漾着，楼影摇曳着，使人沉浸，进入一种醉意朦胧的感觉中，一妙龄女郎俯身雕花的老旧铁栏杆上，默默地吸着烟，凉台上有几盆叫不出名字的鲜花，开得正艳，少女、鲜花，正是爱情诗的题材。

在拐弯的地方，水巷似乎宽阔开来，有了庭院，庭院里竟有绿树和绿藤，无土栽培吗？那绿色植物浴在明净的阳光下，显得很青春、很激情。

威尼斯是海上仙都，也是玻璃王国，很长的历史时期，玻璃制品称霸世界，他们制作工艺极端保密。威尼斯人想象力极其丰富，玻璃原料在炉火中燃烧，工艺师操作铁钳，三下二下，瞬间出现许多多姿多彩的工艺品，动物、植物、人物的形象栩栩如生，美得令人叹为观止。我们参观了他们的新产品展览室，满架满架的样品，千姿百态、琳琅满目，让人眼花缭乱，仿佛走进阿里巴巴的艺术宝窟。

威尼斯圣马可广场被誉为"欧洲的客厅"，它的西端便是总督府，谁能想象广场下面是海水，而且水面有如此宏伟、壮丽的建筑群？这是神话！广场有圣马可教堂。教堂的正门上方耸立着四匹青铜战马，那是威尼斯的光荣，胜利的徽章。威尼斯曾啸傲一时，威尼斯大军曾远征奥斯曼，土耳其帝国君士坦丁堡有证明。

拿破仑也曾征服占领过威尼斯，但后来威尼斯人争夺过来，驱逐了拿破仑占领军。历史上，威尼斯帝国曾凭着一支强大的海军，将其势力扩张到整个地中海水域，一直到15世纪，他们都是亚得里亚统治者。

这教堂就是最好的纪念物，公元828年，两位威尼斯商人从埃及亚历山大将耶稣圣徒、《马可福音》作者马可遗骨偷运到威尼斯，同年开始修建马可教堂，这座教堂有显著的拜占庭风格。它似乎是一个舞台，千百年来演绎着水城的文化和风雨沧桑的历史，灿烂的文明。

2018年1月16日

悲情罗马

一

在罗马，每块石头都有历史，每片废墟都蕴含着文化，走几步就会遇见美丽的传说，换个地方就是一片古迹。古老、沧桑、深邃，这个城市会让你认识世界史上那些伟大的名字，恺撒、奥古斯都、图拉真，还有达·芬奇、米开朗基罗、拉斐尔、但丁……他们是人类的巨子，历经沧桑不减豪情，阅尽人间春秋不见倦意，他们的骇世之事，辉煌事业，伟岸气概，惊心动魄，撼天动地，他们的名字像星辰、像日月，永远照耀人类精神的苍穹。伟大的帝国，总留下伟大的文明。

眼下我行走在罗马古老的街道上，楼房破旧，树木苍老，我只感到那些雄赳赳气昂昂的罗马铁骑方阵刚刚从这里走过，踏踏的马蹄惊动街两旁的人家打开窗户，只见森森戈矛在阳光下闪烁着瘆人的寒光，满街浮动着恐惧的氛围。在罗马的历史上，战争总是此起彼伏，这其中有胜利的喜悦，也有失败的惨痛。胜利时，满街满巷是欢乐的歌舞，整座城市激动得发狂，罗马人在笛声琴韵里倾泻他们的热烈和狂欢。

不来意大利，你就不能了解欧洲的文化。我们在罗马旅游正是五月尾六月头，太阳还不错，酷热要在七八月，全国人民都休假了，你在街上会看不到一辆出租车，大小商店都早早地关门，罗马是一座很静的城。

罗马人的领土意识很强，经常出兵远征，拓疆扩土。公元前279

年，正是我们国家春秋战国时期，天下大乱，诸侯国你争我斗，打得热火朝天。在亚得里亚海的右岸，广阔起伏的草原上，在茂密的丛林中，也曾出现一场场血腥的战役，兵戈铿锵，烽火遍野，战马纵横，大象笨重地跑动，山谷里是一片喊杀声、惨叫声，尸体堆成山丘，鲜血染红了流水。

战场就在阿普利亚狭小的山脚开阔地带。这里山峦起伏，森林茂密，交战双方是罗马军队与希腊军队。希腊军队的首领名叫皮鲁斯，皮鲁斯的军队以骑兵和大象占优势。罗马军队由执政官统领，出去四个军的兵力。双方势均力敌。但皮鲁斯看到这里地势不适于自己的骑兵和大象作战，只得下令重装士兵投入战斗。罗马人善短剑肉搏，希腊人善于长枪，在密林荆棘丛中，藤萝缠绕，长枪难以施展，罗马人占了短剑的便宜。第二天，皮鲁斯采用新的战术，且战且退，把罗马军慢慢引出山脚，进入开阔地带，于是投入骑兵和大象，开始对罗马军猛烈进攻。战场的地理形势的变化，使得希腊军的优势得到发挥。双方杀得难分难解，罗马军队在主战场伤亡明显增加，日落之前不得不退出战场，皮鲁斯也未追击。

这次战役，罗马军阵亡六千将士，其中一名执政官也战死沙场。皮鲁斯赢得了战争，但伤亡也很惨重。皮鲁斯并未消灭罗马军队的主力军，面对自己很多爱将的战死，辎重的重大损失，连他自己也受了伤，他感到这场战争的胜利是得不偿失的。皮鲁斯是古希腊历史上的名将，曾出色地无数次赢得战争的胜利，为保卫希腊做出重要的贡献，如果你在意大利访古，会到处看到古战场遗址，看到废墟的苍凉。行驶在这片土地上不时会看到，被风雨和时间剥蚀的字迹模糊、漫漶的纪念碑，那些用将士的血骨浇铸的纪念物。

现在回到罗马大街上。

街道并不宽阔，和我们国家一些城市的宽街阔衢不可比拟，但街上树木简直不可想象的粗阔，像原始森林一样，树冠庞大，树躯之雄伟，令人咋舌，它是罗马的史志，庄严、隆重、苍凉。

罗马从未在危难时向敌人求情。

街道两旁的古树，这些历经千百年风刀霜剑，炼狱般苦难的古老生命，走到今天依然生机盎然，该是多么艰难，多么坚韧，这树体现了一种精神——罗马精神。有则报道说：在古树放上听诊器可以听到树木的心脏的跳动……我没有带着听诊器，伏耳贴上树身，似乎听到老树的心跳声，像风声，像鼓声，像钟表走动的声音……这树古老，并不衰老，有一种豪气、雄气。

二

罗马建城时，恺撒大帝下令，要一天建成，完不成，恺撒大帝将砍下工匠的脑袋去喂狮子。

实际上，这份恺撒大帝的圣旨，像裹尸布一样可信又可疑，想想吧，罗马城有一千二百八十五点三平方公里的土地，其中包括若干个城镇，许多大剧场，无以数计的民宅楼房，皇帝的宫殿，还有学校、医院、博物馆、导水管、排水沟、拱门、镀金的大教堂，更不用说酒肆、饭店、咖啡馆等等，怎么能在二十四个小时完成？这简直荒唐如梦！建筑师看了看城市建筑模型，要建成这样庞大的城市，没有数百年的时间是不可能的。

历史学家认为罗马古城和金字塔一样，是千古之谜。据说，埃及的法老们要建金字塔，使用了八百万奴隶，但也绝非一天建成金字塔。

罗马人征服了希腊，文化上又被希腊征服。罗马人是希腊艺术的崇拜者、模仿者和继承者，也是发展者。希腊艺术对罗马产生了巨大影响，特别是绘画、雕塑、建筑，艺术上罗马突出成就反映在建筑、壁画、肖像上，这残存的遗物依然闪烁着奇幻魅力。

它的建筑、文化、艺术，野心膨胀，个性张扬，人文主义的阳光，光怪陆离又融合得水乳般自然，令人惊讶，又让人感到敬畏。"光荣属于罗马"，这座城市与"光荣"血脉相连。现在凋零得只剩下记忆。

我们来到罗马城最值得炫耀的景点——凯旋门，这是古罗马的辉煌，用来纪念战役的胜利，承载着厚重的历史。

历史上，法国人、德国人、俄国人有着重重叠叠的恩恩怨怨，烽烟未散，战火又燃起，在这广袤的土地上，在雄伟的阿尔卑斯山重峦叠嶂间，在亚得里亚海岸，在地中海的狂涛巨澜中，一场场战争血染了海水，骨撒蓬蒿，尸横荒野，战争犹如一幕接一幕的连续剧上演了千年。每次战争结束后，有人高举银质酒杯，热烈庆祝，歌舞翻天，有人黯然神伤，泪流满面，一片哀叹。

凯旋门是罗马的历史见证，这座默默无语的凯旋门就关联着民族命运的沉浮，是命运起起落落的佐证，历史的穿越感极强。

这座凯旋门端庄、大气、宏伟，有一种庄严感、敬畏感，结构匀称，装饰典雅，两边有四根复合柱，柱基和门墙布满浮雕，记载着罗马帝国时代的和平和繁荣，有的浮雕是表现凯旋的罗马兵，展示战利品的场面。

罗马古城原有好多凯旋门，最精美、宏伟的是坐落在斗兽场附近的奥古斯都统治时期的凯旋门，建于公元10—25年。

在罗马古城里，除了斗兽场和凯旋门，最引人注目的是一些神庙或教堂。而万神庙，是古罗马建筑最杰出的作品之一，成为意大利圣地。而圣彼得大教堂，则是梵蒂冈一国之圣地，也是世界上最大的教堂，闻名于世。

这座辉煌宏伟的教堂像恩格斯所说：这些古老的建筑像白昼一样灿烂。巨大的穹顶有拱顶画，深红、靛青、橘黄色的线条，安静地在穹顶上舒展，明暗相间的色块组合着一个美丽的故事和古老的传说，仍然无声向来客不厌其烦地讲述着。只是那古老的色彩已变得黯淡、浑浊，带着浓重的倦意。是啊，它们千百年来一动不动地站在天顶上，也的确累了。

我以惊愕的目光浏览着壁画和天顶画，一种敬畏感油然而生，这简直是人间奇迹，圣彼得大教堂的镇堂之宝——《圣殇》，精美、形象生动，人物表情真实，那衣褶，脸上的细纹，传神的眼睛，悲戚的神色，逼真、细腻，有一种肃穆、神圣之美。

这是米开朗基罗的代表作，也是他的成名作。米开朗基罗使耶稣和圣母靠得更紧些，使人们觉得圣母是把耶稣从地上抱起来升向天空的。实际上耶稣从十字架上取下后，就被立即埋葬了，而雕像是表现耶稣的复活。据说米开朗基罗临终前六天，还在琢磨对雕像的加工和修改，但他的愿望并未实现。

在欧洲旅游到处可以看到数不清的教堂，辉煌、宏伟、壮丽。这片土地处处掌控在基督教和天主教的手上。宗教的圣光照耀着这里的每寸山河，宗教的思想占据着每个人的灵府。

罗马帝国的疆域空前辽阔，也是地中海地区统治时期最长、地域最大的帝国。公元前91年，屋大维在亚克兴之战中胜利，不仅宣告了统治埃及300年的托勒密王朝的覆灭，也最终造就了超级大国古罗马帝国。到公元2世纪，罗马帝国的疆域，北至多瑙河以北的达基亚和莱茵河，西达大西洋和大不列颠的大部分地区，南抵埃及和北非，东至现在的伊拉克两河流域，辽阔的地中海成了它的内湖。那个时期，只有中华的大汉王朝疆域堪与其匹敌。

古罗马的建筑是世界之最，即使残留迄今的教堂、神庙、凯旋门、角斗场、比萨斜塔，都是举世惊叹的遗产。它广泛地吸收了古希腊的文化艺术的菁华，在此基础上创造了罗马自己独特的文明。它的绘画、雕塑、诗歌、文学和自然科学，开启14世纪欧洲文艺复兴的帷幕。文艺复兴的源头在罗马。但丁在《神曲》中最崇拜诗人维吉尔，称之为他的"引路人"，他代表"人智"，由维吉尔引导，人类才可以走出迷途，才能获得坚定向上的信心，依靠"人智"化身的维吉尔的帮助，经过道德的修养，才能登上"天堂"。你看，古罗马的诗人对中世纪的诗人影响之大，无与伦比。

真理毕竟是真理，一旦给它展示的机会，它就会重新发挥巨大的威力，一旦历史赋予它一个舞台，它就出演绎出威武雄壮、高潮迭起、魅力无穷的剧目来。

14世纪、15世纪蹒跚走来，古罗马的灵魂经过千百年的冰封，缓缓苏醒过来，一场文艺复兴的桃花雨，潇潇霏霏降临这片古老的土地，意大利出现了前所未有的文化繁荣。诗人但丁的出现，接着是米开朗基罗、达·芬奇、拉斐尔、乔托、提香……一大批艺术巨星冉冉升起，以其耀眼的光芒照亮了中世纪幽暗的天空。

人们怀着满腔的热情，敞开胸怀，尽情地迎接昔日的辉煌，排山倒海般的绘画，神奇地出现在教堂、神庙的墙壁上、天顶上，出现色彩和线条疯歌狂舞的景象；沉默千年的石头一旦被点化，立刻展示出天才般的灵性，那山呼海啸般的雕塑，出现在凯旋门、纪念碑、坟墓，大地上响起石头的歌咏舞蹈。

光荣属于罗马，伟大同样属于罗马。

一个生机勃勃、富有创造力、富有开拓精神的罗马，在这片土地上出现人类史上第二次辉煌。

物质和精神文明达到璀璨的境地。

三

走在罗马大街上，人们说："这城里飘荡着尼禄的阴魂。"

尼禄何许人也？尼禄是个暴君，但他有思想、有世界观、有意识形态。他知道，用建筑、绘画、雕塑传播他的意识形态。历经千百年风雨沧桑岁月，当那些建筑成为废墟、残骸时，仍然鲜明地、顽强地表现着一个时代的艺术价值。

凯旋门附近的大角斗场便是他的代表作，更不要说他的金宫，其奢华、奢靡程度达到登峰造极、举世惊叹的程度。

尼禄的残暴更叫人胆寒、毛骨悚然，抓住基督教徒，往往采取点"天灯"的酷刑，折磨至死，即在"犯人"身上凿一个洞，塞进棉芯，点燃后，靠人体上的脂肪燃烧，作为夜间照明的"人灯"。这种酷刑使人想起中国商朝的"炮烙"。

地面上希腊、罗马的废墟，即便断壁残垣，那雕塑的残缺美，甚至比完整的建筑物更能引发人们对时间和历史的深沉思索，这类废墟在罗马比比皆是，唯有独裁者尼禄的金宫有所不同。

金宫是一片没有窗户的房间，不清楚是何作用，从房间到房间，有门洞或走廊连接，走廊和房间都暗无天日。偶尔出现一座宽敞但仍然阴暗的厅堂，四壁明显凿有窗眼，却又被砖块封得严严实实。

这是宫殿，还是地狱？暴君尼禄是否为囚犯修建的地下监狱，关押犯人之所？所有的房间都一样阴暗闭塞。

大角斗场就是尼禄时代最能标志他野蛮残忍兽性的建筑，一座专为观看死亡而建的"宫殿"，前后用了十年时间才竣工。一幕幕血腥的剧目，人与猛兽的搏斗，奴隶与奴隶的厮杀，奴隶死亡的全过程，使坐在看台上的贵族王公大臣的感官产生惊异的刺激。

残酷的厮杀，血性的搏斗，撕肝裂肺的嚎叫……罗马全盛时期就有九千头猛兽残死，三千名角斗士丧命。目的就是为了看台上的贵族们一场惊呼畅怀大笑。

我们见到的闻名于世的大角斗场，已是一片残垣断壁。"大角斗场矗立，罗马便会存在，大角斗场倒塌，罗马就会灭亡。"这是古罗马血腥的标志，在这里似乎看到时空的影子，看到历史上最残忍的内幕，这里演绎着死亡的传奇。

罗马的古建筑都沿袭了希腊的模式，或者是古希腊建筑的复制品，在风格上充满了人的意识与人的尺度。因此，古罗马建筑借助更先进的技术手段，在造型中融汇了完美性、功能性。年年青草入阶，岁岁老树相伴，有春风，树下黄花前仰后翻，是欢欣吗？这古老的废墟群，壮观得令人咋舌，那残存的石柱，顶端雕饰百般变化，柱身长短粗细，有的布满石槽条纹，有的浑圆无痕，经岁月磨损，风晨雨夕的侵蚀，裂缝和结痂，伤痕累累。圣十字大教堂的石柱凝练而含蕴，柱头上的雕饰的繁杂与锐度被磨圆、简化，古拙而浑厚，基调早由希腊定妥。罗马就是罗马，被世人称为"永恒之都"。

罗马人对希腊的雕塑、绘画和建筑有着狂热的追求，这种狂热的模拟，只是学到了古希腊的皮毛，它并没有秉承古希腊丰富深刻的文化内涵。罗马的古建筑恢弘壮丽，充满冷静和理智，富有张力；而希腊的建筑则优雅，富有诗意之美，注重内涵，甚至具有孩子般的天真和纯净。

也难怪，罗马帝国靠强大的、所向披靡的军团横扫欧亚大陆，以战马和长枪开拓出辽阔的疆土，它的强悍、霸气，那种气吞万里、雄霸天下的威严，构成罗马人的精神元素，犹如中国大汉时代，朴野、粗拙、厚重、大气磅礴，处处张扬和炫耀着力量美和狂放美。

古罗马则崇尚赤裸裸的肉欲和感官刺激。在角斗场上，角斗士戴着黄金面具，身着发光的盔甲，用铁剑和盾牌同敌手（奴隶或斗兽）厮杀、搏击，他们不是冲锋陷阵的士兵，没有视死如归的豪情，更无为国捐躯的信念，只有一线求生的欲望，但这种欲望终于幻灭，等待他们的结局就是死亡。而看台上王公大臣、贵族将军们喝着美酒，搂着美女，心情怡悦，欣赏这人与人、人与兽血肉横飞的撕咬。他们兴奋地高呼，大声吆喝，为人兽助威，死亡的细节，在他们眼前演绎得淋漓尽致……

大角斗场，那悲壮的景象足以震撼宇宙间每一个生命，这里一砖一石，都见证了历史的荣耀和文化的野蛮。今天作为游客登上大角斗场的看台，吊古伤今，不是浪漫的情绪，而是人类兽性尚未脱尽时代的悲哀，这种兽性的发作阻碍文明前进的步伐，这是时代的悲剧，而非热情炫耀的"宏伟和壮美"。

据说角斗士竞技前习惯于饮酒，以互相激励。由于酒是事先准备的，为了防止心术不正的人给对方喝的酒中放毒药，于是双方必须相互向对方酒杯中倾注一些，这是一种礼仪。现在流行的喝酒碰杯就源于古罗马。

英国作家狄更斯看了角斗场之后写道：

> 这是人们可以想象的最具震撼力的，最庄严的，最隆重的，最恢弘的，最崇高的形象，又是最令人悲痛的形象。在它血腥的年代，这个角斗场巨大的、充满强劲生命力的形象没有感动过任何人，现在成了废墟，它却能感动每一个看到

它的人。感谢上帝，它成了废墟。

四

电影《罗马假日》实际上是罗马古城宣传片，我在回国后才看了汉译版。故事讲述了一位皇家公主厌恶宫殿禁闭奢靡的生活，想看看外面的世界。她偷偷离开皇宫，感到外面世界的一切都新鲜、陌生、好奇。她喝酒，晚上竟然醉卧街头，被一位好心的记者救了，问她家住何处，公主烂醉如泥，说不出，记者只好将她带回自己的家。第二天报纸登出消息公主有病，一切公务取消，并刊登公主照片。记者惊奇发现公主就是昨晚被救的女孩，生活贫穷的记者为了生计，约来摄影记者为抢头条新闻。两位记者便带她游览了罗马城，那古典建筑的华美、雄伟的金宫、地宫、罗马剧院、比萨斜塔、凯旋门、圣母和殉道者教堂——万神庙、大角斗场，有的只是一片废墟，但仍有震撼人心的魅力。公主震惊于古罗马的辉煌，实际上为观众展现了这个几千年的文化古国的文化古城，有奴隶制度下的芸芸众生的生命悲剧，有繁华奢靡中的醉生梦死，更有在腥风血雨中崛起的城邦。

古罗马人是一个善于吸取先进文化的开朗而豁达的民族，当他们的军事兵团征服古希腊大地时，铁蹄并未践灭古老的希腊文明和文化。相反，古罗马人虚心地学习、继承、发扬了比自己先进的文化。最突出的表现，将希腊神话附到本民族的原始神话中。例如《荷马史诗》中的故事，太阳神的故事，格力斯的故事，战神和爱神的故事，等等，改头换面，变成了罗马化的神话故事，这是罗马人对希腊文化一次全民族的抄袭——但世界上没有任何人追究版权问题。

古罗马著名诗人贺拉斯说："被俘的希腊反使蛮族主人成俘虏，她把艺术带给了粗野不文明的拉丁姆。"这点恰好像中国的元朝、清朝，这两个游猎民族，靠铁马金戈征服中原。但强大的汉族文化又反过来征服这两个蛮野强悍的民族，他们不得不老老实实在象形文字面前，一笔一画地规矩起来。

罗马和希腊都是半岛国家，但罗马人是依靠农业为主（这与中原为主的中国一样），在同自然斗争时培养了一种冷静思考和求实精神，罗马人的气质缺乏浪漫主义因子，求实、写真、缺乏想象力和艺术的独创力。艺术形象并不讲究写实，它追求艺术的真和美，到了罗马时代，人们开始转向写实的风格，人物肖像画也时兴起来。

公元1世纪，罗马吞并了希腊，古代世界文化中心从希腊转移到了罗马。

罗马的绘画艺术，不仅倾向实用主义，而且多为享乐主义、世俗生活，形式上追求宏伟壮丽，努力表现人物的个性。

刚健质朴的罗马性格，和具有希腊特点的性格相互融合。以神话传说为主题的画，也比较多。

古罗马的美术多为帝王歌功颂德。

古罗马的建筑多为公共建筑。

古罗马的雕塑由于受到宗教的影响，所以很少有人体雕刻。

希腊神话是古罗马美术创作的题材来源。

五

罗马的城徽是一尊奇特的青铜雕塑。

一只母狼龇牙咧嘴，警惕的眼睛注视着前方，腹下有两个男婴，还含着母狼的奶头吃奶。

有一个古老的传说在意大利和欧洲大地上传播至今。

古时候，特洛伊城被希腊人用木马计攻克，特洛伊王子埃纳亚逃到台伯河入海口。这里森林茂密，阳光充裕，土地肥沃。埃纳亚在河边创建了阿尔巴城国，并自立国王。

王位代代相传，传到努米托雷时，他的弟弟阿穆利奥篡位夺权，并流放努米托雷，处死他的儿子，逼他的女儿西尔维亚，将她的一对孪生子装进竹篮，抛入台伯河中。

竹篮随水漂流，在一个拐弯处被波涛冲到岸上。婴儿的哭声引来一只狼，但母狼并没有伤害他们，而是慈母般地给他们喂奶。后来母狼将两个养大的孩子放到牧羊人居住地，牧羊人带回两个孩子养大。他们的名字为"罗慕洛"和"勒莫"。

兄弟俩像他们的父亲马尔斯一样，勇猛、剽悍，膂力过人，英勇善战。他们杀死了阿穆利奥，迎回了外祖父努米托雷。努米托雷把台伯河畔帕拉蒂诺七座山岳赐给外孙，让他们在这里共建新城。

城堡建成之后，兄弟二人为了争夺新城的主宰权，哥哥杀死弟弟，成为新的国王，并以自己的名字命名新城，"罗马"就是由"罗慕洛"的名字演化而来的。

罗马城建在帕拉蒂诺七座山丘之上，因此罗马又称为"七丘城"。

罗马城是公元前753年4月21日建成的，因此，每年4月21日建城节之际，罗马市民会举行盛大庆祝集会。

"条条大道通罗马"，不仅说明罗马的交通发达，更重要一点是标志着古罗马的经济文化繁荣，也是意大利的政治中心，四面八方都有来往罗马的客商和行旅。罗马是意大利的首都，也是世界基督教廷所在地。城中之国的梵蒂冈是地球上最小的国家，也是最富的国家，它不仅没有军队，连警察也没有，它却有梵蒂冈独立国家的主权，神圣不可侵犯。

由狼奶养大的人们，创建了自己的国家，他的血脉里也流淌着狼的基因，凶猛、善战，还有点狡猾，以恺撒、奥古斯都为代表的帝国独裁者，都有虎狼般的血性，帝国的铁蹄曾旋风般地踏遍了欧洲、驰骋北非，横扫欧、亚、非的神圣罗马就出现在历史的舞台上。

风雷激荡的中世纪，十字军东征，既给罗马帝国带来巨额财富，也把欧洲引入黑暗的深渊。

2015年8月20日

我摇醒你，佛罗伦萨的石头

只要世间还有苦难和羞辱，睡眠是甜蜜的。要能成为顽石那就更好。一无所视，一无所感，便是我的福气。因此，别惊醒我。啊，说话轻声些吧。

——米开朗基罗

一

我现在正散步在意大利最著名的城市佛罗伦萨街头。街道并不宽阔，两旁是高大粗壮、苍老的槭树、橡树，庞大的树冠掩映在一起，走在街上，像穿行在森林幽暗的小径上。街上行人很少，汽车也少，哪像我们国家，大城市都是人群拥挤，车流如潮，在繁华的城市生活有一种压抑感、窒息感。在欧洲一些城市旅游却有一种轻松、舒适感，慢节奏使人的心灵变得平静、安逸。行道树外是房屋，大都是五六层的老楼房，哥特式，窗子不大，窗台和阳台都摆放着鲜花，空气里飘散着淡淡的花香，树木的气息，挺宜人的。

好啦，这里我要讲的是石头的故事——佛罗伦萨的石头是有灵魂的，有生命的。这是文艺复兴时期，一代雕刻大师米开朗基罗赋予了它们的生命和灵魂。米开朗基罗死了，这些石头还沉睡着，我来摇醒，这些佛罗伦萨的石头，其实它们一点也不显老。

说到石头，我想起许多写石头的诗句："我的身体里垒满了石头""石头生长，梦没有方向"，"长夜默默地进入石头"，"水手从绝望的耐心里，体会到石头的幸福"，"生命因孤独而沉默……化为石头"。这是中国当代诗人浪漫主义的诗句。

在这里，石头已非石头，它的元素并非石头的个体形态，诗人已将自己的激情、哲思、凝固、坚韧，还有沉重等混杂交错的情感注入石头，是诗人赋予了它精神和生命。

在佛罗伦萨，不论走在街头、广场、公园，尤其走进教堂，最引人注目的便是石头雕像，那般精美绝伦、精致的雕塑展示着艺术巨匠的才华和匠心。

世界本来充满悲惨和凄苦，米开朗基罗却要装点得很美。他借石头抒发自己的感情，向世人倾诉理想和追求。米开朗基罗手下的石头有灵魂，有思想、品质，严肃、紧张、峻切，类乎宗教信仰之物。中国宋代有位大画家米芾，爱石如痴。有一次他得到一块端砚石，竟然接连三天抱着此石入睡，人便称他为"石癫"，还传说，他见石就拜，焚香叩头。

米开朗基罗，也有对石头如此强烈的崇拜意识，他对石头充满感情，他见花不落泪，见月不惊人，唯见到石头就动情，有时遇到上好大理石料石，热泪涌流，像遇到老友故知一样，兴奋不已，以至于夜里失眠，起来点燃蜡烛，围着石头看了又看，他似乎感到沉默的石头会说话，他听到"它们的声音"，"从心底升起最高的律令"，成为艺术灵感发生的触媒和推动力量。"在他的艺术和精神谱系中被删改、修订和创造。"于是通过他的点化，那些石头便有了灵性，一连串的经典人物出现了：《圣殇》中的圣母玛利亚和耶稣，硕大无朋的《大卫》《胜利者》的白石雕像，《摩西》《奴隶》《有胡子的战俘》《十字架上的基督》……这是用石头雕刻的史诗，这是用石头演奏生命巨大的乐章。这个石头家族都流淌着米开朗基罗的基因。

冰与火、涅槃和新生、沉默和孤寂，在大师的雕凿斫削之声中化为永恒的生命，尽情表达他的悲喜、命运、时代，承担成为他作品的情感和观念的支架。这是他的主题。在他眼里，石头已非石头，是凝视人类历史和命运的节点，也是凝视者自己的灵魂和审美意识的聚集处。人们会在石头背后，看到艺术大师严峻、光辉的形象，诗性的艺术品格。

无论这些雕塑品是属于倾诉、抒情，米开朗基罗都注重细节的真实，生命的质感，人物瞬间的精神状态，细腻、生动、传神，更接近生物的神秘本性。这里蕴藏着大师的精神理念的扩张和收敛，突进和退却。

他担任着艺术开启"民智"的责任。

二

米开朗基罗与达·芬奇、拉斐尔是意大利文艺复兴三杰。米开朗基罗比达·芬奇小二十三岁，比拉斐尔大八岁。他性格极其复杂，倔强、顽韧，脾气暴躁，眼里容不得沙子，凡不合他心意的人和事，都奋力抨击，因此他得罪很多人。他性情热情激动，对人对己都极其严格，他妒忌心重。他妒忌"三杰"中另外两杰——达·芬奇、拉斐尔。他跟他的所有艺术保护人都发生过争执，所以他很孤独。

米开朗基罗小荷才露尖尖角时，达·芬奇已名满天下，事业如日中天，但米开朗基罗不服气，他要与达·芬奇一试高低。那时米开朗基罗在米兰，达·芬奇在罗马。1504年，他们在佛罗伦萨狭路相逢。这年米开朗基罗受委托为韦奇奥宫绘制大型壁画《卡西纳之战》，而达·芬奇正在同一宫庭绘画《安吉里亚之战》，后来，两幅壁画恰巧安排在对面墙上。米开朗基罗保密地在圣奥诺弗里奥医院里绘制草图。画中人物相互交错，姿态各异，转动、扭曲、蹲着、趴着、吹号角、扶同伴……反映了这场气势宏大战争的激烈和残酷。狂热的创作欲望像烈火般熊熊燃烧，他感到一场恶战的到来，棋逢对手。他高傲的心里，带着讥讽的表情。

和真正宏大制作的渴望，倾泻那"排山倒海般的激情"。他天性中的竞争意识，寄托着天风海雨般的创作精神！

达·芬奇在对面墙上绘制巨幅壁画《安吉里亚之战》。达·芬奇不起草，也不用传统的湿壁画法，而是用自己发明的油画颜料直接绘在墙上。

这是一场没有锣鼓喧天、呐喊助威的擂台赛，也是人类艺术史上罕见的奇观。这两位艺术巨擘都在绘制一场大战的场景，其实二人心中也进行着一场恶战。一个是血气方刚的青年艺术家，一个是成果累累、技艺卓越、在艺坛享有盛誉的大师——那年达·芬奇五十二岁，米开朗基罗二十九岁。

他们都是孤独者。

这是一场短兵相接的大赛。

遗憾的是他们都没有完成预期的作品。

这是天意。两位巨擘的比赛，没有结果，恰恰是最好的结果。其实艺术是有高低之分的。后人曾评价米开朗基罗的壁画，看到这神圣的人体后，有人说："他们从未见过这样神奇的画，除了米开朗基罗外，无人画出这样的作品。"

米开朗基罗对小他八岁的另一位艺术大师拉斐尔也是瞧不起的。拉斐尔从前代艺术大师们的画风和技法中汲取营养，幻化出柔和、圆润、饱满的调和之美，以其洗练的画技，将文艺复兴的个人主义发挥到了极致。人们形容拉斐尔的素描画稿就其生动性、灵活性而言简直像是一种"用钢笔进行的舞蹈艺术"。虽然达·芬奇和米开朗基罗在佛罗伦萨画坛威望极高，像两座巍峨入云的高峰，但并未束缚拉斐尔的独创精神。正如德国诗人歌德所说的："拉斐尔根本用不着去效仿古希腊人，因为他在思想和气质方面已接近古希腊人。"

有一次年轻气盛的拉斐尔要同米开朗基罗在艺术上一比高低，各作一幅画公开展览，让佛罗伦萨的观众品评。

比赛开始了。

这一天广场上挤满了人。

拉斐尔出现了，他把遮挡布拉开，只见画面出现的葡萄鲜活水灵，水晶般闪光，如同谁刚采摘下来的，竟然引来几只小麻雀啄食。

拉斐尔非常得意，围观的人也赞赏不绝。

米开朗基罗冷冷地站在一旁。

有人喊叫，让米开朗基罗也把自己的遮挡布揭开，一视公目。可是米开朗基罗仍站着不动，只是嘴角露出一丝冷漠、孤傲的笑意。

拉斐尔催促米开朗基罗快快拉开遮挡布，但米开朗基罗仍然不动，性急的拉斐尔上去就扯开。突然，拉斐尔惊呆了，两个眼珠霎时停止了转动，半天才恍然大悟叹道："我输了！"

原来这块遮挡布就是米开朗基罗的作品，拉斐尔只不过骗了几只麻雀，米氏的画作却让在场的所有人震惊了。

拉斐尔的画在艺术表现力上仍不是米开朗基罗的对手。

这更增长了米开朗基罗的傲慢和狂妄。他讥讽的微笑和阴沉的目光，使拉斐尔无地自容。

以后米开朗基罗越发恣肆纵横，恃才傲物，目空一切。他本是孤独者，而且越发孤独了。他说"我不和任何人谈话，也渐渐地和社会脱离了"，"对于人类的利害、要求、快乐、思想也都淡漠了"。

三

傲慢和偏执，再加上顽强和狂热，组合成一尊巍峨的艺术大师的雕像——他就是米开朗基罗。

米开朗基罗出生后，由于母亲身体虚弱，他被送到佛罗伦萨郊区一个远亲石匠家里。他从摇篮里，从牙牙学语时期，就呼吸着石头的气息。他命中与石头结缘，无言的石头伴随他一生。他幼年就是喝着石匠奶妈的奶长大，似乎生命基因里注入了顽石的元素。他生性倔强、坚毅、忍耐而刻苦，像石头一样缄默、凝重。

米开朗基罗多才多艺，是文艺复兴时期的典型的天才。他在建筑设计、雕塑、绘画、诗歌创作都有杰出的贡献，随便抽出哪一门类，他都可以称为大师，但他仍然称自己是个雕刻家。他偏执地认为雕刻家比画家卓越得多，伟大得多，只有雕刻家才能跟上帝有着共同的事业，上帝创造了人类，雕刻家则再现了人在空间中的形象。

米开朗基罗在雕刻创作中，他的思维，首先寻找观念，寻找形象，他对石头沉思默想，他如饥似渴地期待神祇拯救灵魂，这种观念和形象是被囚禁在石头中的。他说，用凿子和斧头把那些多余的石块除去，那个囚禁在石头中的形象就被解放出来了。也就是中国古代文艺理论所说的"胸有成竹""呼之欲出"。据说他雕塑一件作品，从来不拿尺子计算长度、宽度、高度三者的比例，他用眼睛来判断，用手来操作，用心灵去计算，依靠充满灵气的敏锐视觉去发现令人悦目的比例关系。他雕塑作品的过程是一场审美心理的外在表现，愉悦的表现，那是一种自由美。

他早期的雕塑作品的代表是《楼梯旁的圣母》，是浮雕，就像磅礴的晨曦一样，他的天才像乍露的太阳已经隐隐升起。他的出现"令人敬畏和震动"！题材是传统的基督教题材，圣母玛利亚撩起衣襟哺乳圣婴耶稣的情景：圣母坐在台阶上，自然而温文尔雅，小耶稣从她衣襟下露出大半个身子，一条结实的小胳膊，动态自然而协调。整个作品线条流畅，那神态、那表情、那肢体的姿势，肌肤富有质感和弹性，似乎感到脉搏的跳动，细腻而雅致，还有那衣褶，头上披巾，像漾漾流水，似微风吹拂，衣褶恰到好处地飘逸，甚至那长袍、头巾的质料都清晰可辨，真是天然，是天工！你不会相信这居然是大理石的雕刻，一种梦幻之美，神秘之美！

现在我正参观梵蒂冈圣彼得教堂，对面是米开朗基罗的传世之作《圣殇》。二十三岁时，米开朗基罗独闯罗马，他接受了法国红衣主教的委托，为圣彼得教堂制作《哀悼基督》《圣殇》的云石雕像。年轻的米开朗基罗兴致勃勃，信心十足，为此他专程来到卡拉拉的云石矿去选择最佳质量的云石，并告诉他的"老板"，他要在罗马雕制一件"最美丽的云石雕像"。

实际上这是一块不大的云石，雕像画面是圣母玛利亚右手搂抱着受难后遍体鳞伤的耶稣，左手微微摊开，垂首凝目，悲痛欲绝，在不可言喻的无奈和真挚的怜爱之间，把圣母对上帝旨意的顺从和丧子的哀痛刻画得淋漓尽致。

雕塑一展出，轰动了罗马。当时米开朗基罗是个无名小辈，自然会引起大哗和批评，圣母怎么比自己儿子还年轻？成年的儿子怎么可以躺在母亲的膝盖上呢？这是谁雕塑的？有人指出圣母玛利亚比耶稣大十八岁，耶稣死时为三十三岁，那么玛利亚应该五十一岁，是位老妇人，而《圣殇》中的圣母还是个十八岁的少女！太荒唐了！人们指责这是个蹩脚的雕刻家。有人甚至攻击，这哪是圣母，简直是一个粗蛮的村姑。米开朗基罗听到人们的批评，当夜就来到圣彼得教堂，郑重地刻上自己的名字："佛罗伦萨人米开朗基罗作。"

这是米开朗基罗第一次在作品署名，也是唯一的一次。米开朗基罗向人们解释，圣母玛利亚，代表崇高、神圣、圣洁，那么她永远年轻，她不受岁月的蹉跎、人生风雨的摧残！

这真是大师之作，圣母坐在那里，瘦弱的耶稣细长的身体横卧在圣母膝上。圣母的衣褶遮住他厚实的双肩，而她的面孔却是娇嫩的。这件作品成功"倾泻了一种无声的感情力量，一种听天由命的悲悯，一种充满哀思的默祷或某种神秘主义气氛"（王化学语），它内涵丰富地表现了人类最崇高的母爱。

此后，米开朗基罗创作了一系列的以圣母为题材的雕塑。《大卫》的创作，使他赢得广泛持久的赞誉，是文艺复兴时的"稀世奇珍"。大卫是古犹太的王，以色列民族统一的领袖。《圣经》记载，还是牧羊少年时，他就勇敢上阵，抵抗强敌进攻，并掷石块，打倒敌人的勇士，建立功勋，被世人传颂为民族英雄。米开朗基罗雕塑大卫，无疑在他意念里是要创造的巨人，是捍卫自由与和平的化身。他应该有信念，充满智慧和力量、意志和坚强，是故乡的保护神。

现在我就站在《大卫》雕像面前，我清晰地看到大卫的脸部及肌肉紧张而饱满，坚毅和刚健的神气，充满武士魔力。他的姿势似乎是在休息，但仔细观察，雕像躯体姿态却表现出某种紧张情绪，静中有动，他的躯干、手、脚，都注满了生命的激情，威武、剽悍，浑身上下涌动着不可战胜的力量。

米开朗基罗也是1504年完成《大卫》，时年二十九岁，正是中国人所说的"而立之年"。

《大卫》的出现震撼了意大利，也震撼了整个文艺复兴时代。

四

《大卫》给青年雕刻家米开朗基罗带来了巨大声誉，令他名扬天下。1505年3月，罗马教皇尤里乌斯下诏：米开朗基罗为尤里乌斯本人建造一座庄严而华丽的坟墓。这简直是天意，注定米开朗基罗成为一位至高无上的艺术巨匠。

米开朗基罗脑海里出现了巨大的创作计划，他要创造一座山一样的建筑。他以巨大的热情和狂热的创作欲望投入这项举世无双的宏大工程。

他去了卡拉雷，在石厂选择他需要的白石。他在卡拉雷住了十一个月，"他完全被一种狂热笼罩住了"。"一天他骑马在山上闲逛，他看见一座威临全景的山头，突然想起把它整个雕刻起来，成为一个巨大无比的石像，使海中远处的航海家们也能望到……"

米开朗基罗克服种种困难，终于把云石从卡拉雷运到圣彼得广场并开始雕刻。卡拉雷的云石，质地均匀细密，纹理清晰，清雅莹润，有刚有柔，叩之有声，斫之有形，一凿一斧之中，米开朗基罗把激情、信念、理想和爱注入石头之中。这座陵墓原先设计成三层，顶部是石棺，底层有八至十个胜利女神，还有十六至二十个战俘雕像，中层四角安置着《摩西》《圣保罗》《活跃的生命》和《沉思的生命》等雕像。这是一座庞大的雕塑群。

米开朗基罗努力工作了三年，只有三尊雕像接近完成，这就是举世闻名的《摩西》《垂死的女奴》和《被缚的奴隶》。尤里乌斯二世陵墓以其巨型结构为米开朗基罗提供场地，使他可以施展才华去制作那些悲剧性的、"超人"的雕像。

《摩西》的出现又震撼了艺术界。它塑造了一种悲剧英雄的典型形象。一些西方美术家普遍认为是米开朗基罗最成功的作品，从雕像姿势看，是《圣经·旧约·出埃及记》中刚刚走下西奈山的摩西。摩西在控制着巨大的愤怒，这是大自然最本质力量的化身。

这座陵墓从1505年动工，到1545年竣工，中间不断停工、修改，又开工，又停建，折磨着米开朗基罗长达四十年之久。

米开朗基罗豪迈的气概、充沛的精力和几乎无所不能的创造力，在接受尤里乌斯教皇建造陵墓不断停工的间隙，又被美第奇请到罗马，为这个家族设计建筑先贤礼拜堂，并为美第奇建造陵墓。这就有《昼》《夜》《晨》《昏》四尊震撼人心的雕像，使米开朗基罗在巨匠、雕刻家、雕刻泰斗的天梯又登上一个高度。但美第奇家族陵墓及其雕塑是纪念碑式作品，也是米开朗基罗艺术生涯中重要转折点的作品，这些形象都透露出不安、紧张和带有屈从的辛酸和难言的悲哀，他原来的理想破灭了，这种理想的破灭正是16世纪意大利社会思潮特征的反映。

文艺复兴的黄金时代已近尾声。

1508年，米开朗基罗又被从佛罗伦萨召回罗马，被强迫用壁画来装饰西斯廷小礼拜堂。这是圣彼得大教堂群中主教堂大殿内的厢房式的小礼拜堂。那天，我随旅游团走进西斯廷礼拜堂，一进圣彼得教堂，收门票时发给每人一只翻译器，戴在耳朵上，只听到讲解员用中文讲解。

米开朗基罗性情傲慢，举目皆空，不知什么事惹得他不高兴，撂下挑子，一气从罗马跑回佛罗伦萨。后来教皇（政教合一，就是皇帝）四次下诏，要他回来，诏书并没有严词厉句，反而用语谨慎，一片温和，不敢得罪这位举世闻名的艺术天才。但是米开朗基罗对教皇的诏书，不予理睬。教皇只好派米氏的朋友赴佛罗伦萨亲自说合，米开朗基罗说："教皇不得有报复之心，必须写书面保证书，身心不得受任何损害。"教皇乖乖地写了保证书，米开朗基罗才回罗马，重新拿起画笔和锤子。

天哪！这教堂巨大的圆形穹顶，最负盛名的油画则是米开朗基罗的壁画《创世记》和《末日的审判》。仰望穹顶壁画，不能不为气势磅礴、经天地纬、旷古罕见的鸿篇巨制所震撼！想想吧，当年米开朗基罗已至花甲之年，天长日久地仰着脸，一手端着染料，一手挥动画笔，日夜不息，艰辛劳作，那将是以生命赋予艺术的创造。

米开朗基罗是新柏拉图主义者，柏拉图哲学是罗马帝国衰微时期的哲学，这是人类历史上智慧所能建立的最为庞大、最具胆略，同时影响也最深远的哲学体系。米开朗基罗以宗教的献身精神投入创作，像耶稣背着十字架一样承受着命运的苦难。宗教精神实际上是一种英雄主义精神，一种牺牲精神。西斯廷教堂的穹顶是一片裹卷万方的色彩和线条的浩瀚大海，"创世记"的大场面，十二幅希伯来史传说故事与耶稣先祖圣迹图，十二位先知或巫女造像……那一幅幅壮阔的画面，都灌注着米开朗基罗汹涌澎湃的创造激情与力量，大师以排山倒海之势，描绘出耶和华翱翔宇宙，"目光炯炯，鬓发苍苍，面孔威严，充满信心"的伟岸形象。指点苍茫，摆布日月星辰，开天辟地创造世界的恢弘气魄！使人走进天地鸿蒙、混沌初开的创世记的太古时期……

他写诗反映自己精神上的苦难："太阳的光芒耀射着世界，而我却独自在阴暗中煎熬。人皆欢乐，而我，倒在地下，浸在痛苦中，呻吟、号哭。"

五

好啦，让我们回到佛罗伦萨的"石头"上吧，米开朗基罗也是"石癫""石痴"，石头是他的拜物教。米开朗基罗被誉为"大师""巨匠""神工"，"不唯其博大深邃的思想，作为艺术家的他还有超凡脱俗卓越的技工和手段，这种恰到好处，臻于化境的艺术技巧，早在他的青年时代就达到炉火纯青了……这种出神入化的技巧，来自天才，也来自勤奋，为了倾心相与的艺术，米开朗基罗鞠躬尽瘁"，度过了苦行僧式的一生，他一生未婚，直到临终前几天，"仍在抡锤挥錾修改雕像"（王化学语）。

现在我摘录米开朗基罗与石头感情的小故事，从中你可以看出艺术巨匠艰辛和高贵的神圣的艺术精神。

米开朗基罗天生就是痛苦的，在西斯廷绘天顶画时，他觉得人生的悲惨，但脚手架上的活总也干不完，他想回家，但他的故乡被埋没在艺术编年史所谓"可怕的恐怖浪潮"之中。米开朗基罗像贝多芬一样是人类的英雄，一生未婚，没有家庭的温馨，没有天伦之乐的享受，在痛苦中追求艺术，追求生命的奥义，一生匍匐在缪斯女神足下，冷郁阴沉，不知白昼黑夜，在艺术的苦海里挣扎、奋搏，沧海茫茫，何处是岸，当米开朗基罗从脚手架下来，头颅和脖颈竟不会扭动了。

他认为雕刻就是"通过削减而实现的艺术品"。他在诗里曾对雕刻艺术有近乎神秘的理解：美术家的功绩就是"把形象从外壳之下解放出来"，"敲掉多余的石头"，形象就诞生了。在他看来，形象藏匿在石头中。"雕像在岩石里不自由，恰如灵魂在肉体里不自由一样。"雕像渴望脱颖而出，就像灵魂渴望上升，脱离肉体自由飞翔一样。

我们可以质疑米开朗基罗的艺术理论，但我们不能不敬畏他们的艺术创造精神。他说："天上的那把锤子，则以自己的运动既把别的东西加工成美的，也把自己本身加工得更美。"这是源自天国之美，这灵魂来自天国！这是地上最伟大最孤独的灵魂！

佛罗伦萨的石头，我来摇醒你！在圣十字大教堂的名人墓，我终于见到了米开朗基罗本人的雕塑在他的墓前，这是晚年的形象，满脸的络腮胡子，苍白的头发，目光冷漠有斜睨一切的气势，但毕竟苍老了，一脸倦色。他沉默不语，醒醒吧，米翁！

2015年7月26日

在但丁像前想起屈原

一

佛罗伦萨的天空很明净，透明而沉静的蓝，干净温暖的阳光，还散发着古典的芬芳。街道两旁不仅楼房林立，更多的是古木参天，还有小片的森林，浪漫主义拥抱着生命，拥抱着古城。恩格斯说："封建的中世纪的终结和现代资本主义纪元的开端，是以一位大人物为标志的，这位人物就是意大利人但丁。"

但丁是个叛逆者，《神曲》是他在因反对教皇、被判终生放逐的流亡生涯中写成的长诗，世界文学史上最重要作品之一。

这首长诗以梦幻文学形式来影射现实。说是但丁在睡梦中在一片森林里迷了路，情势十分危急，古罗马诗人维吉尔受但丁青年时爱恋的美女阿特丽斯的嘱托前来搭救但丁，然后又作为但丁的向导带他游历了地狱、炼狱和天堂。

但丁笔下的地狱分九层，这里的鬼魂永世不得翻身。第一层聚集了柏拉图、亚里士多德、苏格拉底等一批古代哲学家，他们生活在耶稣出生之前，没有接受过宗教洗礼，所以被称为异教徒，在那里接受宗教审判。第二层到第八层都是生前受过各种惩罚的鬼魂，越往下罪孽越重，贪色的、贪财的、杀人放火的、阿谀奉承的、卖官鬻爵的、贪官污吏、伪君子、盗贼、教唆犯、挑拨离间者、蒙骗造假者等等，他们分别接受不同刑法的惩处。譬如卖官鬻爵的，让他们栽在一个洞窟里，两只脚被点上了火。最下面的第九层，有三个罪大恶极的鬼魂在受刑，一个是出卖耶稣的犹大，另外两个是谋杀罗马恺撒皇帝的叛徒卡西奥和布鲁托，他们被长着三个脑袋的撒旦咬在血盆大口里。

诗人在炼狱中，见到那些生前犯有各种过错的鬼魂，经过炼狱之火的洗礼——也即劳动改造的教化。学习、洗脑，道德修养，灵魂得到净化，而获得新生，至于天堂，那是净界，一切都是光辉灿烂，至善至美，在这里获得真理和幸福，是人生最高境界。

诗人，迷路，实际是人类的迷惘，当人类追求真、善、美，走向光明的路却有豹、狮、狼挡住去路。这三只恶兽就是强权、淫欲和贪婪，说明白一点，就是权、性、钱，和今天的现实多么贴近。所谓经典作品，都揭示了人类社会发展规律，揭示了人性的美和丑的博弈。

所有这些，一部具有强烈政治倾向性的作品，鲜明地表现了诗人对人生哲理、祖国前途和人类命运的思考和探索，其进步意义在于运用充满各种矛盾、斗争和贪欲的现实生活为素材，借用梦幻来表达诗人的政治、道德和宗教的观点。

但丁在作品中无情地揭露和抨击了中世纪教会的贪婪腐化，封建统治者的残暴专横。在"天堂"篇章中，诗人又竭力向意大利人民展示了改革政治和振兴道德的道路。

但丁在青年时爱上一个和他同龄的美丽娴雅的少女贝雅特丽齐，他是单相思，后来他再见到这个女孩，她已经出落为大姑娘，美姿仙态，使他心灵震撼，感到周身血脉偾张，她的目光使他蓦然惊呆，她落落大方地向他致意，他感到无边幸福，他爱她，写诗赞美她，但不敢向她求爱，当这个姑娘嫁给一位钱商时，他感到绝望和悲哀、悔恨。（他的诗揭示了初恋时的真实心理，这一切表明，他已经投入即将到来的新的、关于人的发现的伟大工程。）

这部诗集名为《新生》。

其实，但丁对贝雅特丽齐的爱情，带有理想化的色彩，他把她看作真、善、美的象征和化身。

但丁的爱情抒写大都是精神上的真挚的爱，既没有骑士文学的矫揉造作，也没有文艺复兴时期文学的淫逸肉体之欲。一切都是天真无邪。

1302年1月27日，教皇以但丁反对教皇和查理、扰乱共和国和平的罪名，判处五千小佛罗林罚金，流放边境二年，因为拒不认罪，又改判永久流放，但丁被迫离开故地和亲人，在外流浪达二十年之久，客死他乡。

但丁的流亡生活是极其艰难和痛苦的，他像乞丐一样四处讨饭，常常饿肚子。"我诚然是一只没有帆、没有舵的船，被悲痛的穷困吹出的燥风飘送到不同的海港、海湾和海岸。"他在《神曲》中也抒写了自己流浪生涯的痛苦，他饱尝了"别人家的面包是多么含着苦味，别人家的楼梯是多么升降艰难"。世态炎凉，人情冷暖，屈辱和睥睨，饥饿和艰辛。但丁并没有向命运屈服，他竟然高傲地说："我认为，我遭到放逐是光荣的。"他被放逐十一个年头时佛罗伦萨对逐臣实行大赦，但没有但丁，到第十五个年头，佛罗伦萨教皇说，只要但丁愿意付一笔罚金，头上顶灰、项下挂刀游街一周，便可回国。但丁听说，十分愤怒："这是损害我但丁的名誉，我决不再踏上佛罗伦萨的大地！"

但丁在流放期间孜孜不倦地写作，完成了《论俗语》和《飨宴》两部著作。流放生涯使但丁视野扩大，体察社会更深刻了，思维更敏捷、思想更幽邃了。1307年后，他全部精力投入一部分代表作的写作。诗人从更广泛的领域里去总结历史，阅读人生，评古论今，褒贬善恶，探索光明坦途。

《神曲》的创作宗旨就是"使得生活在这一世界的人们摆脱悲惨的境界，把他们引到幸福的境地"。

在《神曲》中我们可以看到两个世界，基督世界和古代世界。中世纪的欧洲，不承认基督教以外的世界，宣扬教外世界就是宣扬异端，是要受到处罚的。但丁视基督教世界和古代世界是并行的。对古代圣贤，特别是那些给人类"荣誉和光明、智慧"的精英——荷马、苏格拉底、柏拉图、亚里士多德、维吉尔、奥维德、贺拉斯，还有罗马大帝恺撒、演说家西塞罗、几何学家欧几里得、医学家希波革拉，热情赞扬他们不是"罪魂"，他们将会升入天堂。

《神曲》简直是一股强劲的清风,吹进僵滞的基督教世界——像一缕强烈的光束,使黑暗的中世纪颤抖,一个封建专政的时代在但丁思想的强大地震中,出现裂纹,下面将摧枯拉朽,淹没一切,毁灭一切,再造一切文艺复兴的大潮来临了!

<h1 style="text-align:center">二</h1>

但丁是大潮的信使。

人性的奥秘,理性的价值,生活的意义,人文主义思想的滥觞出现在古罗马这片神圣的土地上。

但丁的《神曲》看似虚幻中的事物,地狱、炼狱、天堂、亡灵,都是隐晦的,不存在的,诗本身属于"神话",但诗人绝不凭空捏造,只是将人间的假恶丑、真善美化成扑朔迷离梦幻中的事物,将意象化为具象。

法国浪漫主义画派的拓荒者,大师德拉克洛瓦的《但丁的渡舟》便是取材《神曲》"地狱"篇第八首诗,从画面上我们看到赤身裸体的鬼魂,在湍急的河水中挣扎、呼救、呻吟、厮打,企图获得重生的欲望,他们拼命往船上爬,小舟只有两个人:但丁和引导他的维吉尔。那些幽灵愤怒地咆哮着,瞪着愤怒的眼睛,满头满脸是污泥,这些该死的幽灵,在阳世作恶多端,乏善可陈,现在得到报应了吧!整个画面是一片恐怖、紧张的氛围,阴郁的天空,汹涌的波浪,远处的火光,惊恐和痛楚、愤怒与颤栗的幽灵,可怕的死亡之河!

罗丹,也以《神曲》为题材,创造了许多雕刻作品,这些雕塑以哲学式的批判精神,对人类的种种不幸深表同情,对人性恶进行鞭笞。他的《地狱之门》表现的主题:"你们来到这里,放弃一切希望!这里充满着叹息、抱怨、悲啼,在没有星光的空气中煎熬着,空气中骚动不已,一片垂死的挣扎和毁灭的绝望……"

罗丹最著名的一尊雕塑《思想者》,实际上是以但丁为模特的。他崇拜但丁，他是人类思想的化身。雕塑中的身体健壮的男子，蜷曲而坐，郁积的愤懑，反抗的情绪，使他每一块肌肉因内在力量而鼓胀着，他浑身是力，却被痛苦缠绕、压弯，而得不到世人的同情和理解。真是屈原"世人皆醉我独醒"的状态。人类为什么这么悲惨呢？因为人本身有原罪，这原罪就是欲望，金钱的贪婪、权力的驱使、色情的诱惑，对欢乐和幸福的追求，因为有这些"追求"，才有了罪恶，如果没有这些欲望，人也没有痛苦、没有罪恶、没有爱和恨，那么人类生存还有什么意义和价值？人生还会有什么闪光和出彩的魅力？人变成植物人，变成石头，这更让人痛苦，思想者陷入永思不得其解的矛盾和痛苦的深渊——这是生命的秘密，这些渗透了罪恶、美丑、纯真和淫邪的灵魂，谁来拯救呢？

我想但丁像屈老夫子一样，衣衫褴褛，步履蹒跚，踏着泥泞，迎着风雨，在异国他乡孤独地漂泊，寂寞地跋涉……饥饿、寒冷，他像乞丐一样遭到世人的睥睨、厌恶，那真是一幕幕令人心碎的悲剧！屈原《九章》的《涉江》一文中详细叙述了放逐他乡的路程："济江湘""乘鄂渚""邸车方林""乘舲上沅""发枉陼""宿辰阳""入溆浦"。流浪九年，他想报国，可是君昏臣奸，高堂一片昏暗，众人皆醉我独醒，举世浑浊我独清，在无可奈何之际，才纵身清流，溺汨罗江而亡。

整个《地狱之门》就是罗丹企图表现人类在数不尽的痛苦深渊中挣扎的尝试。

屈原是楚国的高官，位尊禄丰，生活多么滋润，他偏偏与皇上对抗，偏偏坚持自己的意见，认为自己是真理的化身，结果遭到流放贬谪；像但丁一样，行吟泽畔，放歌晨风夕雨中，一路悲鸣，一路叹息，"路漫漫其修远兮，吾将上下而求索"，《离骚》《九歌》也是痛苦中诞生的，《神曲》也是痛苦的分泌物，那么德拉克洛瓦的《但丁的渡舟》、罗丹的《地狱之门》也是痛苦的产物……痛苦，对于个人是不幸的，对人类来说，则是创造之母。

人是聪慧而愚蠢的动物，明明是宇宙中的一粒灰尘，却狂妄宣称给他一个支点可以撬动地球，而且怀抱着这种欲望去征服自然，征服宇宙，他渴望在创造中解脱痛苦。谁知，在这种欲望和理性的矛盾中挣扎的人们陷入更深刻的痛苦，而那些诗人、艺术家，还自我安慰，只有历经磨难、饱受苦难的人，才可能创作艺术魅力扣人心弦，且具有崇高之美的艺术品……

但丁的雕像坐落在圣十字大教堂大门的左侧，右侧则是《大卫》，是佛罗伦萨文艺复兴时期的雕塑家、诗人、画家米开朗基罗的作品。它耸立在圣马可广场。但丁的雕像高高站在石台上，魁伟的身躯，清癯优雅的脸庞，目光深沉睿智，头微垂，嘴角棱线清晰、遒健，线条上挑，一种大诗人潇洒飞扬、狂傲不羁的气质和战斗者的风采，只是眉宇间浮动着一片忧郁的云，像雨后云雾缭绕的青山。

但丁身上披风衣褶飘逸，像是在风雨弥漫的征途上跋涉，那粗硬得像细钢丝的头发，很有风度地被风吹得仄向一侧，我想起中国的诗人屈原，在凄风苦雨中跋涉的形象。形销骨立，一脸沧桑，一身倦意，只有长发飘飘，如精神的旗帜。孤独寂寞，世人无人聆听他凄苦的歌吟。只有风雨陪伴他，只有漠漠的阳光抚慰他。但丁，一个苦命的行吟诗人，像屈原一样，为真理献身，因反对教皇的虚伪和狡诈，而受到"罪人"的待遇。

人的罪恶由不可克服的欲望而来，而欲望是由于人类对光明与欢乐的追求而来，因此人类的欲望就是罪恶的渊薮，人类的欢乐就是导向罪恶的途径，而人类的痛苦就是注定不可抗拒的，永无完结。因为这种欲望和理想很难截然划分。

14世纪，发端于意大利，随后波及整个欧洲的反神学的文艺复兴运动，是一场思想文化的解放运动，新兴的资产阶级为了反对宗教神学的黑暗统治和封建专制，借助复兴经典文化运动，利用古希腊文化中蕴藏的世俗观念、民主思想、理性主义和探索精神，与宗教神学中的专制主义、蒙昧主义、经院哲学相抗衡。他们在文学、绘画等方面极力宣扬以人为中心的人文主义思想。

我回到住地，找到行李箱，拿出一本《中外文化交流史》，这是何芳川先生的大著。在旅途中，看山，看水，看城市，看村庄，看绘画、雕塑，那是历史遗存；再读一读记录历史的文字，视野更开阔，灵扉更明亮。读读文化史，你会明白：人类创造了历史，创造了文化。但人又是特定历史的产物，是"文化精神凝聚之人""文化所化之人"。但丁、米开朗基罗、达·芬奇、拉斐尔等，他们点燃了文艺复兴之火，他们也是火中涅槃的金凤凰，文艺复兴也再造了他们。个体命运与文化的命运比较起来，实在太渺小了。

2015年9月2日

佛罗伦萨郊外的山居

萌萌：

我不知道你读过徐志摩的散文《翡冷翠山居闲话》吗？这是一篇很著名的美文，翡冷翠，现在通译为"佛罗伦萨"，位于意大利的中部。徐志摩以妙笔生花，描写他在佛罗伦萨郊外山居的情景：

> 在这里出门散步……足够你性灵的迷醉。阳光正好暖和，决不过暖；风息是温驯的，而且往往因为他是从繁花的山林里吹度过来，他带来一股幽远的淡香，连着一息滋润的水气，摩挲着你的颜面，轻绕着你的肩腰，就这单纯的呼吸已是无穷的愉快；空气总是明净的，近谷内不生烟，远山上不起霭，那美秀风景的全部正像画片似的展露在你的眼前，供你闲暇的鉴赏。

徐志摩是个浪漫主义诗人，不管什么东西，什么地方，到他笔下都如诗一样美，一样动人。他1925年来欧洲旅游，到佛罗伦萨时究竟住在哪个山庄，现在很难考究，也难寻找了。而今我们离开喧嚣热闹的佛罗伦萨，也去郊区山庄享受山居的美景了。

大巴司机轻车熟路，沿着并不宽阔但很光洁的公路向山野驶去，车轮在沥青路面发出轻快的沙沙声。窗外的风景如画一般，一页页翻去。意大利的天空湛蓝湛蓝，云洁白洁白，五月的风温柔得叫人心醉，起伏跌宕的丘陵、山野一片翠绿苍碧，看不见劳作的农人，看不见工作的农机，山野很静。

车行一个多小时，我们的大巴开始向山路上爬行，路两旁尽是高大的乔木，有桉树、槭树、椴树，更多的是冷杉、雪杉、山毛榉，粗野蛮横，枝杈勾连，遮住了山路，光线变得幽暗，树枝擦着车窗，不时发出哧哧啦啦的声响，挺骇人的。车行半个多小时，天空豁然开朗，只见几幢别墅悠闲地坐落在山头，红瓦、白墙，像童话里的房子美丽动人。

导游说，今晚我们就住在这里啦。

这不是古城堡，是现代化别墅，一切装饰都很现代。

这山庄旅馆蛮豪华的，不亚于城里四星级宾馆。窗外是一个偌大的花园，正是暮春夏初时节，花园里莺飞草长，草木葱茏，一片勃勃生机，花开得热热闹闹，蜂蝶舞得兴高采烈。花园的东面是蜿蜒的山麓，山麓是大片的茂密的树林，树木高大伟岸，那是山毛榉——遍布欧洲、在中国却极其罕见的树种，它们是树中的"巨人"，高达五六十米，有十七八层楼高，树身笔直，不枝不丫，拼命向天空生长，树冠不庞大，形成团抱状，紧凑顽强。花园旁还有一条小溪，像一条白飘带袅袅娜娜遗落在草地上，岸边杨柳婆娑，为它唱着永久的摇篮曲。

小楼分三层，我们的房间是208。欧洲人干什么都认真，把底层作为"零层"，208实际上是"308"。阳台宽大，不封闭，摆着很雅致的桌椅，可以品茗、聊天，也可以玩牌，更多用途是观赏风景。阳光和空气都很友好，清新鲜美。

房间优雅、洁净，木质地板，不上漆，原色，还散发着树木的芬芳，淡绿色的窗纱给人一种青春的气息。雪白的粉壁上挂着两幅油画：一幅画着一个丰硕的罗马女人和一只花瓶，据说是临摹某名画家的作品；另一幅画着一只大公鸡，没有背景。雄鸡气宇轩昂，高昂着头颅，翘着雄性的尾巴，鸡冠火红，像一面旗帜，潇洒而勇猛，使我想起英国漫画中，有一幅"高卢雄鸡"，将爪子伸进沙漠海滩，从安德列斯群岛到太平洋，包括非洲的广阔领地在内，都将化为自己的殖民地。这幅漫画是讽刺法兰西的野心勃勃，当年法国甚至将远东也划入自己的势力范围。

我想这房东祖籍可能是法国人，法国的国鸟就是雄鸡。法国人浪漫，将雄鸡视为国鸟，真是奇思妙想。法国人说，公鸡能报时，公鸡勇敢、顽强的性格也受到国人的喜欢。直到今天还用"高卢鸡"来代表法国的形象，犹如用"约翰牛"称呼英国一样。

安顿好，我们通过导游小张和"老板娘"聊起天来。这老太太身材高大、健美，富态而文雅，肯定是个知识妇女，年轻时准是个美女——法国女郎。老太太说，她不是这房子的主人，她给女儿帮工，女儿嫁给意大利某大学教授，她家在佛罗伦萨市区。老太太说，她今年七十二岁，退休前是中学校长。她有三个女儿，这是小女儿的家。他们原籍是法国巴黎，和巴尔扎克、莫泊桑是老乡。她说很喜欢中国，她去过中国三次，参观过故宫、长城，上过八达岭，还见过长江、黄河，还到过西安参观过兵马俑。公元8世纪（中国唐朝），出现一位雄才大略的查理大帝，几乎统一了西欧。他的几个孙子于公元843年三分其国，这就是今天的德、法、意的雏形。

走廊里挂满画框，画框不大，很精致。意大利是文艺复兴之源，这里依然散发着古老的艺术气息，有现代风格的油画、水粉画、乡村素描，看得出主人是多么热爱艺术，也透露出主人细腻、丰富的感情。

吃罢晚饭，太阳还未落山，我们三五成群散步在山坡上、庭院里。这哪里是山？是一片高埠，连丘陵也算不上，却很适宜人居。

落日沉溺在云海里，眼前是一片奇异的景观，那云彩十分罕见。不是玫瑰红，不是菊花黄，也不是葡萄紫，是黛蓝、墨蓝、苍茫、雄浑、浩瀚，半个天空都布满这种忧郁的色彩，厚厚的云层的鳞隙中偶尔露出一缕赤红，鲜血一样骇人，太阳就在云层里挣扎、沉浮，一幅耶稣受难的悲哀。在很远的地方就是海——亚得里亚海，也许茫茫的大海和天空黏连在一起，海天难辨。那变幻的云似城堡、似岛屿、似奔腾的千军万马的方阵，古罗马的历史又复制在今日的天空。这是大自然的画卷，天地间的奇景。

这是属于阿尔诺河谷丘陵地带。放眼望去，山坡连接着广袤的田野，苍苍茫茫，是坦荡的平原，田野是一片葱茏的绿，茂茂腾腾的绿，大地炫耀着青春的激情和强旺的生命力。

我在庭院中散步，原来这山包有一方偌大的平坝。平坝上有草地、花园、树林，还有游泳池、停车场和很大的餐厅。这家山庄宾馆不仅可接待三五个像我们这样的旅游团，接纳数百人的会议，也游刃有余。

这里风景柔和细腻，风很柔软，五月的黄昏很迷人。小花园里绽放着五颜六色的鲜花，蜜蜂忙个不停，蝴蝶是拈花惹草的浮浪弟子，一会儿也不安稳。徜徉在大自然里，你可尽情在草地上打滚，仰望天空，它会唤起你的童心，点燃你已经熄灭的青春激情，满目清新，满怀情感，一片叶子的舒展，一朵花儿的绽蕾，一声声虫吟鸟鸣，连一缕轻轻的风，都是生命的叹息，是大自然的脉动。从这里可以获得心灵休憩的清静和精神的乌托邦。

夕阳婆娑在树叶间颤动中，风从树隙里跑出来，挑逗着花草摇头晃脑，喧哗起来，这时你才蓦然憬悟，人是大自然的一部分，人就是自然，在这里一切都是平等的、自由的。花自开、草自长、虫自吟、鸟自唱、风自吹、水自流，山间是生命的乐园，枝头是鸟雀的家，人听不懂鸟的语言，莺燕自然也听不懂人的语言，正如我们听不懂意大利语，意大利人也多不懂汉语言一样。但人类的感情是可以沟通的，同样人也可以与鸟类禽兽沟通的，大家都是上帝的孩子，是上帝创造时按着不同基因配方、排列、组合，天地间便出现了万千物种，这是一个庞大的生命系统。

我不禁想起文艺复兴时期的艺术家们，他们的画笔很少触及自然风景，他们的作品看不到花草树木、飞鸟走兽、河流山川，连蓝天白云也很少见。他们的文艺复兴，只有一个目的，发掘古代希腊、罗马以及拜占庭的古典文化，研究古希腊、罗马的朴素唯物主义思想，追求科学精神，导致人们对中世纪神学的全面怀疑，呼唤人文主义的觉醒。米开朗基罗、达·芬奇、拉斐尔、提香、托莱托、乔尔乔奈等一大批画家、雕塑家，他们的作品，多为裸体女人、丰乳肥臀的妇女，威武有力的男子，跃马扬戈的武士，再就是厮杀搏击惨死的战争画卷，而以圣经为题材的宗教艺术铺天盖地弥漫了整个欧洲，作为人类赖以生存的大自然，几乎被遗忘了。他们除了绘画、雕塑，还兼任建筑设计，于是巴洛克、哥特式、洛可可式、文艺复兴式的建筑物，包括教堂、修道院、城堡，风起云涌般地出现在欧洲大地。而艺术家聚精会神，孜孜不倦地在廊柱、尖券上雕刻、描摹、绘饰，充满了细腻、精致的美感。

诗意的放肆，艺术的自由，精神的解放，犹如中国东汉末年的建安时代，虽然满世界战火纷飞，硝烟弥漫，却出现了文学艺术的觉醒，精神的解放，自由之神也随之翱翔。

而欧洲直到18世纪末至19世纪，才出现"面对自然，对景写生"的艺术家。大自然以极其生动的风貌，千万姿态展示在艺术家的画布上。

暮色苍茫了，落日已经沉沦。我们回到客房。

第二天我醒得很早，是被窗外的鸟鸣叫醒的。我起身在庭院里散步，五月的早晨，亚得里亚海湿润的海风微微吹来，清爽宜人，鲜冽得让人惊异。山谷因野香味而旷大静寂，树林里的鸟叫很远很远。贴近山冈的小径深入林木，高大的橡树，粗壮的椴树，亭亭的冷杉，叶子浓密、黝黑，注进了晨光，色彩渐渐变得明快，充满了艺术的美感。潮湿的树身，树干闪着银灰色的光。树下是闪烁着露珠的草坪，草坪上开放着蓝紫色的小花，一层层、一簇簇，你独独地观赏时，会感到"绚烂了时光，净化了岁月"。蓝紫色处于蓝色和紫色之间，有着紫色的神秘和高贵，也有着蓝色的忧郁和冷静。它是一种成熟的颜色，能抚平内心的浮躁。所以，当你迷茫、困惑、焦灼不安时，就去寻找紫蓝色的花儿吧。啊！这不是大名鼎鼎的鸢尾兰吗？——那是怎样的悦目的蓝，像天空、像湖水、像欧洲姑娘眸子一样鲜艳的宝石蓝。鸢尾兰也是法兰西的国花，花朵大而美，像起舞的彩蝶，又似翩翩起飞的群鸟。法国人用鸢尾兰表示光明和自由，象征着纯洁和庄严。还有一种名叫"天蓝韭"，拥抱蓝天的小花，有蓝天一样迷人的颜色，它含蓄、深沉，总是低头绽放在灿烂的阳光下。

停下，扯远了。我现在是漫步佛罗伦萨郊外的山庄，置身晨光下的幽林小径，醉人的草木气息，沁人心脾。这使我想起故国诗人陶渊明的桃花源，王维的辋川，也使我想起德国诗人荷尔德林的诗句："人，诗意地栖在大地上。"这山居真有如诗如画，如梦如幻的感觉。

萌萌，此时此刻，我只觉得我的躯壳溶化在美的洪流里，灵魂穿枝掠叶地自由自在地飞翔。如此恬静、明媚、优雅，是我平生罕有的感觉。

我们一行出国旅游，来也匆匆，去也匆匆，意大利的山水再优美，佛罗伦萨古代文明再璀璨，谁不是在困顿中寻找人生的出口？红尘世界，多少烦恼和纠缠，谁能保持心境如诗一样的静谧和优雅？在生命册页上谁书写出云一样的自由和潇洒？

你的大朋友

2015 年 9 月 24 日

教堂·天国·上帝

一

西哲说，智慧是冷的，信仰是充满激情的；智慧是灰色的，宗教则充满色彩。

在欧洲漫游，无论在繁华喧嚣的都市，或是宁馨恬静山野小村小镇，到处矗立着大大小小高高低低、造型雷同、形象相似的教堂。

欧洲中世纪，可以说是历史上漫漫长夜，从公元4世纪至公元14世纪，那是神的世纪，是人类史上最黑暗的年代，古希腊古罗马虽然绽露人性的晨曦，但依然没照穿透"神"的磅礴云层。

在罗马帝国时代，基督教徒被驱进"斗兽场"，以饱猛兽的食欲，或钉在十字架上。奇怪的是这样的迫害，并不能将教徒们赶尽杀绝，反而激发了他们殉道者的精神和崇高的信仰。殉道者都是英雄，他们面对帝国的迫害，大义凛然，视死如归，悲壮、高古，惊心动魄！

我不知道受苦受难的耶稣，满面含笑、一言不语的圣母玛利亚究竟给欧洲人带来什么福祉。千百年来欧洲战火不熄，干戈铿锵，把好端端的欧罗巴打破成碎片。这碎片般的土地，依然高高耸立着教堂。这是他们精神的高地，灵魂的栖所。

教堂里的装饰也雷同化、模式化、神秘化。壁画、天顶画、雕塑，题材多是殉难的耶稣，被钉在十字架上，垂死的圣人，肉身的毁灭，那丑陋的形象，像印刷品般雷同：头微斜，一脸悲怆，双臂瘦长，两腿干枯，身上衣衫褴褛，苍老、衰微，可怜兮兮。

有着鲜明对照的是一位青春貌美的女子——圣母玛利亚抱着垂死的耶稣，痛苦的光辉，唯灵主义的美。画家、雕塑家不厌其烦地把这受难者的形象涂在画布上，定格在顽石上，血性的场面，苦难的悲哀，一种反自然的美。

凡是圣母像，无论画像、雕像，都是圣洁无比，缥缈不可捉摸的善和美，把大批的教徒吸引到她的足下，歌颂她、赞美她，聆听她无言的教诲，观赏她永恒的微笑，那微笑难以捉摸，也难以想象。

她是神。

拜占庭帝国的圣索菲亚大教堂是那个时代（公元6世纪）最辉煌的建筑，至今还作为一个帝国的"纪念牌"耸立在大土地上。这教堂不仅保留了古希腊文化，还吸收了伊斯兰文化，形成东西方文化交融的独特景观。

这是神、人共处的空间，人神杂糅，人神共语。教堂造型奇特，由四周众多穹顶，拱围着中央一个大穹顶，犹如群山簇拥一个巍峨无比的高峰，雍容、华贵、静穆、高贵，有一种崇高的美，神圣的美。

走进教堂，你的心灵一下子被震撼、被惊呆，眼前高远的圆顶之巅，穹顶和拱券的波浪在翻滚奔腾，满墙辉煌的壁画熠熠闪烁，各色华贵的大理石流光溢彩。那壁画是个百花盛开的草地，紫色、绿色、白色、红色的花朵，色彩浓烈鲜艳。你的目光会告诉，这非人力，亦非艺术，而是上帝的恩泽散发的光芒，使你的心不由得飘飘荡荡，恍惚间走近上帝居住的天堂。

每到一个国家，旅游团总要参观一些教堂，德国闻名欧洲的科隆大教堂，法国的巴黎圣母院，意大利的米兰大教堂、圣彼得大教堂。这些教堂高耸入云，高高的塔尖直插天壤，气势磅礴，巍峨壮观，外部装饰又让人瞠目结舌。米兰大教堂繁缛而复杂，135个小尖塔，每个尖塔上都高踞一尊雕像，高低错落，构成一曲起伏跌宕的旋律，动人心魄。

尖顶，是宗教心理对空间的超越，将心灵无限地引向最能接近上帝之处。

那探出云外的塔尖，有一种上升的强烈动势。

在西班牙、葡萄牙、希腊，到处可见壮观、华美、高雅的大教堂。那些教堂内部空间复杂幽邃，曲折多变，创造了一种迷离恍惚的神秘氛围，弥漫着浓郁的宗教气息，阳光穿过陡峭的玻璃窗，光线迷蒙、昏黄，闪闪烁烁又给人一种虚幻的神秘感，那是上帝之光。

那高旷而纵深的内部空间，会制造出一种无形的精神压力，使你内心收敛，精神紧张，趋向祭台，虔诚地去和上帝对话，祷告、自责、祈求、谦卑地忏悔，这是基督教最美的道德。

在意大利我参观始建于14世纪的米兰大教堂，这是人类建筑史上的奇迹，哥特式、横向展开的米兰大教堂，给人印象最深的是小尖塔的"丛林"，那已不是宗教崇高气氛的张扬，它透露出一种欢天喜地的节日气氛。

这是群塔荟萃、群峰争辉，一派生机勃勃的动态美，属于青春、热烈、激情、轻俏、张扬、自由、无拘无束，第一缕晨风最先抚慰它们，第一束晨光总是最先照耀它们。这种蒸腾向上的动势，是一种追求崇高神圣的最纯洁情感，象征着宗教的神秘，是神学和美学的空间效果。

"哥特式"是文艺复兴时代意大利给以法国为首北方风格起的"外号"，不仅没善意，而带有蔑视。这种风格一直受到建筑大师们的误解和谩骂，连罗曼·罗兰在《约翰·克里斯朵夫》著作中都对哥特式教堂加以痛斥，称之"病态低俗"的建筑物，像精致的女人"首饰"。所谓"哥特式"，起源于波罗的海、黑海一带游牧民族——哥特族。

在意大利受游客尊崇的是圣彼得大教堂，这是1506年，罗马教皇尤里乌斯二世决定修建的一座新式教堂。

走进教堂首先震撼你的是阔大宏伟的空间，四壁和天顶是琳琅满目的壁画和天顶画，汹涌澎湃，色彩浓艳，斑驳璀璨，没有导游，根本看不懂那绘画表达什么意思。那是《新约》故事，像中国的连环画一样，形象、生动、通俗，连文盲也能读懂的"圣经"。艺术宣传了宗教，宗教保护和发展了艺术。

圣彼得大教堂的设计和建造过程，充满了人文主义思想与神学思想的尖锐斗争。我观赏教堂那万紫千红、光影变幻的壁画、天顶画，使我们体悟到上帝居所之"美"，那是诗和音乐在墙壁上翩翩起舞，是线条和色彩天使般狂歌长吟。当灿烂的阳光透过玻璃窗射进教堂，那牛乳般的光芒，像是上帝恩赐的光明，一种幸福感顿时弥漫开来。

有一件壁雕用防弹玻璃镶嵌起来，那就是文艺复兴时期雕塑大师、三杰之一的米开朗基罗的真品：圣母玛利亚抱着瘦骨嶙峋、奄奄一息的耶稣。其实这幅雕像并无特别之处，耶稣受难，圣母悲戚，这是物化的《神学》。

每当夜晚，教堂里烛光摇曳，朦胧迷离，渲染出一种神秘而温馨的氛围。

巴塞罗那圣彼得教堂，是西班牙最著名的设计师高迪毕生未完成的作品，而教堂本身已修建了百年，迄今还未竣工。整个建筑令人叹为观止，是建筑史上伟大的创造。那磅礴的气势，惊心动魄！这教堂既有古希腊建筑风格的典雅，又有文艺复兴时期的创新，优雅、明丽、潇洒、峻峭，造型别致，刚健中又不乏温馨。

暮色降临，教堂的钟声响起。那是宗教的"语言"。春秋更迭，晨昏交错，钟鸣，仿佛来自上帝的声音，久久地回荡在欧洲大地，回荡在地中海的苍穹，它把一颗颗麻木而虔诚的心唤醒。

二

一想到中世纪，我总觉得那个时期，天地浑蒙，世界充满幽暗，人处在半睡半醒的朦胧中，睡着的人都是黑暗的信徒。那个时候，教皇、上帝、耶稣、天使在天空和大地任意行走、飞翔，他们唱着催眠曲，其实他们不唱，信徒们也早已酣然入梦了。

但有人在黑暗中睁着眼睛，没有睡意，他们赶着狮子，高举着火把在黑暗的土地上狂吼、奔突，唤醒酣睡的人，火光要撕破黑沉沉的暗夜……

那声音面对浩瀚的古夜，沉寂的宇宙太微弱了，光亮太渺小了，烧不透这漫长的夜晚。

他们就是米开朗基罗、达·芬奇、拉斐尔、但丁……

但他们毕竟像一抹晨曦照亮了黑夜的一角，宣布黎明的到来。

文艺复兴的旗帜上，写着"提倡人性，反对神性；提倡人学，反对神学；提倡个性解放，反对封建禁锢"的伟大宣言。

文艺复兴像星星之火在欧罗巴大地上燃烧开来。

上帝从来不会让他的灵光在大地上熄灭，他总是让教皇在这普遍浑浊与黑暗中带给信徒一缕渺茫的希望，似有似无，似梦似幻，似信似疑，指点迷津，启开光明。

在基督教徒心目中，上帝是至高无上的存在，他创造了万物和人，他永远生活在时间之外，上帝虽然超越世界，却无时不影响历史，并在人类日常生活领域里发生影响，或直接参与，唯有上帝掌握人类的命运和人的灵魂。

我在圣彼得教堂看到那么多信徒在唱赞美诗，沉郁、苍凉、悲悯的歌声委婉而凄迷。面对那些虔诚的人们，我的心有点儿酸苦，茫茫人海，茫茫人生，谁来拯救苦难的生命？谁来抚慰这些痛苦的灵魂？谁会带来安康和幸福？命运之神啊！

上帝您在哪里？求求您了，人生是个苦海，哪里是岸啊？人从哪里来的，要到哪里去？是否一切都由上帝决定？人们祈求、祷告，千遍万遍地诵经，千遍万遍地唱赞美诗。可是上帝缄默不语，上帝您在哪里？上帝创造人的灵魂，又把它收回天上。柏拉图说基督教认为灵魂先于肉体存在，人活着时，灵魂附在肉体上，死后上帝便把灵魂招去。

我看到一个材料，说，美国著名作家赛珍珠的父母是虔诚的基督教信徒，他们一生就在中国传教。她母亲一生只有一个心愿，就是临死前能见到上帝一面，哪怕一秒钟、半秒钟，上帝哪怕一言不语，只给一个微笑，她一辈子受苦受累也就值了。

超越人性的精神是信仰，上帝至高至尊至上，德国女诗人写道：

> 在我们废墟世界里，
> 有何处可供逃离的悲哀的迷宫？
> 若不是原初恒久的日月星辰，
> 还有什么是人们可以寄托的。

人类经历着无数次火山爆发，山崩地裂，洪水吞噬，猛兽袭击，瘟疫流行，死亡、流血、战争、逃亡、饥饿、灾难，茫茫宇宙，浩瀚的岁月，生命是那么渺小、脆弱，人生无助，只能乞求上帝。但上帝高高在上，视而不见，闻而不睬。这是人类的悲哀，还是上帝的冷漠？我走进教堂，走进众信徒之间，那些虔诚的信徒，仰面迎接从高峭玻璃窗射来的一束乳白色的阳光，他们激动地流泪，嘴角颤动着，却说不出话来，眼神里充满了渴望，用双手捧着那光束。他们沉醉在上帝送来的温暖中。哥特式教堂内部光线的运用，同样充满着诗性、神性，尽管玻璃的光洁度有差别，窗子有大小，阳光射进来，或灿烂娇媚，或暗淡无精打采，但信徒们仍然感动那是天国之光，那是上帝之光。

宗教里的苦难即是现实中苦难的表现，又是对这种苦难的抗议。宗教是被压迫者的叹息，是无情世界的情感。天国是什么样子？阿根廷作家博尔赫斯说，天国像大图书馆，拥蕴万般情志的天神，心肠慈悲的天父，情怀温暖的圣母，天真活泼的天使，还有温柔迷人的圣女，像走进美丽、神奇、神秘的人类精神界域。在这里是安谧、明亮、温暖、祥和。

色彩与光影的变幻，制造出令人目眩神迷的效果，形象极富动感。连世界最富有最文明的国家瑞士的国歌，都赞美上帝，上帝赋予我们幸福安康："当阿尔卑斯山染红之时，自由的瑞士人，在你们虔诚的心灵中，要想到上帝在我们的祖国，上帝我主在我们的祖国！"

我凝视那色彩绚丽的天顶画：绛红、翠绿、铬黄、蔚蓝，间有浅金的闪烁。那是一片广阔的百花盛开的草地，草地有紫色的花，绿色的花，红色的花，也有金黄、雪白的花，那些花都闪闪发光，斑驳的色彩，静谧、祥和，看到它你会感到这非人力，也非艺术，这就是天国，这是上帝的住所，你的灵魂会飘然离开你的肉体，飘荡飞翔，觉得上帝不远……心灵只有在虔诚的修持中，超越尘世的纷纷扰扰，才能走进天国，在那里得到安息。

雕像与彩绘，耶稣受难与圣母天使……这一切都营构了迷醉的宗教境界。对但丁来说，这似乎很独特，他将伊甸园置于地狱之巅，而神圣的天国就飘浮在它的上方。

宗教生于人类对自己命运的悲悯，也归于这种悲悯。

三

尼采在《快乐的科学》中宣布"上帝死了"，"我们杀死了上帝"。他是"疯子"，谁也不相信他的话，但尼采大喊大叫，声音震得整个基督教的教堂颤动起来，摇晃起来。

"上帝到哪里去了？"

"我老实对你们说，我们杀死了他——你和我，我们都是凶手！但我们是如何犯下这样的案子呢？我们又如何能将海水吸光？是谁给我们海绵而将地平线拭掉？当我们把地球移离太阳照耀的距离之外时又该怎么办？它现在移往何方……当我们通过无际的虚无时不会迷失吗？难道没有宽阔的空间可以让我们呼吸与休息？"

他的呼叫确实如晴空霹雳令人震惊，在那"神"的年代，谁敢亵渎神明，谁敢对上帝不恭？那个时代，一切现代文明的价值观、道德观、真理观、世界观都是围绕基督教上帝建立的，尼采杀死了上帝，这一切传统观念必遭毁灭。

尼采喊出"上帝死了"，不仅上帝"天国"的祭坛遭到塌陷，且支撑上帝和天国的价值理念与道德信条也面临着最后的审判。

尼采认为，上帝把人逐出生命的自然家园（伊甸园），生命成为原罪；由于上帝，一切宗教、哲学和道德都旨在压制个性，扼杀生命，阻碍创造。于是人们一再丧失了原始的酒神精神。人们的生命力枯萎，人的创造力枯竭，浑浑噩噩，昏昏沉沉，如大梦不醒。

尼采大声斥责："上帝是十恶不赦！他说，基督教因为虔诚地尊崇上帝，变得枯竭、贫乏、苍白，生命因瞥见这些状态而受苦。"

但是，尼采雷鸣电闪般的吼叫，虽惊醒了欧洲，人们只愣了一愣，又昏昏然，进入梦境。欧洲的大大小小的教堂依然挤满了虔诚的基督教信徒，他们依然祷告、忏悔，依然唱着赞美的诗，唱诗班的女人低沉、抑郁的歌声，像催眠曲一样，温馨而醉人。恰恰尼采像被驱逐出伊甸园的撒旦，爬行在污秽的泥泞中，靠自己的挣扎、苦斗度过凄苦、短暂的一生。尼采晚年疯了，除了精神病医院，便拘囚在家中，他一生未婚，死时连一个送行的朋友也没有。

上帝被尼采杀死而又复生。

《圣经新约全书》讲耶稣的诞生。

在罗马帝国时期，以色列有个小镇，小镇有个未婚女孩玛利亚由圣灵受孕，在一个寒冬的夜晚，在伯利恒一个客栈马厩中生下一个男婴耶稣。那时有颗星星降落在伯利恒。人们惊呼：救世主降临了。耶稣生下这一年叫公元元年。

基督教文化至今还弥漫在欧洲，公元纪年法和七天为一个星期，许多文学作品和艺术品，雕塑、绘画、诗歌、音乐以圣经为题材，宣传亚当、夏娃、挪亚方舟、橄榄枝、圣诞老人，至今人们还在宣扬上帝耶和华创造了世界。

达·芬奇的名画《最后的晚餐》就生动形象地道出耶稣被门徒出卖后十三个门徒各种心态、姿态，只有犹大手抓钱袋，脑袋后缩的丑恶状态，毫发毕现。

晚餐十三人，又是星期五，所以欧洲人至今还讨厌"13"，也不喜欢"黑色星期五"。

基督教文化融进欧洲人的血液，形成他们生命的基因，所以尼采大喊大叫没有把欧洲从基督教文化里解放出来。每到圣诞节，这位白胡子白眉毛的慈善老人，从遥远的北方乘着驯鹿驾驶的雪橇赶来，身穿大红袍，肩背大红包袱，由烟囱进入各家分送礼物。

去教堂做弥撒仍是基督教信徒在圣诞节前夕的必修功课，祷告、忏悔、背诵教规。子夜时分，教堂响起清脆而悠扬的钟声，人们扶老携幼走向教堂，于是教堂便响起诵经声、祈祷声、唱赞美诗的歌声，迎接圣诞老人的到来。

宗教能够继续下去，是由于人类的灾难还未停止。

其实欧洲许多科学家、文学家、政治家都是基督教信徒，爱因斯坦有时也很困惑，他观察宇宙，感到迷茫，宇宙会膨胀吗？会缩小吗？宇宙到底多大？宇宙会消亡吗？我是谁？我们从哪里来？我们到哪里去？这古老的天问，至今未有答案。这些人类天才的科学家面对茫茫长天，也无可奈何，只好求教上帝。爱因斯坦有句名言："如果在我的内心有什么能被称之宗教的话，那就是对我们科学所能够揭示的，这个世界结构的没有止境的敬仰。"

查拉图斯特拉面对世界只感到一片虚无：

> 我处处找不到家，
> 我漂流于所有城市，
> 我走过所有城门。
> 现代人于我是陌生人。
> ……
> 我从父母之邦被放逐，
> "何处是——我的家？"
> 我叩问，我寻觅，
> 寻觅而不得。
> 啊，永恒的苍茫！
> 啊，永恒的空漠！

啊，永恒的虚无！

　　　　——尼采：《查拉图斯特拉如是说》

上帝，救救我们！

　　　　　　　　　　　　　　2017 年 12 月 22 日

雅典，失血的黄昏

一

浴一身爱琴海的碧蓝，走进这天荒地老的古城，聆听它的脉搏，感悟它生命的元气。橄榄林依然那么葱绿，海风还是那么温熏，天边那颗最亮的星辰还在闪闪烁烁，那么诱人。

雅典！

那古文明的花朵依然盛开不败，那优秀的文化依然璀璨，那古老的建筑和它的残肢断臂、古风古韵的雕塑，无论战争与和平，诗和剑，都闪烁着历史之光与岁月之辉。

雅典！

那神庙坍塌的废墟仍活跃着远古神灵的幽魂，喷泉底下住着唱歌的妖精，树梢上宿着裸体的神，静静的月夜会传来女妖塞壬迷人的歌声，微风里依稀听到战神阿喀琉斯的呐喊，从石缝间长出的小花面色忧郁，它们为俄狄浦斯的悲剧哭泣……

雅典！

那些残废的廊柱站在雨里，站在滔滔的岁月里，默默地忍受着时空的双重折磨，人造历史粗糙而僵硬地鞭打它，陪伴它的还有垂头丧气的树，稀疏的树，这代价错位而悲怆。这里似乎蕴含着一个巨大的哲学命题。

雅典！

没有神殿堂前燕飞入百姓家的诗意，却有千宫万庙成野草的苍凉，古老的文明，灿烂的文化，在这时空的巨流中漂泊、俯仰、浮沉、挣扎，阳光从它身边悄悄路过，无奈只留下声叹息。俄狄浦斯的不幸，才是人类苦难的源头。

雅典！

残阳的句号潦草而颓丧，所有的日子都化为孤苦的相思，窗外的鸟啼也带有伤感之音，面对风霜雨雪的岁月，常怀着有韵的遐想，即使蔓草潜滋暗长，那倾圮的断壁残垣只剩下白花花的骨殖，也执拗地炫耀着当年的辉煌。

雅典！

二

在雅典游历时，到处看到圣迹、名胜、神庙，希腊人相信神祇，希腊人善于学习，特别善于向东方人学习，又善于思考，这里盛产哲学家，是古代圣哲的摇篮，数一数名字都令人惊骇。那时雅典到处是学习的地方，是哲人探讨人生、宇宙、天体物象，辩论演说的场所，他们认为"火是万物的本源，有了火，人类才走向文明"，于是出现拜火教。他们学习埃及人，坚信灵魂不灭，毕达哥拉斯讲求宇宙的和谐秩序。

古希腊人不倨傲、不守成，他们求知欲特别强烈，他们努力吸收古印度、古埃及的哲学和宗教思想，他们并不视本土文化为最先进文化，而是努力汲取东方文化和其他民族鲜活的文化，他们思维广阔、旷达，走得很远。

追求哲学的开端并无重大意义，因为任何事物，开端总是粗糙的，不完美的，甚至空洞和丑陋的。

柏拉图被世人称为"哲学王"，他哲学体系由对世界的看法，对人的活动和灵魂的看法，对现存政治状况以及哲学和哲学的看法组构而成。

　　柏拉图认为，世界分为感觉中的自然世界和理念中的超自然世界两部分。由于感知的世界是不停地变化的，因此感觉世界是不真实的。唯一真实的是永恒的理念世界。

　　柏拉图是苏格拉底的学生，然而苏格拉底"述而不作"，像孔子一样，一生言行被学生记录、整理出半部《论语》。

　　柏拉图强调选择让那些具有"良好的记性，敏于理解，温文尔雅，爱好和亲近真理、正义、勇敢和节制"天赋的人进行哲学研究。

　　我觉得这应该是苏格拉底的观点，正如孔夫子弟子三千，贤者七十二名，柏拉图是苏格拉底最得意的门生。

　　人类最初的文化形态是宗教和神话，哲学脱胎于宗教和神话的世界观。世界各民族都有哲学，希腊、印度、中国都产生过一般意义的哲学。

　　世界非常奇妙，历史也有惊人的相似。公元前500年前后是中国春秋战国时期社会的大动荡、大组合时期，百家争鸣时期；而远在希腊，也出现了古代哲学的思潮，毕达哥拉斯、苏格拉底、柏拉图、德谟克利特、巴门尼德、赫拉克利特等一大批哲学家、思想家都亮相于芜杂而荒凉的舞台，各自述说，宣传自己对宇宙、对世界、对人类，以及人类社会的政治体制、道德问题、伦理问题、家族问题、婚姻问题、专政和独裁问题、民主与共和、男女平等诸多社会和民众关注的问题发表自己的观点、主张，形成许多党派，各抒己见、畅所欲言。这是人类思想解放第一个高潮，冰河解冻、春潮澎湃，人类进入文明发展期。

　　不受约束的求知欲，造成了"典型的哲学头脑"，他们是人类思想的拓荒者，面对荆棘和顽石，他们奋力芟荑，筚路蓝缕，艰苦卓绝开拓自己的思想阵地，似乎没有什么目的，仅仅"为认知而生活"。他们孤军奋战，淋漓尽致地宣泄自己的力量。后人称古希腊是"哲人共和国""天才共和国"。那个时代，巨人像野生的韭菜，一场春雨，纷然而出。他们的声音划过沉寂荒凉的长空，他们的呼唤压倒脚下侏儒的喧嚣和芜杂声浪，展开崇高精神对话。

　　我漫步雅典大街上，两旁是古典的建筑物，神庙、教堂、楼房、屋舍，大都是巴洛克或哥特式建筑，灰砖红瓦，沧桑衰老。"公元前8世纪古希腊文明又突然以超高形态出现，而其文明程度超乎人的想象。音乐、绘画、建筑、文学、诗歌、医药、物理、化学、数学等，各种人文和自然科学都出现突飞猛进的发展，取得了人类历史最辉煌的成就。"（苏梦薇《远去的希腊》）古希腊文化一直是后起文明取之不尽用之不竭的文化宝藏，直到21世纪希腊哲学仍被赋予崇高地位，现代理性精神从某种意义上讲，就是希腊精髓。中国近代启蒙运动"五四"时期，兴起了一些知识精英"言必称希腊"的风潮。

这些成就出现之前，古希腊处在黑暗的时代，神，统治着希腊社会，人类从小灾、小病，大到一个城邦的命运，都受着神的掌控，要请求神，由神指示。古希腊是一个飘逸着灵气的神秘国度。

古希腊是欧洲文化的摇篮，也是欧洲建筑的滥觞之地。所谓希腊世界，就是由小亚细亚半岛、爱琴海中部、希腊半岛、地中海中部、黑海沿岸，以及三千多个岛屿构成的。它们被滔滔的大海和不通航的河流，以及陡峭的山峦分隔开来。希腊实际上是由许多城邦组成的联合体，各城邦又各自为政，各自为大，互相争斗杀伐。马蹄、杀戮、抢掠、焚烧、腥风血雨，把充满哲学的意蕴和诗的意境撕得粉碎，一片废墟、千古苍凉，城市的喧嚣化为语言的坍塌和死亡的沉默。很沉重。这片土地承载了巨大的苦难，也创造了震撼世界的辉煌。

世界各民族都有自己的神话和宗教，但并非所有的神话和宗教都能长出哲学来，智慧从苦难中来，哲学从悲剧里诞生。古代的中国、印度和希腊，这三个民族都在同一历史时期产生了自己的哲学，中国的老子、孔子、庄子和古希腊的毕达哥拉斯、苏格拉底、柏拉图等都是同历史时代的人。公元前594年，梭伦被选为雅典的执政官，梭伦代表先进的生产力和生产关系的改革者，在他温和的统治下，"雅典度过了一个黄金般"的政治时代，雅典是世界上最繁荣的城邦。

公元前335年马其顿王国的大帝亚历山大东征，妄想称霸世界，那正是东周列国的末期，秦王朝统一中国的前夕。亚历山大的东征大军于公元前327年，征服了印度，侵入了印度河上游和两河地区，这是印度最富庶的地区，亚历山大野心勃勃，坐在高大的战马上，挥舞闪闪发光的战刀，高呼着要打到"大地的终端"。他的将士长年远征在外，思乡念亲，战斗力日渐衰弱，要求返回巴比伦。亚历山大正踌躇满怀地准备改造被征服的大地时，他突然患了恶性疟疾，死亡的阴影迅速笼罩过来，他被上帝带走了，他建立的马其顿王国也迅即土崩瓦解。

历史匆匆忙忙翻过这腥风血雨的一页，大地上废弃的城堡，沉没的战船，消失的军队，见证了古希腊的悲惨现实。

三

我随旅游团穿行在雅典的大街小巷，参观了教堂、纪念馆，雅典的经典之作——卫城的废墟。斑斓的文化古迹、美丽的神话传说、神秘的宗教、多姿多彩的艺术——绘画和雕塑，这是文化的国度，文明最璀璨的城邦。我们在博物馆里欣赏希腊的绘画，那一幅幅油画，宁静、雅逸、和谐，充满美和理性的光辉，雕塑也曲致、舒畅、秀气，即使描写战役的作品——普拉提雅战役、马拉松战役、希波战役，那画面依然梦幻般美丽，天空是那样澄明，阳光是那样洁净。

传说，雅典娜与海神波塞冬争夺卫城相持不下，后众神出了个主意：谁为人类做一件有用的东西，这雅典城就归谁。波塞冬用手中的魔杖在卫城山顶上敲击了一下，霎时，从岩缝里涌出源源不断的海水，这是海上霸权的象征。雅典娜心里很着急，但表现却很沉静，她用长矛在地上一划，顿时出现一株枝叶茂盛的橄榄，硕果累累，这是和平的象征。经过众神评判，雅典娜给人类幸福安详，雅典当属雅典娜。雅典是欧洲升起民主曙光的地方，于是这片神奇的城邦便有了《荷马史诗》，有了毕达哥拉斯的数学，苏格拉底的哲学，柏拉图的震古铄今，亚里士多德的《气象学》《政治学》《修辞学》，还有伟大的作家给我们留下的一部伟大著作《伊索寓言》，那短小精悍的故事，蕴含着深刻的哲理，构思精巧、语言幽默，具有永恒的价值。

除了伟大的牛顿和爱因斯坦，再也没有一个人像古希腊的阿基米德那样为人类的进步做出这样伟大的贡献，他是"理论天才和实验天才合于一人的理想的化身"。

雅典遗迹多为神庙，虽为废墟，仍使你感到盛世时的人烟和喧嚣。宙斯神庙是雅典的一个经典，当年的建筑设计师，心怀崇敬的心情和虔诚的憧憬，构建了如此宏伟、华美的庙宇，即使檐饰上的雕像，也是精美之至的艺术品，用材极其珍贵，黄金、杉木、象牙、乌檀、宝石、美轮美奂，高贵静穆。站在神庙的高处，遥望古老的雅典卫城，那是这座古城的精华，闪烁着永恒的神的光芒，白色的大理石柱，那是石柱支撑着神话的天空，胜利女神雅典娜就住在帕特农神庙。

我真想用手触摸那些廊柱，那些倾圮的砖石，试试脉搏，试试心跳，它真的死了吗？它的灵魂在哪里？历史的风霜，岁月的沧桑，使它们失去了青春的风采，生命的辉煌。

雅典，没有奢侈和繁华，只有沧桑和古老，这里每一缕阳光，每一缕空气，每一片砖瓦，都似乎渗透出神话的气息。

我们没有去游览高加索山，没有拜访那位受苦受难的普罗米修斯，他为人类偷来天火，被天神宙斯用铁链锁在荒凉的高加索悬崖上，每天派一只神鹰啄食他的肝脏，可他坚贞不屈，甘愿忍受一切苦难和折磨。后来大力士赫拉克勒斯用箭射死了那只神鹰，普罗米修斯终于获得解放。当初有人劝他与宙斯和解，普罗米修斯悲愤地说道："我宁愿被缚在崖石上，也不愿做宙斯的忠顺的奴仆。"

宙斯和大海神女狄俄涅生的女儿叫阿英罗狄娜，又叫维纳斯，维纳斯是从海的浪花中诞生的，她是爱和美的女神。

我在雅典娜神庙未见到雅典娜雕像，这里是一片废墟，几十根高大廊柱站在夕阳里，显得疲惫和憔悴。我在雅典一本旅游画册上看到雅典娜雕像：她是一位貌美、温柔的中年妇人，身着长裙，流畅的线条，凸凹有致的躯体，平静温和的面容，她微微低垂着头颅，她的眼睛向地面望去，她一手扶着腰，一手持魔杖，像是注视魔杖插向地下的一瞬间的状态。

静穆而伟大，高贵而端庄，气韵流动，充满生命的气息，不同于纤巧玲珑之美，也有别于娇柔俊俏之美；端庄的身材，丰腴的肌肤，典雅的面庞，含蓄静穆的神态，偏斜低垂的头颅，波浪式的卷发，身着细密波浪纹理的绿色爱奥尼亚式长裙，她是美的化身，她是爱神，是普度众生的、救苦救难的天神！

四

不可否认，公元前5世纪至公元2世纪，700年间，希腊文化已臻于辉煌的顶点，希腊人的智慧、才华得到淋漓尽致的发挥，创造了无与伦比的成就，从科学、医术、诗歌、艺术、戏剧、哲学、法律到军事、建筑乃至实用技术，一直是后起文明取之不尽用之不竭的文化宝藏，直到21世纪希腊哲学仍被赋予崇高地位，现代理性精神从某种意义讲就是希腊精神。甚至，它的建筑艺术影响到中国的人民大会堂，大会堂的廊柱就是古希腊多里斯柱型的石柱。

雅典卫城，帕特农神庙的多利安残柱，以顽强的抗争精神，与时空对峙，雄踞卫城的山崖上。

卫城萧索悲凉，三千多年的废墟，抱紧孤独和沉默，抗争风霜，抗争岁月，把孤独和沉默也变成一座废墟。时间横流，方显出历史本色。这里有阿迪卡斯剧院，每年雅典音乐会就在这里举行，这是世界上最早最大的建筑群，容纳一万五千人的剧场。

雅典娜神庙只剩下四十八根大理石石柱，底座直径近两米，高十点五米，让你仰视，又让你俯瞰天下，你脑子里马上浮出霸气、雄气、傲岸之气这些伟词，铮铮枯骨炫耀着一个古老的雄魂。埃尔金石只是它大殿檐下的装饰，当年耀眼的神迹，真正信神的人才可能创造出来这天工之作。

奥林匹亚宙斯神庙，在雅典所有废墟中，最令人震撼，让人唏嘘。

由于天灾人祸，宙斯神庙一蹶不起，如今剩下十三根十七米高的残柱，空空地耸立着，衰败得惨烈，遥对着雅典娜神庙，千年守望，而默默不语。

古代世界大名鼎鼎的图书馆（哈德良图书馆）如今只剩下一段长长的墙壁，棕色的泥土上，散落雕像的残肢断臂，或失去头颅的躯体，一片古战场的苍凉，周围荒草漫漫。有棵小花，绿意腾腾地从废墟里长出来，摇曳着细长的茎蔓，展示着生命的激情，这是大自然的语言。

太阳神庙是一座富丽堂皇的宫殿。太阳神各国都有，在神话的国度希腊，太阳神尤受尊崇，太阳神殿是古希腊的宗教圣地。神话中的太阳神赫利俄斯乘着他的四匹火马在空中驰骋，晨出晚归，将光明洒向人间。而今太阳神殿只剩下七根长短不一的石柱，矗立在乱石堆中，没有野花小草的陪伴，寂寞而孤独，只有一个美丽缥缈的神话传说缭绕其间。

它们败在时间手里。

卫城的大部分遗址无遮无掩，暴露在烈日下，风雨中，铺天盖地的阳光炙烤着大地，石头和泥土都忍受不了，发出嗞嗞的呻吟声。天空是凝重深厚的靛蓝，蓝得让人头疼，连一丝云片也没有。

雅典的废墟就是这样，或蹲或坐或躺或倚，赤裸裸的一丝不挂，而且大气磅礴，保留着原始的宗教气息。

雅典累了，累得瘫痪在那里。那堆碎石张开干裂的嘴唇，似乎有话要说：历史？战争？文化？却一言不发。

有个小伙子坐在石台上弹琵琶，什么曲子，安魂曲吗？

黄昏了，我漫步在神话横生漫长的雅典街头。熙熙攘攘的人群，川流不息的人浪，如潮如汐。那几千年不变的落日，几千年雷同的晚霞，厚厚的云霞，一层一层，有阿尔卑斯山顶的蔚蓝，有少女峰的雪白，有黑森林的黝黑，有希腊葡萄的绛紫，爱琴海的波光映在天空，给这晚霞更添一抹肃穆和悲壮。太阳像一枚橘黄色的卵，沉浮在软绵绵的云海中，天空飞翔着阔翅的海鸥，一片荒凉的暮景。我想阿基米德是否在那条路演算几何试题？假如"给我一个支点，我能撬起地球"吗？

风，爱琴海的风，温柔、缠绵，还带有湿湿的倦意，幽灵般地游逛在大街小巷。我穿行在人群中，依稀看到苏格拉底、柏拉图、亚里士多德这些哲学家，欧里庇得斯、索福克勒斯、阿里斯托芬这些诗人，还有科学家泰勒斯、毕达哥拉斯、希波克拉底也夹杂在人群中，脚步匆匆，衣衫飘飘。

雅典是欧洲文明的发祥地，在咸湿的海风吹拂下，地中海岸畔，这片土地上遍布古战场，在这里希腊人、埃及人、波斯人、亚历山大帝国、罗马人、哥特人、拜占庭王朝人、塞尔柱人……打打杀杀三千年，你争我夺三千年，剑戈铿锵，腥风血雨，终于尘埃落定，古典的雅典宁静而深沉。

古希腊、雅典城邦，我们通常念叨这些地名，实际上是废墟，是残垣断壁，是破碎的岁月，是历史的遗骸。走进雅典古城，满是石头的造型，"城廓历然，石柱遍野"。夕阳用温暖的情感关注着这段僵枯的历史，抚摸着岁月的残篇断章。死亡和废墟是上帝的创造，这是"万物的终点，道路的尽头"。这是大自然的意志。没有死亡即非正常的生命，不经过死亡检验的生命是没有意义和价值的生命。

时间在这废墟中任劳任怨，默默无闻地工作，风晨雨夕，晨昏昼夜，一丝不苟。石壁上长满苔藓，石缝间长出杂乱的荒草，青铜斑驳的雕像，如果从另一角度看，又是鲜活的、生动的，它们都有灿烂的青春、辉煌的岁月和值得骄傲自豪的荣耀。

废墟上有残破的正殿，倒塌的耳房、拱廊、拱门……在夕阳西风中随意性和肆无忌惮的猖狂，虽然有点疲惫和憔悴。

山峦起伏，草木葱茏。那茫然而庞大的废墟令人震撼，也让人陶醉，使人想起"西风残照，汉家陵阙"的苍凉，那是唐人的感喟。

雅典的黄昏，带着漠漠的忧伤。

2016 年 11 月 8 日

在希腊遇到拜伦

那众神卧睡的地方，
是希腊充满悲伤的土地。

——荷尔德林

公园里的拜伦

在宙斯神殿的废墟的对面，有一片林木葱茏的地方，这就是希腊的国家公园。很朴素，却有欧洲园林的风格，连简易的售货亭都散发着洛可可味。公园里有高大的松树、橡树，草地上有成群的银灰色鸽子，或觅食、或散步、或跃跃欲飞状，扑腾着翅膀，咕咕地叫着。公园里很静，弥漫着醉人的花香，游人很少，几个老人坐在连椅上，悠闲地享受着阳光、风和花香，他们安详地和大自然融在一起。

令人注目的是草地上有一尊巍峨的雕像，洁白的大理石已失去原始的光泽，历经百年的风剥雨蚀，显得苍老，有水痕划过，像衣褶似的流畅，但雕像依然闪耀出异样的光辉。导游说这是拜伦。

拜伦？不就是高高的鼻梁，吐着蓝焰的大眼睛，面色呈现女性式的白皙，一头棕色卷发的小伙子吗？他是美男子，爱做恶作剧、爱出风头、爱打弹弓、爱喝酒、爱吹牛，也爱追女孩，腿有点跛的家伙！他是贵族的后裔，侯爵，怎么在希腊会遇到他？我仔细打量雕像，他身材纤瘦、挺拔，五官端正，薄薄的嘴唇，目光闪烁着诗人的激情和热烈的光芒，一副天使般的不染世尘的贵族诗人的风采！那份潇洒，那份孤傲，嘴角上的线条倔强刚毅，整个雕像淋漓尽致地彰显出诗人优雅的气质，活脱脱的一副浪漫主义英雄模样。

我忽然想起徐志摩曾见过这座雕像，称之"最纯粹、光净的白石雕"，还说他"是一个美丽的恶魔，一个光荣的叛儿"。木心先生说他"其实是捣蛋鬼、皮大王，捣的蛋越大，扯的皮越韧，愈发光辉灿烂"。

他手里拿着一卷诗书，是他的《恰尔德·哈罗尔德游记》，还是他的未完稿《唐璜》？

西斜的阳光穿过稀疏的枝叶，将一抹温暖罩在他身上。

拜伦出身于英国的一个贵族家族，由于叔祖父和嗣子的早逝，按照世袭制的规定，十岁的拜伦成了这个家族第六代勋爵。拜伦有一副悦耳的富有磁性的嗓音，他言谈时像弹奏美妙的小夜曲，娓娓动人；高声演讲时，又像钢琴奏鸣曲，激昂慷慨，撼人心魄。学生时代同学们爱听他说话，爱和他玩，剑桥大学的同学们叫他"好嗓子绅士"。

他自幼喜欢读书，吃饭时读，睡觉时读，走路时也读。五岁时，他便读完家藏所有的读物，特别是希腊神话故事，那宙斯大神、战神阿瑞斯、英雄普罗米修斯、指挥特洛伊战争的阿喀琉斯……他天生就向往英雄，崇拜英雄，小小心灵里萌生了一种拯救世界、拯救人类的孤胆英雄的意识。他的灵魂整天在古代神灵、天国、地狱里飞翔。

《恰尔德·哈罗尔德游记》使拜伦一夜暴得大名，成为"诗坛上的拿破仑"。哈罗尔德就是这样的人物，不满现状，反抗社会，孤军奋战，但又找不到出路，情绪苦闷、忧郁、孤独、悲观，他脱离群众，我行我素。哈罗尔德这个富有叛逆性格的艺术形象，当时曾轰动欧洲，为捍卫个人权利而奋起与社会对抗，他们热烈地追求自由，个性鲜明，大都具有孤僻高傲、刚愎自用、愤世嫉俗、蔑视庸众的个人英雄主义的特征，在这部长诗中经常出现的是流浪汉、流放者、强盗、叛徒、造反者，他们都是个人复仇主义者，又是社会的牺牲品。

在一本拜伦传记中，我看到拜伦一幅画像：拜伦身着黑色的长裤，上身是一件洁白羽纱的衬衫，系黑色领结，简直是衣着完美的绅士。他五官端正，高高的鼻梁，薄薄的嘴唇，一双吐着蓝焰的眼睛，闪烁着诗人的激情和烈火般的光芒。前额宽阔、明亮，像一片海滩，头上便是波涛汹涌的金色卷发，孤傲的神气，高雅的气质，骑士般的风采！同样，拜伦在他《东方叙事诗》中塑造了一批侠骨柔肠的英雄：他们是海盗、异教徒、被放逐者，这些人大多是高傲、孤独、倔强的叛逆者，他们与罪恶社会势不两立，孤军作战，与生命作战、追求自由，最后以失败而告终。同样这种"拜伦式的英雄"也常常表现出忧郁、孤独和彷徨的苦闷。

拜伦为他高傲的灵魂和放荡不羁的天才痛苦了一生。

年轻时，我崇拜拜伦，背诵他的充满激情的诗句，全身的血液都汹涌着，向往激情和浪漫，为崇高的理想而献身，我们呐喊，我们造反，我们战斗，每个人都是一团烈火，血是热的，心是热的，语言热得发烫，燃烧啊燃烧，我们要焚灭一个旧世界，锻造出一个红彤彤的新世界，结局：我的青春成为"文革"的殉葬品。

"拜伦是运动着的诗人"。他厌恶英国上流社会纸醉金迷的奢华生活，他抨击贵族们的虚伪、狡诈，他批评贵族阶级的贪婪、自私，他是贵族阶级的叛徒，不想与他们同流合污，他自我放逐，四处流浪，他心里充满了追求真理、自由、平等、博爱的愿望。他同情被压迫民族和人民，但又未找到真正的出路，无所依托的个人，锤炼着自己的孤独和梦想，他穿着美丽的精致的个人主义的紧身衣，孤独地开始在大地上的游荡和悲鸣，他的动力源于自己的信仰。

海滩上的拜伦

拜伦病故于希腊爱琴海边小镇米索朗基。米索朗基位于雅典西南七十公里处，面海背山。我要了出租车，由希腊导游小胡陪同拜谒拜伦墓冢，也就是当年徐志摩去过的拜伦陵园。小胡对希腊神话故事了如指掌，谈起来滔滔不绝，如数家珍。他告诉我，米索朗基镇，早在19世纪初期，还是个荒凉小渔村，拜伦同情和支持希腊人民反对土耳其的侵略，变卖家产，购买军火和医药，雇了一艘"海克拉斯"号战舰，运到这个小小渔港。拜伦在这里筹措军费、组建军队，训练新兵，提供药品和军粮，他自任远征军总司令，率希腊军阻击土耳其的进攻。

从雅典到米索朗基，是砂石公路，但平阔，两旁的山野是清一色的橄榄林，漫无边际，五月的阳光白花花倾泻在山野上，到处呈现出干旱亢燥的气氛。在希腊旅游，感受最深是阳光、蔚蓝的海水和大理石，希腊的大理石质地优良，纹理细密，色泽纯净、光亮，是雕塑建筑和造型艺术最佳材质。

一个小时的车程，我们来到这美丽的海滨小镇。这儿简直是一个童话，蓝蓝的海水，起伏的山岗，白净的沙滩，阳光普照小镇的房屋，隐约在绿涛般的树林里。小胡说不远处的山上有座神殿，虽然已化为废墟，依然是游览胜地。海神波塞冬和雅典娜争夺雅典城邦领导权而失败，他不服气便经常激起大海的怒啸，驾着一辆金马车在海面上四处狂奔，使大海狂涛汹涌，涛声澎湃。米索朗基民众对海神十分崇拜，在萨罗海湾的山岗上修建海神殿。小胡告诉我，米索朗基是英雄的土地，1826年4月10日，希腊守军弹尽粮绝，他们引燃了残存的火药，与敌人同归于尽。在这片英雄的土地曾诞生了五位希腊总理和大批将领。这个海滨小城只有两万人，坐落在爱琴海的衣襟上。

拜伦的墓冢在海滩公园里。这里景色优美，海风徐徐，鸥鸟飞翔，阳光照耀金色的海滩，海面上游艇来回穿梭。公园里有一尊最"纯粹、光净的"大理石雕像，这就是拜伦身着希腊民族服装的英雄雕像。他神色微露忧郁，眼睛却依然闪烁着诗人的浪漫和激情，高傲的头颅像一面飞扬的旗帜。正像徐志摩所描写的："像阿博洛，给人类光明的大神，凡人没有这样庄严的'天庭'，这是不可侵犯的眉宇……"实际上是受难者普罗米修斯式的悲剧形象。

所谓希腊世界是由小亚细亚半岛沿岸、爱琴海地区、希腊半岛、地中海中部、黑海沿岸，以及三千多个岛屿组成的。阳光、海水、沙滩，还有石头，这美丽的神话般的土地怎允许侵略者铁蹄践踏？古希腊灿烂文明、宏伟华美的古代建筑，怎容忍强盗的任意蹂躏？他站在海滩上，海风吹拂他的戎衣，一缕卷发飞扬起来，他想起古希腊的荣光，"雅典的文章，斯巴达的勇武"，"哲学王"的睿智，苏格拉底的天才……灿烂的晚霞怎能让阴霾遮蔽？美丽的海滩不能让兽迹玷污！他反思自己人到中年，三十六个春秋的人生，他走遍大半个欧洲，水城威尼斯的波光，阿尔卑斯山的风雪，瑞士琉森湖的月色，巴黎都市的风光，他痛恨世俗的龌龊，上流社会的腐恶，社会的黑暗，苍生的苦难，他追逐，他奔波，他呐喊，他呼啸，他的爱和恨，他的怨和怒，他的得意和屈辱，他的理想与幻灭，他的激昂和忧郁，飞扬的文字，如火的诗心，英雄的热泪，失败者的沮丧……这一切折磨着、困扰着他。

拜伦忍受着肉体残废的痛苦，奔波在荒山野岭，山野上镌刻着他攀爬的足迹，海滩上跃动着他的身影，心血和汗水都洒在这片苦难的土地上。

戎马倥偬中，他仍不放弃如火的诗笔，他号召希腊人民勇敢地投入民族解放战争。他的诗句像燃烧的火炬：

> 看，刀剑军旗，辽阔的战场，
> 荣誉和希腊，就在周身沸腾！
> 那由盾牌抬回的斯巴达克人，
> 何曾有过这种驰骋。
> 醒来，我的灵魂！想一想
> 你的心血所来自的湖泊，
> 还不刺进敌人的胸膛！

我看过一幅油画，描绘拜伦骑着战马，挥舞长剑，率着士兵呐喊冲锋，他头顶飞舞着战旗，身边战士执戈冲杀，那是一种悲壮惨烈的场面。

"拜伦是天性的反抗。"

站在这尊巨大的雕像前我眼前总幻化出巨蛇与苍鹰的搏斗，悲壮惨烈的两败俱伤，苍鹰逃回天外，巨蛇跌落海中——善与恶的两种力量的一场惊心动魄的大搏斗。

这就是爱琴海，海水清澈透明，海滨有几尊"罗米欧"（礁石），有几只水鸟落在礁石顶上。这些礁石集蓝天、山岩、海水的灵性于一身，或峻峭、挺拔，或浑圆、敦实。海滩上，那些男男女女，胖胖瘦瘦的游客满脸写着假期，写着忘记，写着消闲和浪漫。一个男子从水果摊上买了两瓶黑啤酒，一边走，一边仰着脖儿喝，左一口，右一口。他肤色健壮黝黑，泛着光泽，络腮胡子上蘸着酒的泡沫。他们并不理睬身后的拜伦。

拜伦的大理石雕像，风侵雨蚀，已失去物理的洁白，有股青铜气，倒添了沧桑感、肃穆感。

拜伦高高地站在基座上，痴痴地望着大海。

美丽的爱琴海、空旷的海滩，海空里有成群的鸥鸟在飞翔，时而贴着海水盘旋，时而钻入海空，一片苍茫的海景！

广场上的拜伦

这是石头的绝唱。

洁白的大理石，岁月不敢玷污它，邪恶不敢侮辱它。

在雅典古城的广场上，有一尊令人瞩目难忘的雕像——雅典娜女神抱着瘦骨嶙峋、奄奄一息的乔治·戈登·拜伦，那形象极似米开朗基罗的雕像杰作——圣母玛利亚抱着死去的耶稣。希腊的雕塑家秉承米氏的遗风，创造了这副悲剧的形象。

雅典娜的神色忧戚、悲哀，拜伦的神色安详，眼闭着，像熟睡了似的，那削瘦的脸颊，白皙宽阔的额头，双唇紧闭，那烈火般诗的语言熄灭了，开阔的视野和深邃的笔触铺展开来的时代画卷，此时已画上句号，豪情万丈的诗人缄默了。

拜伦来到希腊因为长时间的操劳过度而患病，1824年4月9日在行军途中遇风雨，病情加重，使他一度昏迷至4月18日，他自知将不久于人世，说："不幸的人们，不幸的希腊，为了她，我付出了我的时间，我的财产，我的健康，现在又加上我的性命，此外，我还能做什么?"夜间,他在昏迷中呓语:"前进——前进——要勇敢!"4月19日去世。

他死在行军路上。

他献身于希腊的民族解放事业。

他逝世的那天被希腊独立战士们宣布为国哀日。

这是诗人生命的绝唱。

拜伦是这样的英雄,他热爱生活,追求自由和幸福,有狂热的激情,强烈的爱情,非凡的个性,敢于挑战现存社会制度,嘲讽上流社会的虚伪、狡诈、阴险,是罪恶社会的反抗者和复仇者。他又傲世独立,好走极端,诗人的浪漫主义激情和侠客之风源于他的个人主义思想。《恰尔德·哈罗尔德游记》中的主人公就是诗人自己,看到希腊人已忘记祖国过去的伟大,忍受土耳其人的残酷迫害、蹂躏,他悲愤填膺,以诗人烈火的激情,子弹呼啸般的语言,号召希腊人民站立起来,反抗土耳其,争取民族的解放。他预言自由在未来的胜利。

诗人雪莱称赞道:"他那热烈如火的诗笔震撼了19世纪初期的欧洲。"

应了他早年写的诗《雅典的少女》:

> 雅典的少女啊,
> 在我离别之前,
> 请你,请你把我的心交还!
> 或者,在它离开我的胸膛后,
> 由你把它收留,
> 并给它足够的休息!

这是不幸的谶言。

拜伦死后,英国人要将他的尸体运回祖国,希腊人民热爱拜伦,坚持将拜伦的心脏安葬在希腊,他的灵柩和遗骸运回英国。英国统治集团反对拜伦的遗体安葬在威斯敏斯特教堂,那里有"诗人之角"。他被埋葬在另一教堂附近的墓地中。拜伦的死给希腊人民带来悲痛，给土耳其人带来欢喜，给英国统治者带来兴奋，而人民感到惋惜。

拜伦死了，他的灵魂像拿破仑，在整个时代昂首阔步。

曾经批判过拜伦的评论家赫兹列特对拜伦的死深感悲痛和遗憾："他的死给世界带来深深的敬畏和忧愁……甚至连他的诽谤者在他的墓前也沉默了，他的敌人也加入了他的葬仪行列。"《拜伦传》的作者，日本人鹤见祐辅对拜伦更是赞扬有加："只要人类还没有失去对自由、爱国、民族独立和个性发扬的思慕与渴望，诗人拜伦的灵魂便会永远地阔步在大地上。"

我站在雕像前，一阵默哀，拜伦是诗人，更是一位战士。一缕阳光穿过薄云和树影，照在拜伦脸上，看不见悲伤，看不见兴奋，看不见哀怨，也看不见迷惘。一切显得平静和安详。在寂静中我隐隐听到他在弥留时还喊叫：

"冲锋！冲锋！跟我来！"

这是大海的声音。

2017 年 3 月 9 日

毕加索的"蓝"与"红"

一

巴塞罗那毕加索博物馆坐落在一条曲曲小巷里，小巷幽深狭窄，连出租车都难以掉头，到了巷口，司机师傅命我们下车："前面五十米，右边第一个门便是毕加索博物馆。"我感到惊愕，这么伟大的艺术大师，应该有座很宏伟、很气派、很辉煌的博物馆，怎么在这陋巷旧宅？

果然前面出现一道并不宽阔，也不豪华的门第，导游指着门牌："这就是毕加索博物馆！"我更感到震惊：若在中国，国宝级艺术大师的博物馆准是高大宏阔的飞檐翘瓴的铜钉大门，门旁必有雄狮之类的巨型雕塑，有横眉匾额，金字闪烁。这门牌极为朴素、简约：Pablo Picasso。

这是一座哥特式古建筑，砖石结构，平顶老屋，据说曾经是贵族宅第，几百年的风侵雨蚀，从外表看破旧不堪，院子里铺砖也凹凸不平。门票十五欧元，参观的人很多，我们排队走进博物馆。馆内墙壁上挂满毕加索各个历史时期的画作，琳琅满目、眼花缭乱。我简直像个愚夫，既看不懂、又听不懂西班牙文，虽然耳戴中文翻译器，中文介绍和墙上的画作也难以融合。

整个博物馆是一部让人心灵震撼的大书，这里跳动着一颗躁动不安的心，一个才华横溢、恣肆狂放的灵魂，他的爱情，他的风流，时而放荡不羁，时而抑郁彷徨，时而呼啸奔腾，时而沉沦悲伤，面对生命、自然和宇宙，他选择了横涂竖抹，任性而为，随意而为，只要展示个性与众不同的创意。酣畅淋漓，血脉偾张，激情和冲动，爱与死都放逐翰墨和油彩之中。

他来到这个世界上，确切地说，他踏进艺术这道门槛时，威廉·勃莱克的浪漫主义的激情已烧红天空密布的云；诗人拜伦、雪莱、济慈已把浪漫主义诗歌推向极致；莫奈、毕沙罗、雷诺阿、塞尚、凡·高、高更的印象主义用颤抖的色彩，让画布充满生气勃勃，极富表现力；古典主义和现实主义流派，被俄罗斯画坛圣手们占领了前沿阵地：康斯特勃尔、野兽主义、纯粹主义流派，层峦叠嶂，绵延跌宕，也无他插足之处；抽象主义表现的天空，涂满了"行动画派""色域画派"非具象的线条，画面和色彩，也飞扬着他们的情结、灵性……毕加索站在艺术圣殿的门口，向里面张望，不禁倒吸了一口冷气：哎哟，我的天哪！

他咬紧牙，竖起眉，仄着身子，硬硬挤进去。他高高扬起自己的斧钺，毫不顾及他人，孤独地开拓自己的路，无怨无悔，无畏无惧。一副融冰化雪、吞钢噬铁的胃，吸收一切流派，接纳一切风格，经过他的咀嚼、消化，吐出的却是令世人惊愕的反叛和创新。

毕加索是艺术上的伟大探险家。探险是艰难的、危险的、痛苦的。世上本无路，他要芟夷拓荒，悬崖、激流、荆莽、沟壑，一路上爬山涉水，他采撷了感官的刺激，心灵的愉悦，也收割了创新的危机、漫骂、攻击。评论家说："每个人都觉得毕加索的画疯狂而怪异""毕加索总有一天会在自己的大幅作品后面上吊"。

毕加索没有上吊，他发疯地创作，着魔般地涂抹，天马行空、纵横驰骋，他创建了"立体派"。他把绘画当作一种魔法，同这个充满敌意的世界搏击、厮杀，将物体粉碎、重新组合、结构，给人更新、更深刻的艺术感受。他凭着超人的勤奋、非凡的才华，极其丰富的想象、博大的视野，熔铸古今百家流派，吸纳当代诸多主义，创立使人耳目一新的综合立体主义。

二

　　走进展厅，导游小陆侃侃而谈，说，艺术史学家把毕加索创作分为八个时期，最重要的是"蓝色时期"和"粉红色时期"。

　　蓝色时期是毕加索的初创时期。毕加索出生在西班牙南部港城马加拉，父亲曾担任过马加拉工艺美术学校绘画教师，这里属于安达卢西亚山麓，山坡上有清真寺、城堡，明朗的天空下，是终年白雪皑皑的木拉散峰。十四岁那年，他随父亲迁移到西班牙东海岸文化名城巴塞罗那。这小城被塞万提斯称为欧洲的后花园，西班牙的港口城市，位于伊比利亚半岛的东北部，濒临地中海。这里是典型的海洋性气候，温和、潮润，风光宜人，阳光明媚，花开四季，冬季多雨，古老的城市，宏伟的哥特式建筑，哥伦布当年出海远行就始于巴塞罗那港口。

　　白色的波浪，浅蓝色的海水，湿润略带咸味的海风，新鲜、清冽；金色的、绵软的海滩，海空飞翔着成群结队的海鸥；海滩有热情、奔放的少女，金色的长发，像美丽的精灵，浑身洋溢着加泰罗尼亚民族快乐的美。

　　毕加索在这里完成三年学业，考入马德里皇家美术学院，随后，他开始了漫长的艺术生涯。

　　毕加索进入艺术生涯的"蓝色时期"。蓝色时期是阴郁的、艰涩的、尚未成名、事业的初创时期。那时，他感到自由职业艺术家的酸甜苦辣咸的种种味道，他往来西班牙和欧洲艺术圣都巴黎，只能住低等的旅舍，吃简单的粗糙的食品，有时连住旅舍的钱也没有，便借住贫民区，结交的朋友也多是贫困潦倒的"艺术流浪儿"。

　　艺术家富有高贵的精神，却是个贫贱的职业，既不属于白领，也不属于蓝领，物质的匮乏，生活的拮据，比蓝领还糟糕，甚至常遇到三餐不继的情况，他们的生活水准低于社会的平均值，凡·高便是一个典型，他是一贫如洗的画家。歌唱家何其多也，他们没有成名之前，贫穷、饥饿，不得不打零工，做家庭教师、咖啡馆跑堂，甚至给贵族家庭做案牍文秘，更多的是街头卖艺，他们是缪斯女神的爱子，却是社会的"零余"者。贵族们、大亨们、腆肚鼓胸的老板们是不屑一顾的。然而，这些"精神贵族们"却依然关注着人类，关注着社会，一种悲怜情怀面向世间，相信自己，相信艺术，认为艺术的真、善、美会拯救这个倾覆的世界，唤醒人们的良知，世界会因他们而美好。艺术家厌恶上流社会，厌恶资产阶级，以至中产阶级的庸人们，而灵魂深处却极力地向上爬，咬牙切齿地奋斗，横涂竖抹，使尽浑身解数，都是为了出名，跻身上流社会。

这是个悖论，这正如中国18世纪扬州八怪一样，骨子里瞧不起胸无点墨、浑身散发铜臭气的商人、官吏，却盼望这些巨商豪贾、高官大吏出钱买他们的画。他们的画越讨这些人的喜欢，越有价值，社会声誉越高；画家越有钱，越能张扬自己——他们深知，有了钱，这个社会才会关注你，另眼看待你，以至尊重你，奉承你，像中国的郑板桥一样，和大盐商同席共饮，那是一种荣耀，一种光彩，一种价值。毕加索深知这一点，"混不进上流社会，载不进专家著作，成不了博物馆、私人收藏"，事业就不能说成功，灵魂空虚、精神彷徨，最后被艺术圈边缘化、遗忘化，或陷于三流艺术家的泥沼，只有少数几位画家，能登上金字塔的顶端，沐浴天国的光辉。

聪明的毕加索，像赌徒一样，同既有的价值观念博弈，破坏习惯艺术准则。这种叛逆是反传统，他拼命地劳作，以"怪异""新奇""畸形"来吸引有钱阶级的目光。

"蓝色时期"也是毕加索艺术创作属于惨淡、阴郁、灰暗时期，他笔下的人物、静物大都是生活底层的小人物，俗世的小物件，单色构图，平平淡淡，可怜兮兮，既不大气，又无豪强。半裸的少女，一串葡萄，一块切开的瓜，组成具有形式意味的构图，这些画作缺乏震撼力，但它有自己的绘画性语言，"画面充满了原始艺术的野性特质"，毕加索用原始艺术摧毁了古典审美，他破坏了许多东西，"可是在他破坏的过程中，又获得了什么呢？"恰似一地鸡毛，一片破碎的美。

这时期，最值得称道的是《弹吉他的老人》，画面上一位瘦骨嶙峋的老者，勾腰弓背，一脸的沧桑，一脸的忧郁，花白的头深埋胸前，他前胸肋骨清晰可辨，赤裸着上身，他是街头流浪艺人吗？

三

毕加索独标一格，不顾一切，在自己开创的道路上狂奔飞跑。他经历艰难困顿的"蓝色时期"，走向成熟而辉煌的"玫瑰时期"，也就是"粉红色时期"。他成名于艰难竭蹶中。

毕加索的《亚威农的少女》和《格尔尼卡》传世之作的出现，给他带来巨大的声誉，他步入了大师、巨匠的行列。他充满创造力和多姿多彩的生活，使他成为上流社会——他骨子里反感的阶层中的一员。艺术家是金钱的贵族，文化的贵族，精神的贵族。用斯坦伯格的话说："所有伟大的艺术都是关于艺术的。"艺术就是艺术，艺术的本质还是艺术，艺术就是把不是艺术的东西剔除掉。艺术的本质不与金钱、名誉、地位、美女挂钩，那些是世俗的副产品，它们与艺术无关。

恰恰相反，艺术家出名，金钱、地位、美女，甚至权力接着蜂拥而来，若在今天，小报记者、影视采访、狗仔啦啦队，如蛾如蝇逐光逐臭。毕加索身边也出现了彩旗飘飘、野花盛开的灿烂景象。毕加索在事业的峰巅摇曳着、幸福着、欢乐着，四面八方春光漫漫，荣誉之光如朝霞沐浴全身。那一天，两个情人在毕加索画室里狭路相逢，她们要毕加索选择一个，毕加索说："你俩我都想要，哪一个留下你们自己决定。"然后转身画自己的画，对扭打在一起的两个情人置之不理。他并没有沉浸在鲜花的芬芳、美酒的醇香中。他仍然夜以继日地劳作，拼命地、不停地画，他还向造型艺术进军，雕刻、陶器制作、版画，甚至服装设计、舞台美术，即空间、色彩、线条的运用。

站在毕加索的肖像前，凝视着他那海滩般宽阔的前额，睿智深沉的目光，我肃然起敬：天造之才，缪斯之子！

在华赡的画家星座图上，他简直是一颗魔幻般的恒星，他发射的每一道光都使人惊愕、惊讶、惊叹！他是脱离轨道的恒星，他是燃烧的火球，他是火神、战神，他的天堂在哪里，那红色块、蓝色块、棕色块、黑色块，简直是上帝在梦中流动的意识，上帝就在睡梦中任意涂抹！

他狂热地创作，着魔般地涂写，每一幅画都是一个意象，他的绘画语言极其丰富，丰富得难以想象，他不仅在寻找立体元素——立体主义的爆炸，还要建立整个世界。在艺术革命的战线上，有冲锋陷阵的塞尚、高更、凡·高、马蒂斯等等，他高举着革命的旗帜，走在队伍的前面。

粉红色的年华啊！生命在燃烧，热血在奔腾，他像个火球，喷溅的每一束火花都灿烂无比。一个画家登上艺术的巅峰，那该是多么振奋人心的啊！放眼世界，白云浮空，高阳在天，罡风猎猎，脚下是滔滔江河，茫茫大地，"会当凌绝顶，一览众山小"！一幅《亚威农少女》赢得了惊世骇俗的盛誉。这是一个独立的绘画结构，它观照的是它自身的形色构成的世界，不同于自然秩序，而是组建了一个纯绘画性的结构。此后，他又创作了《大裸女》《幔中裸女》《三个女子》《洗衣船》。在这些作品中，毕加索画中的人物从惨蓝色中走出来，而赋诗意的笔触，温暖的色彩，以柔绿与赤褐色的平面，这两种色彩明暗层次十分接近，能够轻易地穿透彼此。画面上的线条变得流畅，有一种飘逸感，增添了鲜艳透明的色彩，体现了愉悦的心情。

随着导游的讲解，我走近毕加索一幅名作《卡思维勒像》前，是他1910年创作的立体主义作品，不论静物和具体人物形象，像经过粉碎机粉碎过，毕加索随意地将这些碎渣粘合在一起，支离破碎，零乱不堪，谁也看不懂画的内涵，更难理解画的思想、寓意、主题，以及画的结构。色彩浓淡在读者眼中呈现的是一堆纵横交错、杂乱无章的色块，斑斑驳驳，明明暗暗，浓一块、淡一块的油彩，很难看出作者标明的人物——卡思维勒的肖像。在这幅画作面前，你可以任意想象，纵横驰骋地扩展你的思维空间。你会在新现实的匀称和谐生命构图中，获得新的启示、新的解释，让你惊喜赞叹。

毕加索的画好像很简单，但又看不透，好像孩子随意涂鸦，胡乱勾勒的线条，任意涂抹的色块，跳荡的思维，飞扬的灵感，放肆的笔触，古怪奇特的绘画语言。毕加索眼里的世界是变异的、诡谲的，与常人迥然不同的世界。

毕加索始终处于急剧地自我变革、试验、探索、追求之中，他推倒一切前人的艺术表现手法，开创了毕加索世界。

毕加索带着火焰般的热情，以夸父追日般的毅力和坚韧，进行绘画艺术的革命和创新，他不知疲倦地劳作，他活了九十二岁，漫长得近一个世纪，全身心地投入艺术创造中，他褴褛开拓，他深入不毛之地，他进入无人之境，举目茫茫，回眸漫漫，一条没有尽头的不归之路。"路漫漫其修远兮，吾将上下而求索"，这是创造的原动力。他汗流满面，他精疲力竭，前面横着多少山崖，多少沟壑，多少莽林，他以生命做赌注，他是艺术的殉道者，纵横恣肆，任意挥霍自己的天才。

他成功了。

他的综合立体主义成为一面鲜亮的旗帜，飘扬在巴黎画界的街垒上，好评如潮。"从来没有一个画家，能够像毕加索那样，以惊人的坦诚之心，和天真无邪的创造力，以对当代文化的幽默和诙谐的把握，爆发出咄咄逼人的崭新的语言，使理解他的人和不理解他的人都不能不承认他的存在。"他有资格在沙龙里滔滔不停地发言，他有资格在画展中自我炒作，有资格面对记者侃侃而谈。他的高产是惊人的，他创作了大量的、多层面的艺术作品，约计十万件。

毕加索集现代艺术各种流派之势于一身，又辐射出自己独立的风格——立体主义之光芒。凌乱无章的意象，碎片化的色块，奇异的构思，荒诞的思维，纷乱的线条，不合理的节奏感、方位感，将一些色块和线条随意地杂陈在一起，构成感官的强烈冲击，在绘画语汇的具象和抽象之间表现动感、静态美。狂躁如飓风，静止如潭水，巍峨如险峰，平坦如原野，千姿百态，林林总总。读他的作品，必须反复审视，快速调遣每一个脑细胞，才有可能读懂。

我从一个展室转到另一个展室，满目是怪异的线条和色斑，柜子里是他畸形怪状的雕刻、陶器，还有大量的书籍、报纸，当然也有大量的照片，这是中时期的毕加索，使人想起不可一世的拿破仑。那怪异的画作又使我想起郑板桥和他的怪哥怪弟，不是以他的乱石铺街体书法，以及怪竹、怪石、怪兰，来吸引那些附庸风雅盐商眼球的吗？越怪，他们越掏腰包，出大价钱，买"怪们"的画，"怪们"越怪、奇、新，越赚到大把银子，有了银子什么事干不成，他们大肆炒作、宣扬，于是乎中国画坛出现一大流派。

毕加索的画作赢得了他心灵深处最厌恶的上流社会的赞誉，他被上流社会接纳了，他们出钱越高，毕加索的声誉越高，社会关注度越高。这是一个怪圈。

当然，批评、攻击、嘲弄、讽刺、否定甚至谩骂、诅咒也像潮水汹涌而来。他的同行发出誓言：要搞垮毕加索。有的当面指责："你的画像要吃棉花，喝汽油。"说他："惹人嫌，大家非常憎恶。"

猴子们都是四条腿着地爬行，忽然有一只猴子双足行走，它能不受到群猴的攻击吗？

四

毕加索的艺术在画坊大吼、长啸，释放着无穷无尽的创造激情，创新是危险的，反潮流、反世俗、反常规、反艺术，他有时也陷入自我肢解、自我撕裂的痛苦中。但他依然不顾一切，不计任何代价，日夜在画布上驰骋笔墨，仿佛他来到人间就是负着画家的使命，这是命运，他永远难以挣扎出的囚笼。他作画就是自我阐释，就是用釉彩和画笔塑造自己，就像福克纳评论海明威，是用自己的泥土自己塑造自己，无论成功和失败，都是向对手、向世界宣告他是一个坚强的"硬汉"。

他对这个世界要求并不多，只有画布和色彩，还有废弃的钢铁、木头、纸片,他要把废品变成魔术的艺术品,变成美、变成爱。《海边的少女》就是他点石成金、妙手生春之佳作。

第二次世界大战爆发了,整个欧洲一片硝烟炮火、废墟、焦土、尸首、断肢残臂、鲜血和奶酪般的脑浆,天堂的欧洲变成一片废墟,飞机的轰鸣惊恐着天空,战争施加给人类巨大的灾难和痛苦,死亡主宰一切。

一幅《格尔尼卡》在巴黎产生巨大的反响。死亡充斥了整个画面,没有责难、没有混乱的场面,整幅画像停尸房。毕加索画的是死亡之屋、死亡通道,而非纳粹堆满尸骨的集中营。毕加索目击了战争摧毁了他的祖国,毁灭了整个欧洲,他悲愤,他痛苦,他呐喊,他狂啸,但这一切都丝毫未能阻挡战车的轰鸣和纵横驰骋的疯狂。

他的一幅《停尸间》:桌上摆着死者用过的水壶、饭锅,还未吃完的午餐,死去的战士,被捆绑的双手朝天上举,暗示着盖世太保的酷刑;裸体的女人,婴儿用小手接住妈妈肚子里淌下的血,酷刑和谋杀潜入每一个普通家庭。这里只剩下一片死寂。他画这幅画时,集中营里停尸间与活骷髅人的意象尚未公之于世。

1937年4月29日,德国法西斯的飞机轰炸了西班牙小镇格尔尼卡,美丽的小镇,转瞬间变成一片废墟,房倒屋塌,遍地瓦砾,尸横街头,血流巷口。毕加索应约画一幅壁画,正找寻壁画题材,得悉此事,很快来到格尔尼卡,看到这幕惨景,愤懑填膺,怒火中烧,一连奋斗十天,画出巨幅壁画《格尔尼卡》。

和《停尸间》一样,这幅画采取了象征主义表现手法,强烈地抨击了法西斯兽行。毕加索对记者解释道:"公牛不是法西斯,而是残暴和黑暗。马代表人民……《格尔尼卡》壁画是象征性的,世界是寓意的。"

《格尔尼卡》参加了巴黎博览会会展,代表西班牙艺术出现在西班牙馆。这期间战争的阴云越发浓厚,一种血腥味充斥在风中、空气中。恐惧、恐慌、焦虑、忧愁弥漫整个欧洲。毕加索笔下出现一系列反战小品:凶恶的猫正咬一只受伤的小鸟;渔民正用强烈的灯光诱捕鱼儿自投罗网，画面出现竭泽而渔的残酷，一片焦躁、悲哀的情绪。

法西斯的铁蹄很快踏上法兰西这片美丽的土地，巴黎街头出现了德国的坦克，印"卐"字旗飘扬在废墟上，毕加索随着逃难的人群流浪、漂泊。侵略者既要征服法国军队，也要征服法国的精神，但毕加索依然专心致志地从事他的绘画，展示不屈的法兰西精神。

毕加索是希特勒最恨的艺术家之一，纳粹舆论宣传称他是"布尔什维克艺术""颓废艺术"，为了政治的需要，他们不得不笼络一些知名艺术家。毕加索拒绝了德国占领军的一切照顾。一天，德军给他送来冬天取暖的煤炭，他大声喊道："一个西班牙人是绝对不会感到冷的。"德国军官看到他桌子上的印刷品《格尔尼卡》，问道："你作的?"他愤怒地说："不，这是你们干的!"

"悲剧吞噬了欧洲，地平线上见不到一点儿光明。"

在德国占领巴黎的日子里，食品极其匮乏，饥饿、寒冷、惊惧、死亡的阴霾笼罩着巴黎，毕加索常到黑市上购买食物。纳粹为了制造杀人武器，连广场和街头、博物馆、纪念馆的青铜雕塑像也劫去炼成铜锭。

1944年的冬天来临了，纳粹开始迫害毕加索的朋友，德斯诺斯遭到逮捕，十五个月后死亡;雅各布因犹太人身份被拘留送到集中营，五天后死亡。毕加索冒着生命的危险，参加他们的追悼会。

毕加索说："我从来认为，作画不只是给人乐趣的艺术，或者一种消遣。素描和色彩是我的武器，我要用它们来不断地进一步洞察世界和人们的意识，以便这种洞察所得，每天都可以更进一步解放我们……"

艺术家高度称赞毕加索的绘画和雕刻艺术："没有谁像他那样，以惊人的坦诚和天真无邪的创造力，以对当代文化的幽默和诙谐的把握，爆发出咄咄逼人的崭新的语言，使理解他的人和不理解他的人都不能不承认他的存在。"

走出博物馆，我散步在幽深的小巷，两旁的房子不高，房屋破旧、古老，大多是贵族的宅第，幽静的院落，高大苍健的古树，雕花的窗榱，小小的露台，墙脚长满绿苔，一切彰显出那个时代的豪奢、庄重、肃穆，若无游客，这古巷老屋怕是幽灵的栖所，静得可怕。只有从爱琴海吹来的风，在小巷百无聊赖地穿行。

2016 年 9 月 11 日草
2017 年 1 月 25 日改

啊，亲爱的爱琴海

——从米岛到圣岛

一

我们乘游轮从雅典直去米克诺斯岛（Mykonos），米克诺斯岛是一座最近的、且具有典型海岛风情的希腊小岛。它的小屋是由花岗岩与麻岩垒砌而成的，像古堡，墙壁雄厚，年年用石灰水重刷一遍，一片皓白，白色的屋顶，白色的墙壁，白色的院墙，连台阶也用洁白的花岗石或大理石垒砌，这色彩带有宗教的美学观念。窗户不大，玻璃明亮，灿烂的阳光照射进来，明媚清洁的小屋，简直成为情人屋，温馨、明媚，构成一种令人迷醉的神秘境界。

小岛并非我想象的万木葱茏，花朵纷繁，绿意染衣，小岛在炽热的阳光下有一种干渴感，一种憔悴的疲惫感，树木很少，稀稀落落的橄榄，或是仙人掌类肉质植物，焦渴的花岗石和麻岩粗粝粗糙，小岛氤氲着原始态的古朴气息。我漫步曲曲折折的小径上，两旁也有人家，这里的岛民究竟是以渔业为生，还是以旅游业为业？粗壮的汉子，黝黑的皮肤，有古希腊人的气质和风度。我们住下来，原来这宾馆还是"四星级"，只有一张双人床，有简易的卫生间，连写字台、椅子都没有，墙体很厚，阔有三尺，用白灰抹缝，形成浪漫派的图案，阳光和海风无力穿透，冬暖夏凉，是绝对优势。果然，我从炎阳下走进住室，很快消下汗，凉意顿生，一种舒畅感。

这小屋颇有希腊的浪漫主义，艺术家认为：希腊建筑风格一般适用博物馆，罗马风格适用世俗公共建筑，哥特式最适合教堂建筑，它体现一种宗教精神。那么这窑洞式或古堡式的小屋属于何种风格的建筑呢？它的内部空间深沉，白色保持了太高的纯度，床单洁白、纯净，让人不好意思使用。这是穆斯林最尊崇的色彩，历史上希腊、西班牙都遭受阿拉伯人的入侵和占领，建筑风格受阿拉伯、伊斯兰建筑风格的影响。

我们散步海滨，米岛实际上是由两个连体小岛像连体婴儿组成，荒凉、荒芜，如果不是游览胜地，会有鲁滨孙先生的遭遇。

岸边的海水清澈明净，水中的彩色卵石和细沙清晰可见，阳光反射，简直是一幅油画般夹金带银的富丽。爱琴海很大，但没有一滴多余的水，这句话是从普京老兄那里学来的。

我站在海岸，裸露的岩石由三块大石头摞在一起，一个高度，我调整照相机的焦距，镜头里闪烁着几个白色斑点。爱琴海到处是巨大的色块，天空蓝湛湛的，没有一丝一缕白云，海面上是蓝中泛白如织的波纹，或灿烂或萧索。站在岸边，只能看见重重叠叠的浪花拍击沙滩，水是透明的，鹅卵石有红、白、黑，和普通的海滩并无区别，当我的镜头接近时，爱琴海只剩下空旷、寂寞的蓝。我的眼睛，我的心被满目空旷、沉寂的灿烂的蓝一下子攫住，一见钟情，瞬间的我视神经像被什么击了一下，出现片刻的麻木，时间从这广阔的蓝中脱节，万物被这纯粹的蓝融化。黄昏时分，海面上起风了，风不大，细微而柔和，像是天神给大海做按摩，那海水的蓝色有些变幻。这时你会搜肠刮肚想起色彩词典上很多形容海的词汇——墨蓝、青蓝、深蓝、靛蓝、湛蓝、毛蓝、天蓝、普鲁士蓝、猫眼蓝、星蓝、阴蓝、黛蓝，那蓝色层次繁富，一言难尽，上帝神秘的创造，人类是难以破解的。沉浸在这种纯净晶澈的蓝中，仿佛人的肉体和灵魂都变得透明，你并非来自纯粹、深深的尘世，这蓝天碧海如此美丽，如此柔和，人几乎有失重的感觉，只觉得肉体化为一缕蜃气，融进这没有密度的世界。

我们漫步沙滩，忽然想起门德尔松的《苏格尔山洞》（又名《孤岛》）的交响曲，作曲家写他游历布赫布里底群岛的记忆，这部交响曲中描写了小岛的自然景色，曲中传出鸥鸣，海风呼啸，巨浪击石的天籁，这是一部海岛和大海的奏鸣。

米岛并非小岛，一万四千平方公里，常住人口一万四千人。所谓岛，即海中的山，这是爱琴海的女儿，半环形的岛城又被山隔断。蓝蓝的海水像条河流穿过，有桥、有山、有谷、有峰、有舒缓的山麓。植被稀疏，荒草荆棵，星星点点，也有树，不高，大都种在房前屋后，有松树、无花果、棕榈、夹竹桃，还有橘树、石榴，气候干燥，山野干旱，树和草生存极其艰难，它们像难民似的逃难到这荒岛野陬。最可怜兮兮的是那些草本植物，一出生都黄黄的，病恹恹的，凭着顽强求生的自然力量，挣扎在岩石缝隙和乱砂石层中。太阳毒辣辣的，常年看不到一丝云彩。天蓝得寂寞、艰辛，很酷。阳光直射下来，像火焰喷射，谁若不小心，撞出一个火花，整个海岛会熊熊燃烧起来，山会被烧焦。美丽的小岛，迷人的小岛，爱琴海的女儿，受尽多少苦难！

岛是大海的遗腹子，是陆地的弃儿。

二

海，展开，展开，无限的远方，无限的寥廓，直到缥缈的海天相连的一线。爱琴海老了吗？液态的浩瀚被风揉碎了，满脸皱纹。

我们在米岛玩了一天，海滩、礁石、浪花、阳光、水鸟、海风，这一切和其他海滩旅游地没有区别。第二天便乘游轮经过三个小时的航行，来到闻名于世的"人间天堂"圣岛。从米岛到圣岛间的距离二百五十海里，当游轮接近圣岛，我感到惊愕：巨大的岛屿呈月牙形，远看岛上有山峰、有峡谷。船靠近码头更令人震惊：断岸千尺，峭壁如削，山岩呈九十度的直角陡然而立，石呈黑褐色，焦炭似的。几个世纪前，这海岛出现火山爆发，火山灰喷出几百米，遮天蔽日，持续数月，火山灰厚达六十多米。本来是一个圆形的岛，人称圆岛，后成半月形，按说人们该改名为"月岛"，更名符其实。人们偏偏给它命名

"古拉奥斯"。"古拉奥斯"是修女，善良、友好、乐于助人，为海岛和海岛居民做了大量善事，她死后，人们怀念她，改名"圣尼古拉奥斯"。

乘大巴车沿山路盘桓而上，窄窄的山道，陡陡的悬崖，令人胆战心惊；但到了山顶，又让人震撼原来这山顶是一片开阔的平原，原野上有耕田、有树林、有水渠，道旁是松树、杉树，还有大片大片的葡萄园、橄榄林、高大的棕榈树、巨大的叶片像螺旋桨似的芭蕉树。有只鸟孤独地站在树枝上，一脸的冷漠和沉默。孤独是一种境界，难以分享，人孤独时才能认清真正的自我，小鸟呢？也在思考自己的命运吗？

岛上的房子别墅式的，庭院式的，白墙红顶二层小楼，阿拉伯建筑风格，当然也有洛可可建筑，南欧古典风情和西欧的怀旧情绪结合得很自然；构图精美，那色彩、那造型，更是动人，牙白色的柱墙配以赭红色的屋瓦，愈显华贵典雅。红色的屋，蓝色的顶，白色的墙壁，还有米黄色、银灰色、草绿色的墙，风格各异，色彩斑斓，如花园，如童话，是诗的意境，音乐的快感，一种色彩心理学上最美享受。这是童话世界，神话世界，梦幻世界。那红与黄是大众的色彩，古典的色彩，充满血性的色彩；而白，则是穆斯林宗教的色彩，虚无渺茫的色彩，它是超越性、精神性、非感觉性的色彩，我想那是宇宙生命的原色。

我们住进离海滩最近的一幢别墅，房间宽绰、明亮，墙壁洁白，床单洁白如同米岛的床铺，但房间设施有天壤之别，这是真正的四星级、豪华、丰满，前后有宽阔的凉台，后凉台面临大海，一片浩瀚苍茫的蓝拍窗涌来，令人惊叹海天的辽阔和空旷。海涛入窗，鸥鸣盈耳，一派天籁。前凉台下是一片花圃，有夹竹桃、玫瑰、月季、三角梅，不知名的藤萝，攀援一株小树，旋律般扶摇而上，一路开花，一路歌唱。繁花芳草，茂茂腾腾，花开得浪漫多姿，汹涌澎湃，但安宁庄重，虽激烈，但有条理，高低错落，层层簇簇体现了古希腊数理风格。

一切安顿好后，正是下午四点钟，这是海岛最动人的时光，中午的炎热已渐退去，天空耀眼眩目的蓝也似乎变得平庸，失去了神圣和肃穆，有白云出现。我们散步在海滩上，眼前是黑海滩，希腊的海滩也是多彩的，有红海滩、白海滩、黄海滩，还有灰海滩和绿海滩，这是大海的色彩，还是魔鬼的色彩？是上帝的色彩，还是宇宙之神的色彩？

圣托里尼是爱琴海最璀璨的一颗明珠，是柏拉图笔下的自由之地。圣托里尼岛和米克诺斯主要区别是海滨风光，圣岛是最接近天堂的地方，海滩有造型别致的小桌和白色的躺椅，在躺椅上静静地观望爱琴海，身后的山便是火成岩筑成的悬崖，很多攀援植物一丛丛爬满岩壁，那粉红色的小花鲜艳，极富生机，傻傻地独自开放。曾是满目疮痍的火山灰，已凝结成坚硬碎片化的岩石，它用灾难重塑了一个温暖的梦幻世界。

脚下细沙绵软，滩涂广阔，像一袭黑缎子飘逸在海的身边。海滩上一排排躺椅，遮阳伞下一个个裸体、半裸体的男人和女人斜靠着或躺着，洁白的皮肤，假寐的脸庞，有的女人只戴着乳罩，穿着丁字裤，有的竟然一丝不挂，赤裸裸的。古希腊文明就特别欣赏裸体，人是大自然的产儿，人体的优美，特别女人的裸体，优雅柔美，那是上帝的杰作。在希腊博物馆里我们就欣赏了古希腊的雕刻艺术，《命运三女神》《维纳斯》等全是裸体像，雕刻家运用高超的雕刻语言，真实细腻地刻画了女神丰满、柔美的肉体。雕刻采用不同的曲线造型，坐着的、站着的、躺着的女神，她们不是神，是三姐妹：身段的起伏的曲线，丰满的酥胸和凸起的乳峰，束腰向下揉褶繁复，斜躺的女神袒露出圆浑的肌肤，身体的姿势显出女性的波浪式的优美和鲜明的性感，既平稳又柔和。希腊艺术的主要标志是人体美，这是古希腊为人类贡献了高不可及的艺术典范之作。在圣岛和米岛都有裸体海滩，到裸体海滩游玩必须交四十欧元，男女还必须脱光衣服，中国游客受传统文化的影响，没有人报名去裸体海滩。

世界很静，阳光抚摸，海风温柔地按摩着男人和女人都进入完整而精粹的假寐状态。阳光、海水、石头是希腊最爱游客欢迎的"特产"。爱琴海美得动人！广阔无垠的海面静穆、高贵，细波澹澹，波光粼粼，海风轻轻，像锦缎擦拭着脸庞，温柔、细腻，广阔的海空是望不到边的纯净的蔚蓝。

按康定斯基的色彩学解释，蓝代表一种深沉、静穆，是情感的储积，是思想的沉淀，这是产生哲学和诗的一种色彩。

不过天空的蓝与海水的蓝有明显区别，天空蓝中透出白垩色，不过是气体和散射的光构成，海水则呈现水银的白。

我们散步在黑海滩上，软绵绵的细沙，赤脚踩上去好像走在大地母亲的肌肤上。海涛亲切地涌来，节奏感很强，细碎的浪花在你脚下绽放又凋零，周而复始，永远开不败的浪花。这时你会感到生活是诗，大海是最富天才的诗人，因为只有诗人的语言才有节奏。在这里你尽可放松一切，肉体的、灵魂的，精神完全沉浸在大自然像海鸟和游鱼一样自由，像海风一样放荡。

爱琴海，谁翻译的？这么富有诗意，这么美！中国翻译外国地理名字，总是很诗、很雅，富有古典的审美意识，像徐志摩翻译的翡冷翠，像荷兰，像香榭丽舍，像伊丽莎白……那简直是唐诗宋词中的词汇。爱琴海是地中海的一片最美的海域。

海水涌来，晶亮莹润的浪花，无休止地翻腾，有十分养眼的光感。放眼望去，远海是一片水天相连的苍茫、迷茫，迷茫那边是渺茫，远方是无休无止的存在和时间。

几个年轻女子穿着三点式泳装，大大方方走来，浑身散发着爱琴海的气息，还夹杂着希腊古典的味道。她们说话的音韵优美，从嘴里吐出的每一个字母都带有磁性、乐感，两条纤长、健美、白皙的腿摆动着……她们像小鹿一样在海滩上活蹦乱跳，大声说笑，但海却宁静地望着她们，这一切都是歌和梦。

"啊，美，太美了！"有人惊呼。

常年生活在高楼密集的城市里，天空在我们眼里干巴得像一把骨头。我仰着脖颈，瞪大眼睛，贪婪地望着天，天哪，你那深邃、辽阔、浩瀚，神一样！仰望天空才知道宇宙的浩茫、无限，进而觉出天空的自由、广阔，天的愉悦、圆满。向天空致敬，向大海致敬，一种敬畏感、神圣感油然而生，原来宇宙就是一尊巨大无比的神，人在它面前忽略不计。这尊神既没有从前，也没有以后。

我想起了爱琴海的美丽传说：

> 雅典失去霸主地位，听命克里特王朝。克里特有一个牛怪，每年要吃掉七对童男童女。当年雅典王朝执政的国王名叫爱琴。轮到雅典奉献童男童女时，爱琴之子决定带头前往，目的是杀死牛怪。王子和其他随行人员乘一艘快船，扬起黑帆，驶向茫茫大海，他们相约，如果儿子杀死牛怪，帆换成白色；如果儿子被牛怪吃掉，帆仍然是黑色。
>
> 没想到，儿子杀死牛怪，高兴得手舞足蹈，忘掉换成白帆。国王老爱琴误以为儿子被牛怪吃掉，悲伤不已，纵身大海，身亡波涛。人们为了怀念老国王，这海湾就叫爱琴海。

我默默地谛视着海，爱琴海也用它深邃湛蓝的明眸凝视着我。海水清澈洁净，海滨深处有一群"罗米欧"破水而出，有的苗条如竹竿，有的丰满、浑圆、敦实，上面顶了一个盖，使人想起森林里的蘑菇。海浪拍打着礁石，溅起很高的浪花。这些礁石集蓝天、山石、海水及神妖的灵气于一身。

古希腊有许多美丽动人的神话，爱琴海是诸神相聚之地。统治海洋、湖泊的神叫波塞冬，他曾经与雅典娜争夺雅典城邦的主政权，二人比武，雅典娜手执神杖，往岩石一戳，立即漫山遍野长出一片茂密的橄榄林，给雅典古城百姓带来幸福安康；而波塞冬手执三叉戟往岩石一插，顿时喷发出一股泉水，泉水涌流愈来愈大愈急，最后淹没城邦。自然城邦百姓拥戴雅典娜主政。

海神波塞冬失败后逃回爱琴海，从此继续统治着大海，他手中有两样工具：雷与电。当雷鸣闪电的天气，大海就大发怒气，海浪翻腾，海潮咆哮。

古希腊是神话的世界，有如一片繁茂蓬勃的初生天地，处处奇花，累累异果，绽放着缔结着人神之源的传奇。身偎爱琴海的衣襟，那银蓝的海浪，闲雅而温馨地波动着，似乎一年四季就这样平静，没有风暴，没有惊涛骇浪，远海的白帆，近海的鸥鸟是爱琴海永恒的插图。爱琴海流传着很多迷人的神话故事，当然也包括着动人的爱情故事，有的美满幸福，有的令人惋惜悲哀，人与神的爱恋，神与神的爱情，既美丽又忧伤，这是一首永远重复着旋律优美的歌。

但我看到爱琴海又想到塞壬女妖的歌声。塞壬是一种人首鸟身的海妖，她经常从空中飞降到礁石或船舶上，用自己甜美迷人的歌喉诱惑船上的水手。水手们倾听失神，最终导致航船触礁沉没，葬身鱼腹。来自雅典的波忒斯在听到女妖甜美的歌声后，无法抑制那种令人销魂的诱惑，也丢下了船桨，纵身跳入了大海，想追逐那迷人的歌声，最终以身殉海。这是一个十分伤感的故事。

美丽的爱琴海，美丽动人的古希腊神话又给爱琴海增添了多少迷人的魅力！

三

入夜，爱琴海的涛声浪韵拍窗而来，海岛的夜晚非常寂静，只有夜风在树叶间絮语，有虫吟细细的鸣唱，海上没有风暴，爱琴海的夜晚像白昼一样平静，那细碎的波涛一叠叠地涌上海滩，又跌跌撞撞退了回去，大海无目的地重复着单调的动作，并不令人讨厌，那是生命的呼吸。

夜静了，海浪声似乎更响亮了，哗啦啦，哗——啦——啦，节奏绵长，调门升高，这是浪花对大海深挚的恋情，这不是弱者的叹息，是力量的凝聚和爆发，也许在远处有山一样的浪涛在翻腾，那是海神波塞冬在夜的大海上巡行吗?

天空变成墨蓝,星星像开遍旷野的草花,斑斑点点,随意任性。月亮升起之前,那天空神秘、深邃,那月亮女神阿芙娜会乘一脉月辉走下天堂吗?诸神也会赶来相聚吗?哪里是众神栖息的地方?灿烂的星群,伟大的神灵,遥远的审美迷恋。谁能说清这星球的历史,谁能读懂宇宙这部浩瀚的巨著?

在爱琴海观落日,这是一种经典式的景观,第二天下午,旅游团安排我们看落日。观景台在岛的西南方向,是一座小山丘,正冲着落日的方向。我们登上观景台,放眼大海,一种液态的苍茫,这旷大的空间给我激情,给我想象,给我诗意,也使我产生敬畏,风起时那涌起又跌下的浪涛,像西西弗斯日日夜夜耕耘这浩茫和空旷。

遥望这神秘的水的世界,我真想变成一条鱼儿,以强烈而深情的敬意,阅读着、欣赏着、眷顾海景的辽阔和壮美,爱琴海真是宇宙之神的琴和瑟,在岁月深处,弹奏一曲永恒的爱之歌。

海之魂,水之心,理想、自由、信仰都在这片银蓝中。爱琴海那是波浪的弦,是连接五湖四海的壮阔航线,舒卷出的波澜起伏的文明史。

美丽、神奇、妙境,碧水蓝天,构成梦幻的世界,是一幅比神话更优美的画卷。古老的大海,动人的神话,神奇的传说,让我心魂为之激荡,思绪为之飞扬。

爱琴海观落日,那是一大景观,游客无不兴致勃勃地观赏。下午四五点钟,观景台便挤满观日落的游客,大家都抢占最佳位置,这是世界上最美的日落。我观看过泰山日落,也欣赏过大漠日落、草原日落,爱琴海的日落美在何处?夕阳越来越低,缓缓地走向大海,西边半个天空由蔚蓝变成杏黄、玫瑰红,鲜艳、热烈,漫天像燃起熊熊火焰,像岩浆喷涌、烈焰咆哮、呼啸,似乎听到那晚霞燃烧的噼啪声;温暖的夕阳里,空气飘荡着浓浓的历史味道,也不乏神话的浪漫。使人想起赤壁大战,火烧连营的场面,"樯橹灰飞烟灭"的宏伟场景;使人想起特洛伊大战，伟大英雄阿伽门农和阿喀琉斯同敌人血战的壮烈画卷，战旗飞扬，火光剑影，铿锵厮杀，血流成河，尸首横藉，一片血性的残忍……

那云霞变幻着，太阳被云层遮住了，光芒从云层里射出来，惨白，猩红，还镶上金边耀眼，光芒射到海面上，是一片灿烂的亮光，一时难辨哪是海，哪是天空。当云层散去，日落渐渐接远处的海，这时天空突然变成桃红、橘红、绛红，海天鸿蒙，令人晕眩。太阳燃烧余烬中隐隐传来一曲乐章，这是落日的安魂曲，只有海风在轻轻地为它祈祷。

2017 年 12 月 8 日

后　记

　　这是我以欧洲之旅为题材的散文集，虽带有游记性，但我尽力避免游记创作的路数。说实话，我并不喜欢一般性游记，特别是当代人的作品，不过是移步换景、肤浅地记录某地某国的名胜、景点、风土民情，敷衍成篇，再配上几帧大幅照片，以此瞭乱读者眼球，那些游记缺乏文学性、思想性和艺术性，是快餐文化。

　　世界是一部大书，旅游就是阅读世界、阅读社会、阅读文化、阅读历史、阅读自然，不仅丰富自己的知识、开拓视野、融入山水、融入自然，还能陶冶性情、净化灵魂、激发灵感、提升创作的水平。我不喜欢坐在书斋里写文章，我曾说过，文学在路上，不坐在书斋里写作实际上是文人的一种风骨，一种命运。

　　游记是中国的传统文学体裁，中国式的游记往往是不得志的官宦被贬、被逐，仕途坎坷，无奈地走向自然，散怀山水，登高赋诗，临风长啸，借景抒情，托物言志，一吐胸中块垒，大发人生感悟。他们大都是官场上的凋零者，而专门从事游记创作的徐霞客却是例外。徐霞客壮游祖国山河，披阅华山夏水，一路坎坷，一路艰辛，栉风沐雨，筚路蓝缕，忍饥耐寒，甚至不惧生命之虞，精神实在可嘉。遗憾的是我至今还未读过《徐霞客游记》，我想，一个人一生年复一年地写游记，那该是作家的悲哀。

　　文学必须通过诗意的光辉和精神的力量给人以生活的信心、爱的力量和美的享受。我追求散文的"审美"效果和"审智"价值；追求包括游记在内的散文文学性、诗意和哲思，且富有浓郁的文化品位，厘清大众化散文和文学性的散文有着品味与品位的根本区别。缺乏审美意蕴、缺乏诗意，至少算不上"艺术性""文学性"散文，文体学家应该将这类作品从"散文"身上剥离出去，散文这种文体负载量太大了。散文要净化，散文要减肥，这是许多有眼光人的呼吁。散文家不仅需要有才气、烟火气、更要有文气，要有文化在场感，让文化气息弥漫在字里行间，燃烧着一种文化情怀；同时要有一种诗意，正如俄国散文家巴乌斯托夫斯基所言："真正的散文是充满诗意的，就像苹果包含着果汁一样。"散文应该展现广阔的世界，给读者丰富的审美体验。

当我们驱车行驶在欧洲广袤而宁静的土地上，不论是莱茵河温柔的流水、黑森林幽郁的风光、爱琴海的落日、琉森湖的碧波、古老的城堡、高高的教堂、散布城乡的雕像，还是名人故居、陈列馆、纪念馆，以及枫丹白露、香榭丽舍、卢浮宫、巴黎圣母院、古罗马斗兽场，还有凡·高、歌德、海涅、毕加索等等，这些崇高而神秘、遥不可及的名字忽然出现在身边，真是惊奇、惊喜！这些名字我曾经熟知而又模糊，曾经向往但又空幻，而今这些符号变为实体，由虚幻变成真切，这些名字蕴含着丰赡的文化和历史意蕴，是人类文明的璀璨之花。随便叫醒一个，就有滔滔不绝的故事和汹涌澎湃的轶闻……这时你能体会到旅游实际上是文化的洗礼，是心灵和灵魂的壮游。

欧洲的古典和浪漫、欧洲的美丽和富饶、欧洲的文明和雅逸、是可歌可书的。中国要建设成文明、富饶、和谐、美丽的强国，我想，借鉴或吸收他国的多元文化，对提升一个民族的美学修养是十分必要的。

最后还要回到散文上来，我觉得写好一篇散文首先要考虑作品文学性、艺术性以及价值和意义，尽一切努力提升作品文学性、艺术性，使散文具有源于生活、而又超越生活的审美性、思想性。散文是一种智慧的写作，是人生阅历的展示，是思想境界的亮相，当然，也是作者性情或情感的流露。写这部作品时，我力图借助他国异乡的风景名胜、历史文化，调动自己的情感和智慧，向着时空深处、人性深处、社会生活深处、历史深处掘进，向着自我内部掘进，探索人生哲理。我多想再次旅游欧洲，钻进它历史和文化的褶皱间，探索这片土地的奥秘。欧洲是一部卷帙浩繁的巨著，两三次浮光掠影地采风，怎能读到它丰厚的内涵？

契诃夫一生都幻想着旅行，他说，所谓履历就是用脚打在旅途上的"印鉴"。只有热爱生活热爱自然的人，方能认识自己，感到人生的丰富和充实。我希望我所经历的一切不会随风消逝。

我不喜欢游记，却喜欢旅游。"如果停止行走，我就停止思考"（卢梭语）。行走着、思考着、写作着，这也许是我的命运。

2018年4月28日于泉城

图书在版编目（CIP）数据

雨，落在香榭丽舍大街 / 郭保林著. -- 北京：作家出版社，2019.1（2019.6重印）

ISBN 978-7-5212-0359-2

Ⅰ．①雨… Ⅱ．①郭… Ⅲ．①散文集 – 中国 – 当代 Ⅳ．①I267

中国版本图书馆CIP数据核字（2019）第020581号

雨，落在香榭丽舍大街

作　　者：郭保林	
责任编辑：王　烨	
装帧设计：Luke	
出版发行：作家出版社有限公司	
社　　址：北京农展馆南里10号　　邮　　编：100125	
电话传真：86-10-65067186（发行中心及邮购部）	
86-10-65004079（总编室）	

E-mail:zuojia@zuojia.net.cn

http://www.zuojiachubanshe.com

印　　刷：三河市北燕印装有限公司

成品尺寸：152×230

字　　数：240千

印　　张：16.75

版　　次：2019年4月第1版

印　　次：2019年6月第2次印刷

ISBN 978-7-5212-0359-2

定　　价：45.00元